Ali Sparkes

Die Nachtflüsterer

Das Beben

ALI SPARKES

DIE NACHT FLÜSTERER

DAS BEBEN

Aus dem Englischen von
Manuela Knetsch

Carl Hanser Verlag

Die englische Originalausgabe erschien 2019 unter dem Titel *Night Terrors*. This translation is published by arrangement with Oxford University Press.

Alle Bände der *Nachtflüsterer*-Reihe:
Band 1: Die Nachtflüsterer. Das Erwachen
Band 2: Die Nachtflüsterer. Die Bedrohung
Band 3: Die Nachtflüsterer. Die Verschwörung
Band 4: Die Nachtflüsterer. Das Beben

1. Auflage 2021

ISBN 978-3-446-26818-0

Umschlag: Weiß-Freiburg GmbH – Graphik & Buchgestaltung
Motive: © Clifford/Jackson/habilis123 – stock.adobe.com,
© weiß/wallbaum, © Shutterstock.com
Satz: Satz für Satz, Wangen im Allgäu
Druck und Bindung: Friedrich Pustet, Regensburg
Printed in Germany

MIX
Papier aus verantwortungsvollen Quellen
FSC® C014889
FSC
www.fsc.org

1

Das Tier lag auf der Seite. Sein zotteliger, roter Körper war vom frisch gefallenen Schnee bedeckt, und eins seiner eindrucksvollen Hörner hatte sich ins Heidekraut gebohrt. Es sah aus, als hätte es im Schlaf den Hügel behutsam auf die Hörner nehmen wollen. Wer oder was auch immer ein Loch in das Hochlandrind gemacht hatte, musste schnell vorgegangen sein. Und chirurgisch exakt.

Jamie hatte so etwas noch nie gesehen. Das Loch war kreisrund und hatte den Durchmesser eines großen Tellers. Um das Loch herum hätte eigentlich jede Menge Blut sein müssen – gespickt mit gebrochenen Rippen und herausquellenden Organen. Ein rotes, gefrorenes Gemetzel auf dem rauen Untergrund. Doch da war nichts. Dieser Tunnel, der durch Fleisch und Knochen gestanzt worden war, hätte genauso gut von einem Profi für Spezialeffekte am Computer stammen können – er war so sauber wie auf einem digital bearbeiteten Foto.

Hamish, der Border Collie, lief hinüber, um an dem Loch in der Kuh zu schnüffeln, winselte und kam sofort zurück. Er drückte das Hinterteil an die Beine seines jungen Besitzers und sah ängstlich auf, um sich seiner Anwesenheit zu versichern. Jamie tätschelte den Kopf des Hundes und machte einen kehligen Laut, um ihn zu beruhigen. Dabei hatte er selbst das Gefühl, dass seine Eingeweide durchbohrt wurden. Wer oder was hatte das hier getan?

Wie angewurzelt standen seine Stiefel auf dem gefrorenen Torfboden. Instinktiv schloss er den oberen Knopf seines dicken Wintermantels und zog sich den Schal enger um den Hals. Mit dem Wind, der über den Brawder's Pass pfiff, kam auch ein Greifvogel herangeflogen. Das Raubtier glitt tiefer hinab, um unter der dünnen, weißen Schneeschicht, die sich über das Tal gelegt hatte, nach Wühlmäusen Ausschau zu halten. Als der Vogel die Luft oberhalb der toten Kuh passierte, stieg er plötzlich wieder auf und schoss davon.

Jamie atmete tief durch und trat näher. Das Rind war sechsmal so groß wie er und zehnmal so schwer, und es jetzt so daliegen zu sehen, hatte etwas Beunruhigendes. Tote Rinder hatte er natürlich schon zuvor gesehen. Viele Tiere starben während der langen, grauen Wintermonate hier draußen. Doch normalerweise war recht eindeutig zu erkennen, von welchen Raubtieren auf Nahrungssuche sie angegriffen worden waren: von einem Fuchs, einer Wildkatze, in manchen Fällen sogar von einem Adler. Jamie hatte gelernt, deren Spuren zu unterscheiden, die Muster, die ihre Zähne, Klauen, Schnäbel oder Krallen in den Kadavern hinterließen. Onkel Fraser hatte ihm das alles genau erklärt.

Er suchte den Erdboden um die Kuh herum nach Hinweisen ab, fand aber nichts. Rein gar nichts. Keine Spuren auf dem torfigen Untergrund, kein niedergedrücktes Heidekraut, keine Federn oder Fellhaare, die an den Pflanzen oder an dem schroffen Felsen direkt oberhalb des Tatorts hängen geblieben waren. Weshalb suchte er überhaupt nach irgendetwas? Man sah auf den ersten Blick, dass dem toten Tier nichts Natürliches widerfahren war.

Irgendwer musste mit einer Art *Maschine* hier heraufgekommen sein. Sie mussten die Kuh an Ort und Stelle betäubt oder getötet haben, um sie dann so bizarr zu verstümmeln.

Jamie ging neben dem Tier auf die Knie und lugte durch das runde Fenster in seiner Flanke. Das Innere seines Körpers war dunkelviolett und hatte rote, braune und elfenbeinfarbene Streifen. Der Tunnel war so glatt wie bei einem Pfeifenholm. Jamie setzte sich zurück auf die Fersen und machte einen verblüfften Laut. Ein

Stück weit entfernt duckte sich Hamish in die schneebedeckte Heide, die Ohren flach angelegt, die Augen weggedreht. Hamish wollte nicht hinsehen.

Jamie konnte es dem Border Collie nicht verdenken. Dies hier war kein Ort, an dem man länger verweilen wollte. Der Anblick war einfach zu skurril und erinnerte ihn an die Bilder von M. C. Escher, die im Kunstraum seiner Schule die Wände schmückten – seltsame imaginäre Zeichnungen von Menschen, die Treppen hinaufstiegen, welche eigentlich nach unten führten, um Ecken liefen und im falschen Winkel zueinander standen. Oder Zeichnungen von schwarzen und weißen Schwänen, die im Formationsflug umeinanderflogen und so ein eigenartiges Puzzle bildeten. Beim Anblick dieser Bilder wurde ihm immer ein bisschen übel. Und so erging es ihm auch jetzt, mit dem Loch in der Kuh. Da es sich jedweder Logik entzog, fragte man sich unweigerlich, ob im eigenen Oberstübchen oder mit den eigenen Augen etwas nicht stimmte – es war wie eine optische Täuschung.

Nur um sicherzugehen, hob Jamie seinen Stock, den er eben erschrocken fallen gelassen hatte, wieder vom Boden auf und steckte ihn durch die Kuh hindurch bis auf die andere Seite. Der Stock berührte den felsigen Untergrund dahinter. Jamie zog ihn schaudernd wieder heraus, vorsichtig, um den Kadaver dabei nicht zu berühren.

Es war Zeit, zu verschwinden. Zeit, Onkel Fraser zu suchen und herauszufinden, ob der sich die Sache erklären konnte. Jamie hatte nicht die leiseste Ahnung, wie er seinem Onkel das Ganze beschreiben sollte – er würde es ihm aufmalen müssen. Dann würde er ihn hierherbringen, damit er es mit eigenen Augen sah. Jamie pfiff leise, woraufhin Hamish dankbar aufsprang und nach Hause zu laufen begann. Als Jamie dem toten Rind den Rücken zukehrte, bekam er plötzlich eine Gänsehaut. Der vor ihm herspringende

Hamish spitzte die Ohren, das Nackenfell stand ihm zu Berge – doch der Hund schaute nicht mehr zurück. Stattdessen winselte er wieder und lief weiter – schneller jetzt.

Jamie *musste* es sich einbilden. Eine andere Möglichkeit gab es nicht. Er stand hier schließlich auf einem schottischen Munro und nicht auf einem Berg in Italien oder in Japan. *Hier* brachte nichts und niemand die Erde zum Beben. Nichts. Und niemand.

Und so entschied er, dass es bloß seine eigenen Beine waren, die zitterten. Er gruselte sich. Heftigst. Und jetzt stieg auch noch Panik in ihm auf, weil er das erdrückende Gefühl hatte, beobachtet zu werden.

Jamie sah sich nicht mehr um. Er folgte dem Instinkt seines Hundes und rannte.

2

»O nein! Halt still, Tima. Nicht bewegen! Du hast da was auf der Schulter.«

Tima erstarrte. 19 Köpfe drehten sich zu ihr um, 19 Schauspielkolleginnen und -kollegen waren durch Rowenas schrille Warnung aufgeschreckt worden. Rowena war eine echte Drama-Queen (was sie jedoch, um genau zu sein, *alle* waren), und ihre laute, hohe Botschaft tönte durch den Saal. Sie war hörbar um Ruhe bemüht, aber in ihrer Stimme lag Panik.

»Es ist so 'ne Art Käfer.« Rowena schüttelte sich. »Oh, jetzt ist es in deinem Haar! Bleib ganz ruhig! Kann mal jemand einen Becher holen oder ein Stück Papier oder … woaaah …«

Fieberhaft überlegte Tima, wie sie am besten reagieren sollte. Griff sie jetzt nach dem kleinen Käfer, würde er vielleicht aus ihrem Haar fliegen und den ganzen Kurs in Panik versetzen. Gut, dass sie gerade Pause hatten und Jonathon, der Leiter des Schauspielkurses, rausgegangen war, um sich einen Kaffee zu holen. Tima kannte Jonathon erst seit fünf Tagen, war sich allerdings ziemlich sicher, dass er kein Insektenfreund war. An guten Tagen hätte man ihn als launisch bezeichnen können, und sie vermutete, dass er total ausrasten würde, wenn sie mit ihrem sechsbeinigen Besucher auch nur in seine Nähe käme. Das Beste wäre jetzt wohl, zu verhandeln – allerdings waren sie und der Käfer sich gerade erst begegnet und ihr neuer Freund daher etwas unberechenbar.

Tima drehte sich um und lief zum Bühnenrand. Dort legte sie sanft die Handflächen an die Schulter und bot dem Insekt an, daraufzukrabbeln. Der Käfer – ein Schwarzer Moderkäfer, wie sie vermutete – tat es, reagierte aber gereizt: Er hob den Hinterleib und bog seinen Körper wie ein Skorpion.

Alles in Ordnung, du musst das nicht machen, sandte sie dem Käfer zu, woraufhin er den Hinterleib sofort absenkte. *Was tust du überhaupt hier oben auf der Bühne?*, fuhr sie fort. *Kellerräume und Badezimmer – die sind doch eher dein Ding, stimmt's? Oder ein netter, feuchter Holzstapel.*

»Hast du ihn? Ist er tot?« Rowena war ihr gefolgt.

»Alles gut. Es ist tatsächlich nur ein Käfer«, erwiderte Tima und hielt Rowena die ausgestreckte Handfläche hin. »Ein Schwarzer Moderkäfer, um genau zu sein. Die können ihren Hinterleib wie Skorpione nach oben strecken«, fügte sie hinzu, als Rowena weder aufschrie noch wegrannte – etwas, wofür Tima ihr durchaus Respekt zollte. *Los,* sandte sie dem Käfer zu, *zeig's ihr mal.* Das Tierchen hob eifrig den Hinterleib.

»Wow«, sagte Rowena »Kann der stechen?«

»Nein«, antwortete Tima, als der Käfer den Hinterleib wieder gesenkt hatte. »Aber mit seinem Gepupse könnte er Tote aufwecken.«

Rowena schrie lachend auf und schlug die Hände vor den Mund.

Auch Tima lachte und drehte sich mit dem Käfer zu einigen anderen Kursteilnehmern um, die neugierig herangekommen waren. »Er sondert sein Sekret nur ab, wenn er Angst bekommt«, sagte sie. »Jagt ihm also besser keinen Schrecken ein, sonst spritzt er mir das stinkende Zeug auf die Hand.«

»Okay, Leute, die Pause ist vorbei. Dritte Szene!« Jonathon war zurück. Er schlenderte zu Tima und ihrer kleinen Gruppe hinüber. »Kommt schon, ihr auch. Tima – was hast du denn da?«

Alle traten einen Schritt zurück, und Tima hielt fröhlich lächelnd ihre Hand mit dem Schwarzen Moderkäfer hoch. »Ach, nur einen interessanten Kä–«

»AAAAAAH!«, schrie der ausgewachsene Mann und wich entsetzt zurück. »IIIHHH!«

»Ist schon gut, Jonathon, das ist doch bloß ...« Doch Timas sechsbeiniger Freund fühlte sich bedroht und warf den Hinterleib in die Höhe. »Keine Sorge«, sagte sie zu dem Käfer. »Ich werde dich nach draußen bringen.« Aber als sie, das winzige Insekt zwischen den Handflächen, an Jonathon vorbeilief, entkam es durch einen Spalt zwischen ihren Fingern, eierte mithilfe seiner harten, kleinen Flügel über die Bühne und ... flog direkt in den kastanienbraunen Pulloverärmel des Kursleiters hinein.

Die Schreie, die nun folgten, hätten gut zu einer Sterbeszene in der Oper gepasst. Tima biss sich auf die Lippe, um nicht laut loszuprusten. Sie ging hinüber, um den Käfer einzusammeln, was sich jedoch als schwierig erwies, weil Jonathon panisch mit den Armen ruderte.

»Warte kurz ... Warte – halt mal still!«, rief sie. Dann wurde alles nur noch schlimmer. Plötzlich drang ein beißender Gestank aus Jonathons Wollpullover. Beharrlich klammerte sich der Käfer fest, ja, er arbeitete sich sogar noch den grob gestrickten Ärmel hinauf.

Zu allem Überfluss stieß Jonathon jetzt einen Schmerzensschrei aus. »Das Ding hat mich gestochen!«

Rowena sah Tima anklagend an. »Du hast doch gesagt, der sticht nicht!«

»Ich weiß!«, erwiderte Tima. »Aber dass er nicht *beißt*, habe ich nie behauptet ...«

Dann stürzte Jonathon von der Bühne. Mit einem Rumms kam er auf dem roten, mit Wirbeln gemusterten Teppich vor der ersten Zuschauerreihe auf und blieb dort benommen liegen. Alle schrien erschrocken auf und rannten zu ihm. Tima war zuerst da und klaubte den Moderkäfer aus einem Loch seines Ärmels. Sie umschloss das Tierchen sicher mit der Faust und lief zum hinteren

Teil des Saals. Als sie die Tür zum Foyer aufdrückte, sah sie dort eine Reihe von Eltern sitzen, die Kaffee tranken und auf das Ende der Probe warteten, um ihre Kinder nach Hause zu fahren.

Auch Mum war da. Sie stand auf, als Tima durch den Türrahmen trat und den Blick auf die chaotische Szene bei der Bühne freigab. Kurz darauf schlug die schwere Tür wieder hinter ihr zu. »Was ist passiert?«, fragte Mum.

»Bin sofort wieder da!«, quiekte Tima und rannte hinaus in den kalten Dezembernachmittag, um den Käfer in den Pflanzkübel eines Lorbeerbaumes zu setzen, der neben den Stufen zum Theater stand. Sie hatte es nicht eilig, wieder hineinzugehen. Sie setzte sich auf die Treppe, verschränkte die Arme vor der Brust, um sich zu wärmen, und beobachtete den Käfer dabei, wie er zuerst einige Kreise zog und sich dann in die Erde wühlte. *Besten Dank auch*, sandte sie ihm zu. *Gerade jetzt, wo ich mich eingelebt hatte.* Sie vermutete, dass es Jonathon gut ging und er lediglich ein großes Drama aus dem Vorfall machte. Nun ja … schließlich war es sein Job, theaterreife Szenen zu inszenieren.

Erst als ein Rettungswagen vorfuhr und die Sanitäter ins Theater rannten, begann sie, sich *wirklich* schuldig zu fühlen. Sie blieb, wo sie war, auf den kalten Stufen vor dem Eingang, und vergrub das Gesicht in den Händen. Dieser Weihnachtstheaterkurs sollte doch eigentlich Spaß machen und reine Erholung für sie sein. Bisher hatte sie tatsächlich viel Freude daran gehabt. Und sie hatte auch nicht mit Insekten oder Spinnentieren abgehangen. Bis auf einen netten Plausch mit einer chilenischen Vogelspinne im Zoo von Edinburgh war sie standhaft geblieben und hatte sich auf die *Menschen*welt konzentriert.

Jemand setzte sich neben sie. »Ich glaube, wir beide müssen uns mal wieder ein bisschen unterhalten«, sagte Mum.

Tima seufzte. »Er ist einfach auf mir gelandet«, erklärte sie. »Dann ist er hochgeflogen und hat sich auf Jonathon gesetzt. Und der ist total ausgeflippt und von der Bühne gefallen. Ist alles in Ordnung mit ihm?«

Mum schnaubte. »Dem geht's gut, da bin ich sicher. Die Sanitäter wollen noch ausschließen, dass er eine Gehirnerschütterung davongetragen hat, aber jemand, der so ein Spektakel veranstaltet, kann nicht ernsthaft verletzt sein. Komm rein. Hier draußen ist es zu kalt.«

Jonathon ging es tatsächlich gut. Die Rettungssanitäter untersuchten ihn gründlich und entschieden, dass er nicht ins Krankenhaus musste. Der Kurs war für heute beendet. Die Teilnehmer verließen mit ihren Eltern das Schauspielhaus, wobei sie sich lebhaft über die Käferattacke unterhielten, die den Kursleiter fast das Leben gekostet hätte.

»Keine Sorge«, sagte Rowena und umarmte Tima theatralisch. »Es ist nicht dein Fehler gewesen. Niemand gibt dir die Schuld.«

»Danke«, murmelte Tima. Als sie zu ihrer Mutter hinaufsah, war sie sich dessen jedoch nicht so sicher.

Im Auto sagte Mum eine ganze Weile gar nichts. Dann, als sie sich einen Weg über die Straßenbahnschienen bahnten, vorbei an Unmengen von Menschen, die ihre Weihnachtseinkäufe erledigten, platzte es plötzlich aus ihr heraus: »Wie hast du jetzt – mitten im Winter! – überhaupt ein Insekt finden können?«

»Na ja, Schwarze Moderkäfer halten nicht unbedingt Winterschlaf«, erwiderte Tima. »Außerdem habe ich ihn nicht gefunden … er hat *mich* gefunden.«

Mum warf ihr beim Schalten einen Blick zu. »Mir kommt es so vor, als würde dich jede Spinne, jeder Käfer, jede Ameise, ja sogar jeder Skorpion im Umkreis von 50 Metern finden. Warum ist das so, Tima?«

Tima zuckte mit den Schultern. »Reiner Zufall, wahrscheinlich.« Mum kniff die Augen zusammen, aber was hätte Tima sonst dazu sagen sollen? Sie dachte jeden Tag aufs Neue daran, Mum die Wahrheit zu erzählen, und jeden Tag – oder vielmehr jede Nacht – verwarf sie diese Idee wieder.

Sie *könnte* es ihr natürlich sagen. Warum nicht gleich hier und jetzt? »Mum«, würde sie sagen. »Es ist so … Ich kann mit Insekten und Spinnentieren reden. Mit allen Tieren, um genau zu sein, aber bei den Krabbeltierchen klappt es am besten. Ich kann sie bitten, etwas für mich zu tun, und dann tun sie es. Sie berichten mir von Dingen, die ich wissen muss. Sie überbringen sogar Nachrichten von mir, sie geben sie an Elena und Matt zu Hause weiter. Weißt du, die beiden haben dieselbe Gabe wie ich. Wir drei sind Nachtflüsterer.«

Mum würde sagen: »Nachtflüsterer? Was sind Nachtflüsterer?«

Und sie würde sagen: »Elena hat im Internet zu unseren Superkräften recherchiert und ist da auf eine alte Legende gestoßen. Dieser Legende nach gab es Kinder, die mit Tieren sprechen konnten, wenn ihre Eltern sie als Babys einige Nächte in der Wildnis zurückgelassen hatten. Wenn die Babys nicht von Wölfen gefressen wurden, besaßen sie danach die Gabe, mit der Tierwelt zu kommunizieren.«

Und Mum würde sagen: »Aber wir haben dich nie im Dunklen draußen allein gelassen!«

Und sie würde sagen: »Nein, es ist ja auch nur eine Legende … Aber sie passt irgendwie, weil das alles nachts begann. Es begann mit Schlaflosigkeit … und dem Strahl …«

Und Mum würde sagen: »Tima … ich gehe besser noch mal mit dir zum Arzt.«

3

Das Brummen und Heulen der Hobelmaschine verriet Jamie, wo er seinen Onkel finden würde. Er schickte Hamish fort zu Hetty, dem Border Collie seines Großvaters, dann lief er hinüber zu dem niedrigen Gebäude, das direkt am Hang stand, einen kurzen Fußweg vom Haupthaus entfernt.

Genau wie das Wohnhaus war auch dieses Gebäude alt und aus Stein erbaut, und es hatte das gleiche dicke Dach, das traditionell strohgedeckt und mit Moos bewachsen war. Drinnen wäre es durch die kleinen, tief in die Mauern eingelassenen Fenster recht dunkel gewesen, wenn Onkel Fraser nicht die unebenen Innenwände weiß gestrichen und Strahler an den Dachsparren befestigt hätte, damit er einen hellen Arbeitsplatz hatte. Der Holzboden war noch gut erhalten, genau wie alles andere. An einem Ende des langen Raums befand sich die eigentliche Werkstatt mit der großen Hobelmaschine und der Drechselbank sowie weiteren Geräten, mit denen man Holz bearbeiten konnte. Das Tischlerwerkzeug war tadellos in Schuss und hing an einem Gitter an der gegenüberliegenden Wand. Nahe dem Eingang war Jamies Lieblingsplatz – hier standen die kunstvoll gearbeiteten Stühle, Tische, Schränke und Truhen und warteten darauf, an Kunden in ganz Schottland – und bisweilen auch über die Landesgrenzen hinaus – geliefert zu werden.

Oft setzte er sich in einen gerade fertiggestellten Stuhl, fuhr mit den Fingern die eleganten Schnitzereien nach und sog den Duft des Holzsaftes, des warmen Sägemehls und des Bienenwachses in sich auf, während er seinem Onkel bei der Arbeit zusah. Eines Tages, so hoffte Jamie, würde auch er solch wundervolle Gegenstände aus Holz herstellen können, auch wenn er sehr lange dafür brauchen würde. Er hatte Probleme mit koordinierten Bewegungsabläufen. Seine Gliedmaßen waren krumm, unzuverlässig und rebellisch, und nicht immer taten seine Hände das, was sein Gehirn wollte.

»War's dir draußen zu kalt?«, schrie Onkel Fraser ihm über den Lärm der Hobelmaschine hinweg zu, ohne von der glatten, goldfarbenen Tischplatte aus Eichenholz aufzusehen, an der er gerade arbeitete. Jamie zuckte mit den Schultern und hockte sich auf eine hölzerne Truhe mit Messingbeschlägen, in deren Deckel eine Herde springender Hirsche geschnitzt worden war. Im Wandspiegel mit dem aufwendig gestalteten Eichenrahmen sah er einen Jungen, der nach links gekrümmt dasaß, mit schmalem Mund und einer zuckenden Wange. Onkel Fraser schaltete die Maschine aus und begann, das Sägemehl von seinem neuesten Werk zu pusten. Nach einer Weile sah er auf und runzelte bei Jamies Anblick die Stirn. »Was ist denn mit dir los?«

»Ich habe eine Kuh mit einem riesigen Loch entdeckt«, sagte Jamie. Das war es zumindest, was er hatte sagen wollen. Was letztlich aus seinem Mund kam, klang weit weniger klar.

»Warte … ganz langsam«, unterbrach ihn Onkel Fraser. »Du … hast etwas entdeckt?«

Jamie nickte lebhaft und imitierte eine Kuh, indem er sich die Zeigefinger als Hörner rechts und links an den Kopf hielt.

»Du hast eine Kuh entdeckt«, schloss sein Onkel daraus und hob eine Augenbraue. »Tja, nu … Da es ungefähr 1,8 Millionen Kühe in Schottland gibt, war das wohl nur eine Frage der Zeit. Willst du auf den Schreck vielleicht erst mal eine Tasse Tee?«

Jamie verdrehte die Augen und brummte frustriert. Er hob seine wackeligen Hände und zeigte auf seinen Bauch. Dann machte er eine kreisförmige Bewegung und stupste ein paarmal alle zehn Finger hinein.

»Du bist … hungrig«, riet Onkel Fraser weiter drauflos. »So hungrig, dass du eine ganze Kuh essen könntest.«

Jamie stampfte mit dem Fuß auf und warf seinem Onkel einen finsteren Blick zu. Der hörte endlich auf, herumzualbern, und konzentrierte sich auf Jamies Mimik. Jamie riss die Augen auf und holte tief Luft. Wenn er sich ordentlich anstrengte, würde er es schaffen.

»L…och«, sagte er. Das Wort fiel wie ein steinerner Klumpen aus seinem Hals. »In … ei…ner … Kuh.«

Sein Onkel trat zu ihm und legte ihm die schweren Hände auf die Schulter. »Ein Loch … in einer Kuh? Meinst du das?« Seine Augen, die dieselbe Farbe wie das Moos auf dem Dach hatten, verengten sich zu Schlitzen. »Du hast eine Kuh entdeckt … mit einem *Loch*?«

Wieder nickte Jamie lebhaft. Im Spiegel hinter dem Rücken seines Onkels blickte er in seine eigenen moosgrünen Augen. Wenn der Autounfall nicht gewesen wäre, in den er im Alter von drei Jahren verwickelt worden war, hätte er als Erwachsener einmal genauso gut aussehen können wie Fraser McCleod. Doch der Unfall hatte ihm nicht nur die Eltern geraubt, sondern auch einen Großteil seines Sprachvermögens sowie jegliche Anmut und Schnelligkeit.

»Hat ein Fuchs die Kuh angegriffen? Oder Bussarde?«, wollte Onkel Fraser wissen. Er legte den Kopf schief und tat sein Bestes, um herauszufinden, was sein Neffe ihm mitzuteilen versuchte. Jamie schüttelte den Kopf. Er hockte sich auf den Boden, mitten ins Sägemehl. Dort hinein malte er nun in groben Zügen den Umriss eines Hochlandrinds und ergänzte die Zeichnung mit einem kreisrunden Loch im Bauch des Tieres.

»Wirklich? Ein richtiges Loch, mitten in der Kuh?« Diesmal schossen beide Augenbrauen in die Höhe. »Na, das muss ich sehen!«

Die Sonne ging bereits unter, als die beiden sich über den Höhenweg zum Brawder's Pass aufmachten. Je näher sie der Stelle kamen, an der die Kuh lag, umso enger zog sich der Knoten in Jamies Magen zusammen. *Alles in Ordnung. Dein Onkel ist bei dir*, sagte er zu sich selbst, konnte das beklemmende Gefühl und die Anspannung aber nicht abschütteln.

Sie brauchten eine gute halbe Stunde für den Weg, auf dem sie einige Male regelrecht klettern und außerdem eine Straße überqueren mussten. Die Landstraße kreuzte ihren Höhenweg auf halber Strecke und schlängelte sich dann weiter das lange, enge Tal hinunter bis zu einer kleinen Ortschaft namens Ardlinney, die sich an die Hänge direkt oberhalb des Seeufers von Loch Braw schmiegte. Zu dieser Jahreszeit waren hier kaum Autos unterwegs, denn die Straße wurde hauptsächlich von Kleinbauern und Pächtern genutzt, die in dieser Gegend Land bewirtschafteten. Dennoch mussten Jamie und Onkel Fraser heute am dicht mit Heidekraut bewachsenen Seitenstreifen warten, weil sich ein glänzender roter Toyota näherte. Während der Wagen an ihnen vorbeiraste, ließ sein gelbes Scheinwerferlicht den herabfallenden Schneeregen aufleuchten.

Onkel Fraser schüttelte den Kopf. »Urlauber … im Dezember! Die sind verrückt. Eine ordentliche Ladung Schnee, und diese Leute sitzen hier bis zum Frühling fest!«

Sie gingen weiter und erreichten endlich den felsigen Hang, den Jamie mit Hamish vor gerade einmal einer Stunde herabgelaufen war. Der Knoten in Jamies Magen zog sich fester zusammen. Er griff nach dem Arm seines Onkels und tat so, als bräuchte er dessen Unterstützung, um am Hang nicht das Gleichgewicht zu verlieren. Unterhalb des kleinen Felsens, wo er die bizarr verstümmelte Kuh gefunden hatte, sah Jamie … nichts. Ihm blieb der Mund offen stehen.

Dann fuhr er herum, verwirrt ... und wütend.

»Bis du sicher, dass es hier gewesen ist?«, fragte Onkel Fraser. »Vielleicht war es noch ein Stück weiter vorn?«

Jamie stieß einen frustrierten Laut aus und schüttelte energisch den Kopf. Als er sich bückte, entdeckte er auf der dünnen Schneedecke einen rosaroten Fleck. Demnach musste doch etwas Blut aus der akkuraten, sauberen Wunde gesickert sein. Doch wo war die Kuh? Wo war sie?

Onkel Fraser ging neben ihm in die Hocke. »Aye, irgendwas war hier. An dieser Stelle ist das Gras platt gedrückt, und das Heidekraut ... und das hier ist eindeutig Blut. Aber was auch immer du hier gesehen hast – es wurde weggeschafft.«

Jamie verzog das Gesicht. *Wie bitte?* Wie um alles in der Welt hätte man ein totes Hochlandrind einfach so wegtragen können? Diese massigen Tiere wogen mindestens 500 Kilo! Vielleicht hatte sich ein ganzes Rudel Füchse damit abgeschleppt ... oder sich mit ein paar Ottern, Wildkatzen und einem Haufen Baummardern zusammengetan, wie in einem absurden Disney-Film. Vielleicht hätten all diese Tiere gemeinsam die Kuh bewegen können. Aber Jamie glaubte nicht so recht daran.

»Ich vermute mal, Peter Walker ist hier vorbeigekommen und hat die Kuh mitgenommen«, sagte Onkel Fraser. »Er hat sie bestimmt auf den Anhänger seines Traktors gehievt, zusammen mit seinen beiden Jungs, und sie dann zurück zum Gatter gebracht, damit der Tierarzt sie obduzieren kann. Das machen sie manchmal, weißt du, wenn die Todesursache nicht eindeutig ist ...«

Der riesige Tunnel im Bauch der Kuh war für Jamie als Todesursache ziemlich eindeutig gewesen. Aber im Moment gab es nichts, was er seinem Onkel noch hätte zeigen können, und ohnehin war es jetzt zu dunkel, um weiterzusuchen. Wutentbrannt machte Jamie kehrt, vergrub die Hände tief in seinen Manteltaschen und stapfte den Hügel hinunter. Wenn sie die Kuh gefunden hätten, hätte er seinem Onkel vielleicht auch von dem bebenden Untergrund erzählt – jetzt aber würde ihn diese Geschichte nur noch dümmer dastehen lassen. Und er kam sich wahrhaftig schon blöd genug vor.

4

Als Tima im Badeanzug nach draußen trat, schneite es leicht. Kreischend lief sie über die Terrasse und warf sich fröstelnd ins Wasser.

»Ooooooh ja«, sagte sie seufzend, als sie in den Blubberbläschen versank. »Ernsthaft – so muss es im Himmel sein.« Sie legte sich im Whirlpool zurück und ließ zu, dass ihre Beine durch die schäumenden Bläschen wieder an der Oberfläche auftauchten. Sie genoss die wohlige Wärme im Nacken und die eisigen Küsschen auf ihrem Gesicht – Schneeflocken, die darauf landeten und schmolzen. Neben der Terrasse stand eine Fichte, die einfach umwerfend nach Weihnachten duftete. Die Besitzer der Luxusferienanlage Seeblick, deren Häuser eine Aussicht auf den Loch Braw boten, hatten den Baum mit bunten Lichterketten geschmückt.

Mum und Dad waren nicht religiös. Vor vielen Jahren waren sie aus dem Jemen nach Großbritannien gezogen und hatten dabei auch einen Großteil der arabischen Kultur zurückgelassen. Sie hatten nicht vor, stattdessen die christlichen Bräuche zu übernehmen, doch das Weihnachtsfest mochten sie sehr. Mum sagte immer, viele der Weihnachtsbräuche hätten ihren Ursprung ohnehin in heidnischen Feierlichkeiten. Und so stellten die Eltern jedes Jahr aufs Neue mit Freude einen Weihnachtsbaum auf und besorgten Geschenke füreinander und für ihre Tochter. In diesem Jahr würden sie die Feiertage als Familie in den Highlands, dem Schottischen Hochland, verbringen.

Der Musicalkurs hatte in der ersten Dezemberwoche begonnen und ging bis ins neue Jahr. Unterbrechungen gab es nur an Heiligabend und am ersten und zweiten Weihnachtsfeiertag. Vom 28. Dezember bis zum 3. Januar fanden dann, bis auf Silvester, an jedem Abend Aufführungen statt. Sechs Tage lang wurde das Musical also auf die Bühne gebracht – vor einem voll besetzten Theatersaal, in dem auch die Familienangehörigen und Freunde saßen. So zumindest war es Tima berichtet worden.

»Ich war letztes Jahr schon dabei«, hatte Rowena ihr erzählt, als sie sich zum ersten Mal alle im Theater getroffen hatten. »Die Aufführungen waren restlos ausverkauft – wie immer. Jonathon, der Kursleiter, führt normalerweise bei den Shows im Londoner West End Regie – und alle seine berühmten Theaterkollegen kommen nach Schottland, um sich unser Musical anzusehen!«

Der Musicalkurs war ein Ableger des National Youth Music Theaters in London und dadurch international bekannt. Das Vorsprechen für die Teilnahme war hart gewesen ... und die Kosten immens hoch. Mum und Dad hatten ihrer Tochter nicht verraten, wie viel der Kurs tatsächlich kostete, aber Tima wusste, dass es eine stolze Summe sein musste. Die Kostüme für ihr Stück *Wintersturm*, ein mittelalterliches Weihnachtssingspiel, waren eine Leihgabe des berühmtesten Theaterensembles Englands – der Royal Shakespeare Company. Auch das Bühnenbild war ein echtes Kunstwerk. Ein Handwerker war eigens ans Theater bestellt worden, um die Kulisse aus Holz und Papier zu bauen. Und dieser Mann hatte nicht einfach alles zusammengezimmert ... Vielmehr hatte er, während die Musicaldarsteller probten, die Seitenbühne mit Schnitzereien versehen und mit dem Meißel Blätter an die hölzernen Bäume sowie Grashalme an den unteren Bühnenrand »gezaubert«.

Tima legte den Hinterkopf auf den glatten Wannenrand und sah hinauf zu dem hölzernen Dachvorsprung, der sich über die Terrasse zog, um die Whirlpool-Fans vor den schlimmsten Wetterkapriolen zu schützen. Eine kleine Kreuzspinne kauerte dort oben neben einer der goldenen Außenlampen. *Wie kommst du hier draußen bloß zurecht, bei diesem Wetter!?*, fragte Tima träge.

Wetter? Was ist das?, schien das Tier zu antworten. Für eine schottische Kreuzspinne war diese Kälte natürlich etwas völlig Normales.

Hier draußen gibt's bestimmt nicht viel zu fressen, fuhr Tima in Gedanken fort. Die Spinne war zwar nicht gerade gesprächig, aber neugierig. Sie seilte sich ab und wäre beinahe in Timas Haaren gelandet, wäre in diesem Moment nicht die Terrassentür aufgegangen und Mum nach draußen gekommen. Sie hatte sich einen flauschigen Frotteebademantel übergezogen und kam geradewegs auf den Whirlpool zu.

Nein – nicht! Schnell wieder nach oben!, sandte Tima der Spinne zu. Ihre neue Freundin hielt inne, baumelte eine Sekunde lang in der Luft und schoss dann an ihrem Faden wieder hinauf. Oben krabbelte sie blitzschnell hinter die Halterung der Außenleuchte. Tima schwor sich, sich nicht mehr mit Insekten und Spinnentieren anzufreunden, zumindest nicht, solange sie hier im Urlaub waren. Sie vermisste ihre freundliche Hausspinne Spencer, die zu Hause in Thornleigh in ihrem Zimmer lebte, wollte ihrer Mutter aber wirklich keinen Grund für ein weiteres unangenehmes Gespräch liefern.

»Wow … einfach herrlich!«, sagte Mum, als sie sich in den Whirlpool sinken ließ. »Jetzt bist du wohl auch froh, dass wir die Ferien-Lodge gebucht haben, oder?«

»Allerdings«, erwiderte Tima. »Hier ist es viel besser als in irgendeinem öden Hotel.« Dad und Tima hatten es für keine gute Idee gehalten, sich in einer Luxushütte einzuquartieren, die mehr als eine Stunde von Edinburgh entfernt lag. Mum jedoch hatte darauf bestanden und gesagt, sie wolle das *echte* Schottland, hoch oben in den Bergen, kennenlernen.

»Aber wir könnten da oben auch einen *echt* schottischen Schneesturm erleben«, hatte Dad eingewandt.

»Dann achten wir eben immer auf die Wettervorhersage und nehmen uns, falls alles auf einen Schneesturm hindeutet, einfach ein Hotelzimmer in der Stadt«, hatte Mum geantwortet. Und als sie ihnen ihre Lodge am Loch Braw gezeigt hatte, waren die beiden schließlich einverstanden gewesen. Die Unterkunft war fantastisch: ein umgebautes altes Bauern-Cottage mit Dachluken und abgeschliffenem Holzfußboden, Hirschfellteppichen und schmiedeeisernem Kaminofen. Die Küche war üppig ausgestattet, und das Haus hatte sogar einen Kinoraum mit Breitbandanschluss, Hunderten von Fernsehkanälen und einem gewaltigen Bildschirm, der auf Knopfdruck nach unten fuhr. Und doch gab es etwas, was Tima an diesem perfekten Ort vermisste – ihre zwei engsten Freunde.

Elena und Matt waren zu Hause in Thornleigh, wo sie den Dezember auf weitaus gewöhnlichere Weise verbrachten. Die ersten drei Wochen mussten sie noch zur Schule gehen, den Rest des Monats stand zu Hause der übliche Weihnachtskram an. Sonst war nicht viel los. Tima fragte sich, ob die beiden sich auch ohne sie weiter jede Nacht in ihrem Baumhaus im Wald trafen. Der Winter war da, und der kleine Campingofen hatte sicher Mühe, die Kälte in Schach zu halten. So oder so würden Elena und Matt immer noch jede Nacht vier bis fünf Stunden wach sein, selbst wenn sie nicht mehr nach draußen gingen. Sie alle litten unter dieser Schlaflosigkeit, und diese Schlaflosigkeit war es auch, was sie miteinander verband. Hier in Schottland, weit weg von Thornleigh, weit weg von dem Strahl, der jede Nacht um Punkt 0:34 Uhr (oder – während der Sommerzeit – um 1:34 Uhr) durch ihr Schlafzimmer fiel, schlief Tima viel besser. Trotzdem öffnete sie auch jetzt noch die Augen instinktiv um exakt dieselbe Uhrzeit und wunderte sich, dass kein Strahl in ihre Welt drang. Es fühlte sich merkwürdig an, ganz so, als ob sie etwas Wichtiges verpassen würde, aber meist schlief sie innerhalb einer Stunde wieder ein. Und das war nach all der Schauspielerei und dem Singen tagsüber auch gut so. Sie brauchte ihren Schlaf.

»Dad kocht uns was.« Mum seufzte. Wie sie da gegenüber von Tima im Whirlpool lag – sie hatte die Augen geschlossen, und ihre schwarzen Haare trieben auf dem Wasser –, sah sie aus wie der Inbegriff der Glückseligkeit. »Es gibt Lammcurry …«

Tima konnte schon die Gewürze riechen und das köchelnde Fleisch. »Nicht zu viel Knoblauch«, sagte sie, »sonst verströme ich morgen meinen Knofi-Atem quer über die Bühne.«

»Ach«, erwiderte Mum. »Das wird den anderen schon nicht schaden. Oooh – guck mal. Die Sterne sind da!«

Der leichte Schneefall hatte aufgehört, und der Himmel hatte aufgeklart. Das Sternenlicht erschien wie Nadelstiche über ihnen, und der Halbmond spiegelte sich im dunklen Wasser des still daliegenden Loch Braw. Bis zu dem See, der wie ein Diamant geformt war, lief man von ihrer Lodge aus zehn oder 15 Minuten den Hügel hinunter. »Was für ein schönes Plätzchen«, sagte Tima. »Wir haben die allerbeste Lodge überhaupt!«

Es gab noch fünf weitere Lodges auf dem Gelände der Ferienanlage Seeblick. Zwei von ihnen waren modernisierte Stein-Cottages wie ihres, drei Lodges bestanden aus Holz. Jedes Gebäude hatte einen eigenen glitzernden Weihnachtsbaum, der direkt vor der Eingangstür wuchs. Auch um die Zäune neben der Parkplatzeinfahrt waren Lichterketten gehängt worden, was vor dem hellen Schnee sehr hübsch aussah. Auf der Website war zu lesen gewesen, dass ein Traktor bereitstand, um die Autos der Urlauber bei starkem Schneefall auf die Hauptstraße zu ziehen, doch im Wetterbericht war bislang keine Rede von einem Wetterumschwung gewesen.

Wieder wurde die Terrassentür aufgeschoben, und Dad – mit gestreifter Küchenschürze – steckte den Kopf nach draußen. »In zehn Minuten steht das Essen auf dem Tisch«, rief er.

»Soll ich reinkommen und dir helfen?«, fragte Mum.

»Das wäre klasse«, sagte Dad. »Auch wenn du anscheinend gerade selbst schon ganz gut vor dich hinköchelst.«

Mum lachte und kletterte aus dem Whirlpool. Die Kälte, die ihr entgegenschlug, ließ sie kurz aufschreien. Dann schnappte sie sich ihren Bademantel und zog ihn an. »Noch fünf Minuten, Tima!«, sagte sie. »Dann kommst du bitte rein, trocknest dich ab und deckst den Tisch. In Ordnung?«

»In Ordnung«, erwiderte Tima und ließ sich genüsslich auf den Blubberbläschen treiben.

Als sich die Terrassentür wieder geschlossen hatte, drehte sie sich auf den Bauch, legte die Arme auf den hölzernen Whirlpoolrand, stützte das Kinn darauf ab und blickte ins Tal hinunter. Dann seufzte sie tief und zufrieden …

… und saugte die gerade ausgestoßene Luft erschrocken wieder ein.

Was war das gerade gewesen? In einem Moment hatte die Seeoberfläche noch vollkommen ruhig dagelegen, wie aus Zinn gegossen und erstarrt. Im nächsten Moment aber war eine Art Schacht aufgetaucht. Als ob jemand am Grunde des Sees plötzlich den Stöpsel gezogen hätte, war das Wasser steil nach unten gestürzt. Während Tima dem Spektakel noch mit offenem Mund zusah, kehrte sich das Ganze um – ein kreisrunder Schlot schoss nun hoch in die Luft und platschte mit einer solchen Wucht nach unten, dass ihr die Druckwelle der verdrängten Luft drei Sekunden später ins Gesicht blies.

»Aber was …?«, rief Tima aus. Mit weit aufgerissenen Augen sah sie zu, wie ein kleiner Tsunami in konzentrischen Kreisen über die Wasseroberfläche raste. Wie hoch die so entstandenen Wellen waren, konnte sie aus der Ferne nicht sagen, doch als sie ans Ufer schlugen, war weißer Schaum zu erkennen. Tima hörte auch, wie das Wasser gegen Kiesel und Felsen klatschte und in rauen Wogen über den See zurückgeschlagen wurde.

Tima sprang aus dem Whirlpool, wickelte sich in ein Handtuch und rannte hinein, um ihren Eltern davon zu erzählen.

Doch als sie unmittelbar darauf mit ihnen nach draußen kam, war nichts mehr zu sehen – bis auf ein paar kleine Kräuselwellen, die sich fächerartig auf dem See ausbreiteten.

»Wahrscheinlich war es nur ein großer Fisch«, sagte Dad.

»Vielleicht auch ein Otter«, warf Mum ein.

»Oder das Monster von Loch Ness ... das zur Abwechslung mal Urlaub in einem anderen schottischen See macht!«, neckte Dad.

Tima knuffte ihn in die Schulter. »Mach dich nicht lustig über mich! Es war groß. Richtig *groß*!«

»Komm jetzt rein – trockne dich ab und zieh dir was an, bevor du dich noch erkältest«, sagte Mum.

Und das tat Tima. Sie atmete tief durch und versuchte, sich zu entspannen. *Sie war im Urlaub.* Weit, weit weg von all den Dramen in Thornleigh. Hier oben in Schottland ging nichts Merkwürdiges oder Lebensbedrohliches vor sich.

Alles war gut.

Richtig gut.

5

»Kannst du mir mal den Meißel geben?«, brummte Onkel Fraser, der auf dem mattschwarzen Bühnenboden in die Hocke gegangen war. Jamie beeilte sich. Da er seinem Onkel bei dessen Zimmermannsarbeiten half, seit er denken konnte, kannte er auch die Werkzeugtasche in- und auswendig. Manchmal erledigte Jamie das ein oder andere auch selbst, aber im Laufe der Zeit hatte es dabei schon häufig Unfälle gegeben, und allzu oft war Blut auf ein nagelneues Holzregal getropft oder auf eine kunstvoll gedrechselte Treppenspindel.

Onkel Fraser hatte nie geschimpft deswegen, sondern es im Gegenteil sogar gutgeheißen, dass Jamie es trotzdem immer wieder versuchte. Aber es war nun einmal so, dass Jamies Kopf und seine Arme und Beine nie lange zusammenarbeiteten, egal, wie sehr er sich auch konzentrierte. Irgendwann trat immer ein Zucken oder ein Krampf auf ... oder ein Schlingern, das ihn nach links torkeln ließ. Und *Torkler* war auch sein Spitzname in der Schule – leider nicht der einzige. Wenn die üblichen Verdächtigen mal wieder beschlossen, sich über ihn lustig zu machen, war er nicht in der Lage, schnell zu reagieren oder schlagfertig zu antworten. Allerdings hatte er sich mit der Zeit ein großes Repertoire an unanständigen und beleidigenden Gesten angeeignet. In der Schule musste er sich verteidigen, so gut es eben ging, besonders jetzt, da er auf die weiterführende Schule gekommen und dort von immer übellaunigeren Teenagern umgeben war.

In der Grundschule war alles so weit ganz in Ordnung gewesen. Da er so undeutlich sprach, dass die meisten Menschen ihn nicht verstanden, und (wie sein Onkel es ausdrückte) wie ein »fröhlicher

Zombie« lief, hatte er nicht viele Freunde. Seine Leistungen waren nicht schlecht. Wenn die Lehrer erst einmal gelernt hatten, seine fürchterliche Handschrift zu entziffern, stellten sie fest, dass er eigentlich recht clever war.

Die Ullochry Higschool jedoch war eine völlig neue Erfahrung gewesen. Mehr als 800 Kinder aus der weiteren Umgebung wurden täglich mit Bussen dorthin gekarrt. Hier wehte ein anderer Wind als in der freundlichen Atmosphäre der Grundschule. Bereits am Ende des ersten Schultages hatte er den Spitznamen *»Torkler«* weggehabt – und seine Mitschüler hatten es nicht nett gemeint.

Manchmal machte er es extra. Er war berüchtigt dafür, dass er »aus Versehen« direkt in diejenigen hineintorkelte, die ihn hänselten. Nie hatte er versucht, einen von ihnen zu boxen, denn er konnte nicht sicher sein, dass seine Faust nicht stattdessen seine eigene Nase treffen würde. Aber er war gut darin, sich auf Menschen drauffallen zu lassen, und besaß die verblüffende Gabe, seinen Ellenbogen dabei genau dort aufkommen zu lassen, wo es ihnen wehtat – nur um dann in »Fröhlicher Zombie«-Tonlage »Schulliung« zu lallen. Jamie weigerte sich schlichtweg, das Opfer zu sein.

»Das Bühnenbild ist wirklich großartig geworden.«

Jamie und Onkel Fraser drehten sich um und blickten das vielleicht zehn- oder elfjährige Mädchen an, das ein paar Schritte von ihnen entfernt stand und sich die langen, dunklen Haare zu einem Zopf zusammenband.

»Vielen Dank«, erwiderte Onkel Fraser lächelnd. Jamie beließ es bei einem Lächeln und sagte nichts. Er liebte es, so lange wie möglich einen ganz normalen Eindruck zu vermitteln.

»Haben *Sie* all die Schnitzereien gemacht?«, fragte das Mädchen. Sie kam jetzt ein Stück näher und strich mit den Fingern über die Blätter und Eicheln, die auf dieser Seite der Bühne in die Holzbäume gearbeitet worden waren.

»Aye«, erwiderte Onkel Fraser. »Obwohl man es vielleicht nicht Schnitzereien nennen sollte. Die sind eher grob geraten. Leider hatte ich nicht die Zeit, um sie noch filigraner auszuarbeiten.«

»Die sind wunderschön«, sagte das Mädchen. »Und von den Zuschauerreihen aus wirken sie wie echte Bäume! Wirklich fantastisch. Haben Sie zusammen daran gearbeitet?«

Jamie lachte, und ehe er wusste, wie ihm geschah, antwortete er auch schon: »*Ich* habe dem Genie nur die Werkzeuge gereicht.« *Weshalb* hatte er unbedingt etwas sagen müssen? Er klang ja wie ein Idiot. Jeden Augenblick würde sie mit einem aufgesetzten Lächeln das Weite suchen. *Schnell weg. Nur weg von diesem komischen Kauz!*

Zu seiner großen Überraschung jedoch sah sie ihm in die Augen und erwiderte mit gespielter Ernsthaftigkeit: »Nun, das muss schließlich auch getan werden. Ich wette, du reichst ihm den Meißel wie kein Zweiter.«

»Er erlernt das Handwerk ebenfalls.« Onkel Fraser stand auf, klopfte sich den Staub vom Overall und lächelte das Mädchen noch breiter an. Jamie mutmaßte, dass er sich erkenntlich zeigen wollte, weil sie sich mit seinem Neffen abgab. Das Mädchen war hübsch und anmutig – eine Tänzerin, ihren weichen Lederschuhen und den Leggings nach zu urteilen. Und sie schien, nett ausgedrückt, »aus besserem Hause« zu stammen, war also die Art von Kind, das normalerweise einen großen Bogen um jemanden wie ihn machen würde.

»Ich soll Zimmermann werden?«, rief Jamie lachend aus. »Das Einzige, womit ich umgehen kann, ist Schleifpapier … Trotzdem würde ich todsicher jedes Regal damit ruinieren, wenn man mir nur genug Zeit dazu lassen würde.« Und um das Ganze scherzhaft zu veranschaulichen, ließ er die schief hängenden Arme zusammenzucken, als hätte er einen Krampf.

Das Mädchen lachte laut. Jamie kniff die Augen zusammen. Sie schien seinen Scherz tatsächlich *verstanden* zu haben! Wie das? Selbst Onkel Fraser hatte vermutlich Schwierigkeiten gehabt, alles zu verstehen, was er gerade gesagt hatte. Viel zu schnell war es aus seinem widerspenstigen Mund geschossen. Wahrscheinlicher war vielleicht doch, dass das Mädchen nur aus Höflichkeit gelacht hatte. Spätestens jetzt würde sie sicherlich die Flucht ergreifen.

»Ich habe Sie beide doch schon mal gesehen, oder?« Unbefangen streckte sie plötzlich ein Bein zur Seite und bog die Zehen in Richtung Deckenscheinwerfer.

Überrascht sahen Jamie und sein Onkel sich an. »Ach ja?«, sagte Onkel Fraser.

»Ja … Sie waren doch letzte Woche in unserer Ferienanlage, Seeblick, und haben den Holzboden ausgebessert. Sie hatten einen schwarz-weißen Hund dabei.«

»Ja … Hamish«, sagte Jamie. »Mein Border Collie.«

»Hamish! Toller Name für einen Hund!« Sie wechselte die Beine und streckte das andere zur Seite.

Onkel Fraser warf ihm einen liebevollen, wenn auch leicht verwunderten Blick zu. Ganz offensichtlich war er überglücklich, dass sein Neffe eine Unterhaltung führte. Man merkte ihm jedoch auch deutlich an, wie überrascht er war, dass das Mädchen ihn verstand.

»TIMA! Jetzt komm schon – wir proben!«, rief der Regisseur. Das Mädchen zuckte mit den Schultern, winkte ihnen noch kurz zu und kehrte hüpfend zu den andern zurück.

»Mach's gut, Schleifpapier-Junge!«, rief sie ihm im Gehen noch zu.

»Na, das war aber … ungewöhnlich«, sagte sein Onkel.

Als Jamie den Mund aufmachte, kamen seine Worte genauso plump und klumpig heraus wie immer: »Schiiii aaa miii veerschaaan.«

»Ja, kaum zu glauben, was? Sie hat dich tatsächlich verstanden«, bestätigte sein Onkel staunend.

Sie fuhren mit der Kontrolle des von Onkel Fraser gebauten Bühnenbildes fort. Hier und da verfeinerten sie einige der gröberen Schnitzarbeiten und bearbeiteten die Scharniere und Transportrollen – beides unentbehrlich, um die einzelnen Kulissen beim Szenenwechsel zusammenklappen und umherschieben zu können. Bei einigen Elementen handelte es sich um einfache Holzrahmen, die mit Leinwänden bespannt und dann bemalt worden waren, andere waren aufwendiger gestaltet und zeugten von der Handwerkskunst, für die sein Onkel bekannt war.

Eine Stunde später gingen die Theaterproben für diesen Tag mit einem Lied zu Ende. Das Mädchen sang ein Solo – zweifellos das schönste, das Jamie je gehört hatte. Jamie hatte selbst immer schon singen wollen – aber bei seinen kläglichen Versuchen klang er wie Großvaters Bulle, wenn er eine Spritze vom Tierarzt bekam.

Als das Mädchen mit ihrem Solo fertig war, legte er die Werkzeugtasche auf den Boden und applaudierte. Sein unbeholfenes, abgehacktes Klatschen hallte über die Bühne und übertönte die höflich-verhaltene Reaktion der anderen Musicaldarsteller. Das Mädchen sah zu ihm hinüber. Jamie wurde rot vor Scham. Jetzt sahen alle zu ihm hinüber, und als die Kinder schließlich begannen, ihre Taschen zu holen und sich die Straßenschuhe anzuziehen, sah er einige von ihnen Grimassen schneiden.

»Komm, Jamie.« Sein Onkel legte ihm die Hand auf die Schulter. »Wir müssen ebenfalls los.«

Während die beiden ihre Werkzeuge zusammenpackten und in ihre Wintermäntel schlüpften, leerte sich die Bühne rasend schnell. Die Kinder rannten durch den Saal und hinaus zu ihren Eltern, die im Foyer auf sie warteten. Onkel Fraser ging zum Theaterinspizienten, um ihm Bescheid zu geben, dass ihre Arbeit für heute erledigt war. Jamie überlegte gerade, ob sie sich wohl eine der Vorstellungen ansehen dürften, als ihm jemand auf die Schulter tippte.

»Hey, Schleifpapier-Junge!« Sie war zurück, hatte einen Mantel angezogen und sich eine Tasche über die Schulter gehängt. »Lebst du in der Nähe der Ferienanlage?«

Er nickte. »Etwa eine halbe Stunde zu Fuß entfernt.«

Und sie nickte, als ob sie jede holprige Silbe verstanden hätte.

»Hast du gestern Abend auch dieses Ding im Braw-See, äh, im Loch Braw gesehen?«

Nachdenklich runzelte er die Stirn. »Welches Ding?«

Sie zuckte lachend mit den Schultern. »Wahrscheinlich war es gar nichts Besonderes. Vielleicht passiert das hier ständig. Es hat nur so merkwürdig ausgesehen ...«

»Wie denn?«

»Na ja ... es war, als hätte jemand am Grund den Stöpsel rausgezogen. Urplötzlich war da dieses kreisrunde Loch im See ... und dann ist das Wasser wie eine Fontäne nach oben geschossen. Und danach ... tja ... danach war alles wieder so wie immer, schätze ich.«

Obwohl Jamie etwas Derartiges noch nie gesehen hatte, bekam er plötzlich eine Gänsehaut.

»Kreisrund ...?«, wiederholte er. »Das Loch im Wasser ist kreisrund gewesen?«

»Ja. Genau wie bei einem Abfluss ... Hast du das auch schon mal beobachtet?«

Er schüttelte den Kopf

»Na, ist ja auch egal. Bis bald.« Und ehe er noch etwas erwidern konnte, lief sie auch schon über die Bühne zurück.

Ein Schauer überlief ihn, als er an das *kreisrunde* Loch in der Kuh dachte. Könnte dieses Phänomen im Zusammenhang mit einem kreisrunden Loch im See stehen? *Ach, komm schon!*, sagte er zu sich selbst. *Das ist doch wohl extrem unwahrscheinlich, oder?* Anscheinend aber war heute ein Tag, an dem Unwahrscheinliches passieren konnte, denn er hatte tatsächlich zum ersten Mal jemanden getroffen, der jedes seiner Worte verstand.

Und das war sogar noch verrückter als die löchrige Kuh.

6

Bist du wach?

Als ihr Handy auf dem Nachttisch vibrierte, riss Tima die Augen auf. Sie hatte nicht richtig geschlafen, nur ein wenig gedöst. Um Punkt 0:34 Uhr war sie aufgewacht, hatte begriffen, dass der Strahl nicht kommen würde, weil sie 650 Kilometer von Thornleigh entfernt war, und einmal mehr diese seltsame Kombination aus Erleichterung und Enttäuschung verspürt. Danach war sie wieder eingenickt und hatte ein bisschen geschlummert. Bis jetzt.

Es war kurz nach 2 Uhr morgens, und die SMS stammte von Elena. Tima simste sofort zurück.

Yepp!
Was ist bei euch los?

Eine heiße Welle von Adrenalin erinnerte sie daran, dass sie vermutlich noch nicht ganz über die Ereignisse der vergangenen Monate hinweg war. Wie sollte sie auch? Zusammen mit Matt und Elena hatte sie Dinge durchgestanden, die niemand sonst auf der Welt verstehen konnte. Sie hatten einen Gott der Unterwelt, der ein Massaker geplant hatte, außer Gefecht gesetzt. Sie hatten gegen einen Außerirdischen gekämpft, der mithilfe von Sauerstoff verschlingenden Pflanzen die Erde einnehmen wollte. Und sie hatten sogar die Entführung von Kindern bei einer interplanetarischen Verschwörung vereitelt.

Ohne ihre Superkräfte als Nachtflüsterer hätten sie das alles mit an Sicherheit grenzender Wahrscheinlichkeit nicht geschafft … Wäre ihnen nicht jedes Mal die Tierwelt zu Hilfe gekommen, wären sie mittlerweile längst alle tot. Aber was jetzt? Drohte Thornleigh und der Erde neue Gefahr? War mithilfe des Strahls etwas Neues aus einer anderen Dimension auf die Erde gelangt?

Bsss.

Nicht viel. Wir langweilen uns nur.
Es ist zu kalt, um nachts im
Baumhaus abzuhängen. Matt ist
gerade bei mir zu Hause.

Matt war bei Elena? Mitten in der Nacht? Dann fiel Tima ein, dass Elenas Mum unter einer bipolaren Störung litt und aufgrund der Tabletten, die sie dagegen nahm, immer tief und fest schlief. Sie sah ihre beiden Freunde jetzt förmlich vor sich, wie sie am Fenster von Elenas Zimmer saßen, heißen Kakao tranken und gedankenverloren nach draußen blickten. Sie schrieb Elena zurück:

Sag Matt mal Hallo von mir.
Ich vermisse euch 2!
Und Glück …

Und da Tima nun ohnehin hellwach war, setzte sie sich im Bett auf.

Bsss.

Ha! Ich wette, die Schlaflosigkeit
vermisst du nicht. Wie viele Stunden
Schlaf gönnst du dir denn jetzt
immer da oben?

Tima grinste und beschloss, einen Anruf zu riskieren. Die steinernen Wände des alten Cottages waren sehr dick, und Mum und Dad waren schon lange schlafen gegangen. Niemand würde sie hören. Elena ging sofort ans Handy. »Ich schlafe wie ein Baby!«, verkündete Tima mit gedämpfter Stimme. »Na ja, außer im Moment natürlich.«

»Wachst du immer noch zur selben Zeit auf wie in Thornleigh?«, wollte Elena wissen.

»Ja – es ist verrückt. Hier gibt es keinen Strahl, und es geht auch nichts Seltsames vor sich …« Tima hielt kurz inne, dachte an das Loch im See und verscheuchte den Gedanken wieder. Das war nichts *wirklich* Seltsames gewesen. Nicht im Vergleich zu dem, was sie und ihre Freunde im vergangenen Jahr alles gesehen hatten. »Ich schätze, ich bin einfach so daran gewöhnt, immer um dieselbe Zeit wach zu werden, dass meine innere Uhr auch in Schottland tickt. Ich schlafe hier oben aber normalerweise schnell wieder ein – das liegt auch daran, dass unser Regisseur uns bei den Proben so hart ackern lässt.«

Als sie Matt plötzlich fragen hörte: »Wie läuft's denn mit dem Musical?«, begriff Tima, dass Elena sie auf Lautsprecher gestellt hatte.

»Super!«, erwiderte sie leise. »Am Ende des Stücks singe ich ein Solo. Und mit dem Tanzen klappt es auch richtig gut – für ein paar Choreografien bin ich sogar selbst verantwortlich, weil ich die beste Tänzerin bin! Aber wie geht es euch denn so? Was gibt es Neues in Thornleigh? Habt ihr schon Winterferien?«

Matt stöhnte auf. »Nein. Wir haben noch eine ganze Woche vor uns. Nur Schickimicki-Schulen wie deine machen über Weihnachten einen ganzen Monat dicht. Das ist echt nicht fair!«

Tima glaubte, ein leises Echo von Matts inbrünstigem »Nicht fair« zu hören.

»Ist Glück bei euch?« Mit einem Mal hatte sie Sehnsucht nach Matts freundlichem Starenweibchen und vermisste den Vogel genauso wie ihre beiden menschlichen Freunde.

»Ja«, bestätigte Matt. »Eigentlich sollte sie gerade auf irgendeinem Baum schlafen. Ich darf sie nachts einfach nicht mehr wachhalten.«

»Also«, unterbrach Elena ihn. »Dir geht's gut da oben, ja? Hast du Spaß?«

»Und ob! Ihr solltet mal die Lodge sehen, in der wir wohnen. Die hat sogar einen Whirlpool!«

Matt stöhnte wieder auf und murmelte: »Erinner mich dran, im nächsten Leben als reiches Kind zur Welt zu kommen.«

»Hat sich Spin noch mal blicken lassen?«, fragte Tima.

»Nein«, erwiderte Elena. Es entstand eine Pause, in der Tima sich die blasse, magere Gestalt von Spin vorstellte, ihren Manchmal-Freund-manchmal-Feind. Nachts streifte er als selbst ernannter Vampir durch die Straßen ihrer Stadt. Er war wirklich sonderbar … Als Tima ihm zum ersten Mal begegnet war, hatte er sie gejagt und in Todesangst versetzt. Aber er hatte ihnen auch schon mehr als einmal aus der Patsche geholfen. Mittlerweile wusste Tima nicht mehr, wie sie zu ihm stehen sollte.

»Tima –«, begann Elena, als Tima ein dumpfes Geräusch hinter ihrer Schlafzimmertür hörte. Mum musste aufgestanden und in die Küche gegangen sein. Oder Dad. Jetzt hörte sie das gedämpfte Plätschern des aufgedrehten Wasserhahns.

»Sorry«, hauchte sie ins Telefon. »Elternalarm! Ich muss Schluss machen. Lass uns bald wieder telefonieren, okay?« Sie beendete den Anruf und legte das Handy zurück auf den Nachttisch. Nicht einen Augenblick zu spät, denn jetzt ging die Tür auf, und sie sah Mums dunkle Silhouette im Türrahmen stehen. Tima tat, als würde sie schlafen. Mum neigte den Kopf zur Seite, und auch wenn Tima ihr

Gesicht in der Dunkelheit nicht erkennen konnte, spürte sie doch, dass ihre Mutter lächelte. Dann schloss sich die Tür wieder. Tima warf wieder einen Blick auf ihr Handy und entdeckte eine letzte Nachricht von Elena.

Alles klar. Schlaf gut
und viel Spaß noch!

»Du hättest es ihr sagen sollen!« Mit Glück, die auf seinem rechten Knie saß, ruckelte Matt auf Elenas Bett nach hinten. Er sah besorgt aus.

»Ich glaube, wir sollten ihr gar nichts sagen«, entgegnete Elena. »Sie hat gerade eine so schöne Zeit da oben. Sie schläft gut, sie singt und tanzt ... Ich will sie nicht grundlos beunruhigen. Ich meine ... schließlich wissen wir doch selbst noch nicht, ob es überhaupt etwas *gibt*, das uns beunruhigen sollte, oder?«

Matt stand auf und ging ans Fenster. Unten auf der von Straßenlampen beschienenen Straße sah alles ziemlich normal aus – abgesehen von den beiden riesigen Steinadlern, die auf dem Dach des gegenüberliegenden Hauses hockten und direkt zu ihm herüberstarrten.

»Die hocken da jetzt schon seit einer halben Ewigkeit«, sagte Elena. »Wann fliegen sie endlich zu uns und reden mit dir?«

Matt zuckte mit den Schultern. »Ich schicke Glück noch mal zu ihnen.« Während Elena das Fenster weit öffnete, streckte er die Faust mit dem Starenweibchen nach oben. »Guck mal, ob du diesmal irgendwas aus ihnen herausbekommst«, sagte er, woraufhin seine gefiederte Freundin »*Irgendwas!*« echote und zum Fenster hinausflog.

Elena und Matt sahen zu, wie die schmale Silhouette des Vogels über die schwach beleuchtete Straße glitt. Matt atmete langsam ein und aus. Befahl sich, ruhig zu bleiben. Ja, sie *könnte* leichte Beute für die gewaltigen Greifvögel werden, aber bislang hatte er noch kein Raubtier angreifen sehen, während ein Nachtflüsterer in seiner Nähe war.

Im fahlen Licht der Straßenlampen wirkten die Steinadler, wie sie da als gekrümmte Schatten auf dem Dachfirst saßen, wie zwei Racheengel. Matt sah, wie sie die Köpfe ruckartig bewegten, als Glück näher kam, er spürte die Anspannung der Adler. Und er wusste, dass sie hier waren, um ihn vor irgendetwas zu warnen … vielleicht sogar, um ihn und Elena um Hilfe zu bitten. Doch den Grund dafür kannte er nicht. Die Bilder und Empfindungen, die er von ihnen wahrnahm, waren verschwommen und kreisten … Nichts von dem, was die Vögel ihm durch ihre lose telepathische Verbindung mitteilten, kam ihm bekannt vor.

Die Steinadler waren vor dem Abendessen angekommen und hatten den Autopflege-Salon seines Vaters, KOWSKIS GLANZAUTOS, umkreist, während Matt noch an einem Citroën gearbeitet hatte. Er hatte ihre schrillen, durchdringenden Schreie hoch über seinem Kopf gehört und augenblicklich gewusst, dass sie seinetwegen hergeflogen waren. Dennoch hatte er sie gebeten, sich vorerst fernzuhalten und bis weit nach Mitternacht zu warten – so lange, bis er ungestört mit ihnen sprechen konnte. Dad hatte ihm im Nacken gesessen, und dessen Stimmung war nicht die beste gewesen. Auf Matts linker Wange prangte ein Bluterguss, und die Wange schwoll allmählich an, auch wenn Dad – hätte irgendjemand nachgefragt – steif und fest behauptet hätte, nichts damit zu tun zu haben. Kein guter Zeitpunkt jedenfalls, sich zehn Minuten Auszeit zu nehmen, um im nahe gelegenen Wäldchen mit zwei Steinadlern zu reden.

Später, in den frühen Morgenstunden auf dem Weg zu Elenas Haus, war Matt sich bewusst gewesen, dass ihm das Steinadlerpaar im Tiefflug folgte. Gelegentlich ließ es sich auf Dächern oder Telegrafenmasten nieder, nur um sich kurz darauf wieder aufzuschwingen und ihm hinterherzufliegen. Derart große Vögel hielten sich normalerweise mithilfe thermischer Aufwinde in den Lüften, die tagsüber vom Land her aufstiegen. Nachts fiel ihnen das Fliegen deutlich schwerer.

Matt hatte ein schlechtes Gewissen gehabt, weil er sie bis spät in die Nacht hatte warten lassen, aber zu Hause hätte er niemals mit ihnen reden können. Ein Starenweibchen in seinem Zimmer war das eine – zwei Greifvögel mit einer Flügelspannweite von zwei Metern etwas anderes. Selbst auf dem Weg zu Elena hatte er sie noch auf Abstand gehalten. Es war wichtig, dass er jederzeit unbemerkt in der Dunkelheit verschwinden konnte, falls sich ihm ein nächtlicher Autofahrer näherte – mit einem Steinadler auf jedem Arm wäre das nicht möglich gewesen.

Bei Elena angekommen, war er ihr gleich hinauf in ihr Zimmer gefolgt und hatte das Fenster weit aufgerissen … doch die Adler hatten sich verweigert. Matt konnte es ihnen nicht verübeln – ein Vogel, der daran gewöhnt war, auf der Jagd nach Beute über Gebirge und weite Ebenen zu gleiten, würde niemals in einen kleinen, dunklen Raum fliegen – nicht einmal, wenn zwei Nachtflüsterer ihn wie Fluglotsen hineinzuwinken versuchten.

Stattdessen saßen die Tiere nun auf dem Dach gegenüber und übermittelten ihnen ihre sich immerzu drehende Angstbotschaft.

Glück kam wieder zu ihnen ins Zimmer geflogen. Sie landete auf Matts Faust und überbrachte ihm dieselbe Nachricht. Die Adler hatten etwas gesehen, das ihnen Angst eingejagt hatte … in endlosen Kreisen.

»Ich muss sie dazu bringen, zu mir zu kommen«, sagte er zu Elena. »Glück – flieg zu ihnen und sag ihnen, dass sie hinten in den Garten kommen sollen. Wir werden dort auf sie warten.«

Leise schlichen sie sich an Callies Zimmer vorbei, die sie tief und gleichmäßig atmen hörten. Matt fragte sich oft, was Elenas Mutter wohl tun würde, wenn sie eines Nachts aus dem Schlafzimmer kommen und entdecken würde, dass ihre Tochter mit einem älteren Jungen auf dem Zimmer war. Sie waren Freunde, ja. Sehr *gute* Freunde – aber auch nicht mehr als das. Was ihrer Mutter jedoch nur schwer zu vermitteln gewesen wäre.

Im Erdgeschoss schlüpften sie lautlos durch die Hintertür nach draußen in die Dunkelheit des Gartens und warteten.

Die Adler erreichten den Garten mit einem heftigen Abwind. Matt streckte nicht die Faust für die Landung aus, wie er es bei Glück tat, denn allein das Greifvogelweibchen wog vermutlich so viel wie ein mittelgroßer Hund. Kurz darauf landete das Pärchen mit Wucht auf der gebogenen Holzlehne der Gartenbank. Im schwachen Licht, das aus dem Küchenfenster nach draußen fiel, waren die Tiere mit ihren goldbraun gefiederten Köpfen, den gelb umrandeten dunklen Augen und den gefährlich gekrümmten Schnäbeln auf beängstigende Weise schön.

»Ihr seid den ganzen Weg von …«, er machte eine Pause und schloss die Augen, »… Schottland bis hierher geflogen. Warum?«

Sie starrten ihn unverwandt an, und das Männchen zischte leise. Matt lächelte, denn jetzt begriff er plötzlich, dass er ihm schon einmal begegnet war. »*Du* warst es, der uns im Herbst geholfen hat, stimmt's?«, murmelte er, während er sich die Begegnung wieder ins Gedächtnis rief. Das Männchen bestätigte es ihm augenblicklich – damals, auf dem Dach von Thornleighs höchstem Hochhaus, hatten sie gegen einen gemeinsamen Feind gekämpft.

»Ich habe mich nie bei dir bedankt«, sagte Matt. »Also: Vielen Dank.«

»Warum ist er zurückgekommen?« Elena strich sich eine helle Haarsträhne aus dem Gesicht und starrte den Vogel bewundernd an. »Vielleicht kann er uns seine Botschaft jetzt, wo wir so nah bei ihm sind, etwas klarer machen. Vielleicht … solltest du ihn … berühren …«

Matt sah Elena an, dann blickte er wieder zu den beiden Adlern, die ihre Killerkrallen um die hölzerne Lehne geschlagen hatten. Diese Vögel waren keine Schmusetiere. Dennoch – es könnte tatsächlich etwas bringen, Körperkontakt zu ihnen aufzunehmen. Zaghaft streckte er seine Hand aus und wartete nur darauf, dass die Tiere zischten und vielleicht sogar mit den Schnäbeln nach ihm hackten. Doch das taten sie nicht.

Ist das in Ordnung?, sandte er ihnen zu. Und sie antworteten ihm: *Das ist es.*

Seine Finger ruhten leicht auf dem Kopf des Männchens, mit der anderen Hand tastete er nach der Federkrone des Vogelweibchens. Beide Tiere bebten vor Energie, und sobald er in Verbindung mit ihnen stand, spürte er, wie tief beunruhigt sie waren. Die lange Reise aus dem Schottischen Hochland hierher und die Schwierigkeiten des auferzwungenen Nachtflugs hatten sie zudem völlig erschöpft.

Doch deutlicher als all das wusste er plötzlich, dass etwas ihre Welt ins Wanken gebracht hatte, sie auseinanderriss. Etwas derart Furchteinflößendes, dass zwei der größten und gefährlichsten Raubvögel weltweit Hunderte von Kilometern geflogen waren, um ihn, einen Teenager aus der verschlafenen Kleinstadt Thornleigh, um Hilfe zu bitten.

Da war noch etwas anderes. *Jemand* anderes. Eiskalt lief es ihm den Rücken herunter. Matt wollte sich bei dem Weibchen vergewissern – vielleicht hatte er es sich nur eingebildet. *Wolltest du … wolltest du mir Tima zeigen?* Das Tier bestätigte seine Frage mit einem Zischlaut. Irgendetwas Furchtbares, etwas Gewaltiges ging da vor sich … und Tima war mittendrin.

Matt drehte sich zu Elena. »Wir müssen nach Schottland. Noch heute Nacht.«

7

Ein wilder, hoher Schrei riss Tima aus dem Schlaf. Im nächsten Moment saß sie auch schon aufrecht im Bett, ihr Herz raste. Der Wecker zeigte 4:23 Uhr. Was zur Hölle war das für ein Geräusch gewesen?

Sie stand auf, tappte zum Fenster und zog den schweren Vorhang mit Schottenkaros zur Seite, um hinauszusehen. Die Weihnachtsbeleuchtung der Ferienanlage war eingeschaltet und sandte ein Leuchten durch die Dunkelheit, aber Tima konnte weder eine Gestalt noch irgendeine Bewegung ausmachen. *Ernsthaft jetzt – das war nur ein Traum. Reiß dich mal zusammen.* Es konnte auch ein Fuchs gewesen sein ... oder sogar eine Wildkatze. Die konnten bisweilen auch ganz schön kreischen.

An der Vorhangstange saß eine Spinne in ihrem Netz. *Gibt es da etwas, über das ich mir Sorgen machen müsste?*, fragte sie das Tierchen. Die Spinne krabbelte einmal im Kreis über das Netz und hockte sich wieder in ihre Ecke. Sie sah nicht wirklich entspannt aus ... allerdings auch nicht ängstlich. Spinnen waren wirklich nicht allzu gesprächig. Spencer, zu Hause in Thornleigh, stellte die große Ausnahme dar.

Tima wollte sich gerade wieder ins Bett legen, als sie den goldenen Lichtschein bemerkte, der unter ihrer Tür durchdrang. Sie zog ihren warmen Bademantel an und ging in den Flur hinaus. Das Licht kam aus der Küche. Jetzt konnte sie auch Stimmen hören, eine gedämpfte Unterhaltung. Als sie die Tür öffnete, saßen Mum und Dad am Küchentisch und hatten heiße Getränke vor sich.

»Oh, tut mir leid, Mäuschen«, sagte Mum. »Habe ich dich geweckt?«

»Äh … nein … ich glaub nicht«, erwiderte Tima. »Ich wollte mir nur was zu trinken holen.« Sie war sich ziemlich sicher, dass ihre Mutter keinen solchen Schrei ausstoßen konnte, wie sie ihn im Schlaf gehört hatte. »Was ist denn los?«, fragte sie ihre Eltern.

»Ich hatte einen seltsamen Traum«, erwiderte Mum. »Ich habe geträumt, dass das Zimmer bebt, und bin völlig panisch aufgewacht – überzeugt davon, dass es ein Erdbeben gewesen ist.« Sie schüttelte lachend den Kopf.

»Als ob wir wieder im Jemen wären«, sagte Dad und legte die Hände um seinen Becher. An Tima gewandt, fügte er erklärend hinzu: »Dort kam es immer wieder zu Erschütterungen. Ein-, zweimal im Monat.«

»Die haben mich immer in Angst und Schrecken versetzt«, sagte Mum. »Die Tiere rannten davon, und das Beste war, man rannte gleich mit ihnen. Es heißt, Tiere wissen immer, wohin sie laufen müssen, um vor einem Beben sicher zu sein. Einmal hatte meine Mutter solche Angst um uns, dass mein Bruder und ich die Nacht unter einem Tisch verbringen mussten. Am Tag zuvor war es in einem Dorf, das nur eine Stunde Fußweg von uns entfernt lag, zu einem schweren Erdbeben gekommen. Selbst bei uns war es noch zu spüren gewesen. Weißt du, diese Erdbeben … die setzen sich entlang der Verwerfungslinien fort.«

»Seid ihr deshalb nach England gezogen?«, wollte Tima wissen.

»Nein, das war wegen des Jobangebots für deinen Vater«, erklärte Mum. »Ein Headhunter hatte ihn angeworben – weil er so ein brillanter Chirurg ist.« Sie lächelte ihrem Mann zu.

»Und du bist eine ausgezeichnete Tierärztin«, ergänzte Tima.

»Das stimmt«, sagte Dad. »Deine Mutter –« Er brach mitten im Satz ab, stellte seinen Kaffeebecher hin, stand auf und kniff die Augen zusammen. Tima und ihre Mutter folgten seinem Blick zur Wand und raunten überrascht.

»War der gestern schon da?«, fragte Dad.

Mum lief zur Wand. Die Mauer bestand aus massiven Steinen, die grob verputzt und strahlend weiß gestrichen worden waren. Von der Decke bis zum Boden zog sich ein tiefer schwarzer Riss.

»Nein«, sagte Mum verwirrt. »Ich bin mir sicher, den hätte ich bemerkt.« Sie drehte sich um und sah erstaunt zu Dad. »Du glaubst doch nicht, ich habe im Schlaf ein *echtes* Erdbeben gespürt, oder?«

»Was? Hier, im Schottischen Hochland?« Dad lachte. »Nein … Viel wahrscheinlicher ist, dass der heiße Dampf vom Whirlpool in den Mauerputz gezogen ist. Oder, noch wahrscheinlicher: Der Riss war zuvor schon da, aber wir haben ihn – deinen Erdbeben-Albträumen sei Dank – jetzt erst bemerkt.«

»Auch hier kann die Erde beben«, sagte Tima. »Wir hatten das neulich in Erdkunde. In Großbritannien kommt es ungefähr zu 200 Erdbeben pro Jahr. Die meisten davon sind zu schwach, um überhaupt wahrgenommen zu werden, aber manche sind auch so stark, dass Bilder von den Wänden fallen.«

Mum wirkte geschockt. »Wahnsinn … Wenn man bedenkt, dass wir hierhergekommen sind, um uns zu entspannen …«

Dad schüttelte den Kopf. »Das war *definitiv* kein Erdbeben. Es ist nur ein Traum gewesen. Kommt schon – wir sollten jetzt alle wieder ins Bett gehen. In Ordnung, Tima?«

Tima nickte und holte sich ein Glas Wasser. Zurück in ihrem Bett, lag sie eine Weile still da und starrte die Decke an. Sie fühlte sich wie durchgerüttelt. Der Schrei in ihrem Traum … Mums Gerede über Erdbeben … Der Riss in der Wand. War er gestern wirklich schon da gewesen? Sie war sich nicht sicher.

Zuerst dachte sie daran, Elena eine SMS zu schicken, entschied sich aber doch dagegen, weil sie ihre Freundin nicht beunruhigen wollte. Was, wenn sie gerade erst mit Mühe wieder eingeschlafen war? Elena und Matt brauchten ihren Schlaf – sie wären nicht besonders glücklich, wenn Tima sie ohne vernünftigen Grund wecken würde.

Sie schloss die Augen und stellte sich vor, wie ihre zwei besten Freunde gerade eingekuschelt in ihren Betten lagen und friedlich schlummerten. Genau so sollte es sein. Sie sollten ruhig schlafen – und sich sicher fühlen.

8

»Mit dem E-Klasse-Mercedes wären wir schnell da oben«, raunte Matt. »Der hat einen starken Motor und ist ideal, wenn man's eilig hat ... Aber der Tank des Land Rover Discovery ist noch fast voll, außerdem ist der Wagen fürs Gelände super.«

Elena ließ ihren schweren Rucksack vor sich auf den Boden fallen, während Matt immer noch abwog, welches Auto er klauen sollte. Sie konnte kaum glauben, dass sie mit all dem hier einverstanden war. Aber das war sie, sie hatte zugestimmt – diesen beiden Steinadlern konnte man einfach nicht widersprechen. Das war ihr klar geworden, als sie die beiden zurück in die Dunkelheit hatte fliegen sehen, und Matt war es genauso gegangen. Er hatte zehn Minuten gewartet, während sie ein paar Brote geschmiert und sie zusammen mit Chips, Keksen und einer Thermoskanne mit heißem Kakao in ihren Rucksack gestopft hatte. Mum hatte sie eine Nachricht geschrieben. Anschließend hatten sie beide das Haus verlassen und waren zu Matt gelaufen, während bereits der Morgen dämmerte.

»Der Mercedes-Besitzer wird die Polizei vermutlich schneller einschalten«, fuhr Matt leise fort. »Der Typ, dem der Land Rover gehört, ist lockerer drauf – er wird wahrscheinlich erst einmal abwarten, falls Dad sich eine Geschichte über eine zerbrochene Windschutzscheibe oder irgendwas anderes einfallen lässt. Manchmal wirbelt der Hochdruckreiniger Steinchen auf, sodass eine Windschutzscheibe Risse bekommt – Dad holt dann immer jemanden, der das reparieren kann.«

»Wird dein Dad das Auto nicht einfach als gestohlen melden?«, flüsterte Elena zurück.

»Möglicherweise nicht, wenn er weiß, dass sein Sohn der Dieb ist«, erwiderte Matt.

»Du willst es ihm *sagen*?!« Elena starrte ihren Freund an, ihr Blick blieb auf seiner geschwollenen Wange hängen. »*Das* hat er dir verpasst, nur weil du vergessen hast, einen Becherhalter zu reinigen. Was wird er erst mit dir anstellen, wenn du den Wagen seines Kunden stiehlst?!«

Matt zuckte mit den Schultern. Er führte Elena in den kleinen Bürobereich, wo die Wagenschlüssel in einer Reihe an Haken hinter dem Schreibtisch hingen, und griff nach dem Schlüssel des Land Rover. Dann nahm er sich einen Zettel vom Tisch und schrieb:

Mum und Dad – ist ein Notfall. Muss einem Freund helfen.
Musste das Auto nehmen. Macht euch bitte keine Sorgen.
Bin bald wieder da.
Matt

»Wie werden sie reagieren?«, wisperte Elena, als sie nach draußen zum Wagen liefen. Sie merkte, dass Matt sich zusammenriss, aber er musste große Angst haben. Die Strafe, die ihn zu Hause erwarten würde, malte er sich sicher gar nicht erst aus … Wenn Elena nicht gewusst hätte, dass Tima in schrecklicher Gefahr schwebte, hätte sie nie zugelassen, dass er das Auto nahm.

»Weiß ich nicht«, antwortete Matt und öffnete leise die Fahrertür. »Ob mein Alter vor Wut explodiert oder sich wie ein Baby heulend auf den Boden wirft, ist mir völlig schnuppe. Mum ist es, um die ich mir Sorgen mache.« Er schluckte, dann schüttelte er den Kopf. »Er schlägt sie nicht«, sagte er, mehr zu sich selbst als zu Elena. »Ihr wird nichts passieren.«

Glück hatte ihren Schlafplatz vor Matts Zimmerfenster verlassen und flog auf seine Schulter. Sie war fest entschlossen, Matt und Elena zu begleiten. »Nichts passieren«, echote sie.

Matt stieg ein, brachte den Schalthebel in die neutrale Position und löste die Handbremse. Der Land Rover rollte lautlos über den abgeschrägten Hof, bis er halb auf der Straße stand. Erst dort drehte Matt den Schlüssel im Zündschloss um – der Motor sprang an. Natürlich war er noch viel zu jung, um Auto zu fahren, aber er hatte es in diesem Jahr bereits mehrere Male tun müssen. Elena machte sich immer Gedanken, wenn er gegen das Gesetz verstieß, aber die Einwohner von Thornleigh hatten ihm und seinen kriminellen Machenschaften viel zu verdanken. Dadurch, dass er die Nachtflüsterer schnell dorthin gebracht hatte, wo sie gebraucht wurden, hatten sie in den letzten Monaten vielen Menschen das Leben gerettet. Tausenden, wenn nicht gar Millionen. Es war schade, dass außer ihnen, einem Möchtegern-Vampir und einer Handvoll Außerirdischer nie jemand davon erfahren würde.

»Du fährst richtig gut mittlerweile«, bemerkte Elena, als sie in nordöstlicher Richtung über die Schnellstraße rasten.

»Wenigstens etwas, das ich meinem Vater zu verdanken habe«, raunte Matt. »Natürlich hat er mir das Fahren nicht mir zuliebe beigebracht, sondern nur, damit ich die Autos für ihn über den Vorhof kutschieren kann. Er hätte mich sogar noch früher hinters Steuer gelassen, aber meine Beine waren erst mit zwölf lang genug, um richtig an die Fußpedale zu kommen.«

»Matt – das hier ist wirklich mutig von dir.« Ein wenig verlegen klopfte Elena ihm auf den Rücken.

Wieder zuckte er mit den Schultern. »Wir können uns ja wohl kaum ein Taxi nehmen, um nach Schottland zu kommen, oder?«

»Ich wollte schon Mum bitten, uns zu fahren«, sagte Elena. »Und ich glaube, sie hätte es sogar gemacht, wenn ich ihr erzählt hätte, dass Tima in Gefahr ist. Aber auf der Autobahn wird sie immer nervös, und außerdem ist sie nachts von ihren Tabletten so benommen, dass es nicht sicher gewesen wäre.«

Matt wurde wehmütig. Wie schön wäre es gewesen, zur Abwechslung mal einen netten Erwachsenen dabeizuhaben, der ihnen half. Er mochte Elenas Mutter Callie sehr. Sie war fröhlich und freundlich und fürsorglich. Leider war sie auch psychisch instabil, vor allem, wenn die Symptome ihrer bipolaren Störung stärker wurden. Wenn es ganz schlimm kam, musste Elena sich um ihre Mutter kümmern. Und trotzdem beneidete er sie um ihre Mum. Wenn sie von diesem Abenteuer zurückkehren würden – *falls* sie von diesem Abenteuer zurückkehrten –, würde sie Elena zuallererst in den Arm nehmen und erst danach Fragen stellen. Sein Dad würde zuallererst zuschlagen …

»Abgesehen davon«, fuhr Elena fort, »hätte Mum natürlich wissen wollen, weshalb wir uns sicher sind, dass Tima Gefahr droht. Und ich weiß nicht, ob es ihr im Moment so gut geht, dass sie die Wahrheit verkraften würde.«

»Wer von unseren Eltern würde schon die Wahrheit verkraften?«, brummte Matt. Es war einfach zu verrückt, sich vorzustellen, dass er Mum und Dad von seiner Superkraft, mit Tieren sprechen zu können, erzählen würde. Sie würden ihm niemals glauben. Und wenn er versuchen würde, es ihnen zu beweisen, dann … Nein, *das* konnte er sich beim besten Willen nicht ausmalen. Elena nickte. »Aber es rutscht einem hin und wieder raus, oder? Das Nachtflüstern meine ich. Letzte Woche habe ich plötzlich Chinesisch geredet, als ich in den Goldenen Drachen kam, um unser bestelltes Abendessen abzuholen. Das Gesicht der Bedienung hättest du sehen sollen … Ich hab der Frau erklärt, dass ich eine chinesische Fernsehshow gesehen und nur wiederholt habe, was ich da gehört hatte, aber … In dieses Restaurant kann ich keinen Fuß mehr setzen.« Sie seufzte. »Wie auch immer, laut meinem Navi sind wir in sechs Stunden und

44 Minuten da.« Elenas Gesicht leuchtete im Handylicht auf. »Wie praktisch, dass Tima uns diesen Link zu ihrer Ferien-Lodge geschickt hat.«

Matt nickte. »Ich hoffe nur, wir kommen noch früh genug, um …« Er brach mitten im Satz ab. Um *was*? Um Tima zu retten? Wovor? »Was wissen wir eigentlich bisher?«, fragte er schließlich.

»Dass sie in großen Schwierigkeiten steckt. Und andere Menschen auch«, erwiderte Elena. »Und dass die Gefahr von diesem sich drehenden, kreisenden Etwas ausgeht … was auch immer das ist.«

»Nicht gerade viel, um unseren überstürzten Aufbruch zu rechtfertigen, oder?«, murmelte Matt.

»Nein«, gab Elena zu. »Aber nun sitzen wir schon mal hier in diesem geklauten Auto. Und ich glaube, du spürst dasselbe wie ich.«

Matt antwortete nicht. Es war nicht nötig. Die kalte Bedrohung hatte seine Magengrube nicht mehr verlassen, seit er Tima in den panischen Köpfen der Steinadler gesehen hatte. Elena hatte behutsam das Adlerweibchen berührt und dieselbe Botschaft erhalten wie Matt – Tima, irgendwo in der Dunkelheit. Und dann ein Bild von irgendetwas … etwas schnell Kreisendes. Und ein Schrei. Was sie dabei gefühlt hatten, war schlimmer als die Bilder und Geräusche gewesen – sie hatten *nackte Angst* gespürt. Selbstverständlich hatten sie Tima direkt danach eine SMS geschrieben, allerdings keine Antwort erhalten. Sie hatten auch versucht, sie anzurufen, doch jedes Mal war nur die Mailbox drangegangen, und sie hatten sich Vorwürfe gemacht, ihr nicht schon beim letzten Anruf von den Steinadlern erzählt zu haben.

Elena beugte sich vor und suchte im Radio nach einem Regionalsender. »Nur für den Fall, dass sie etwas in den Nachrichten bringen … oder es anderweitig Neuigkeiten gibt«, erklärte sie Matt.

»Aus Schottland?« Matt schüttelte den Kopf. »Ich glaube nicht, dass es schon passiert ist.«

»Willst du damit sagen, dass die Adler *Wahrsager* sind?«

»Keine Ahnung«, brummte Matt. Er rieb sich die Stirn und seufzte. »Möglich wär's. Ich glaube, sie erkennen bestimmte Muster und treffen Vorhersagen. Nur so können sie überleben, stimmt's?«

»Schätze schon«, sagte Elena. »Tiere wissen vieles, was wir nicht wissen … bevor wir es wissen. Du weißt schon, Tsunamis und all so was. Sie rennen immer ins Landesinnere, lange bevor die Menschen überhaupt mitbekommen haben, dass ein Tsunami kommt.«

»Ein Tsunami …«, brummte Matt. Ja. Genauso fühlte es sich an. Was auch immer da gerade auf sie zukam, es kam … Und alles, was Elena und er in der Zwischenzeit tun konnten, war, sich auf den Instinkt der Tiere zu verlassen.

Sie hatten keine andere Wahl.

9

»Dieses Mädchen … dieses Mädchen gestern«, sagte Jamie. »Sie hat mich verstanden!«

Onkel Fraser und Grandpa saßen mit zusammengezogenen Augenbrauen am Esstisch und warteten darauf, dass Jamie, der ihnen gegenübersaß, sich etwas beruhigen und das Ganze wiederholen würde, vielleicht mithilfe von Zeichensprache oder einem Zettel. Das war bisweilen für alle hilfreich, wenn Jamie besonders undeutlich sprach. Und Jamie sprach immer dann besonders undeutlich, wenn er aufgeregt oder wütend war.

In seinem eigenen Kopf hörte sich Jamie an wie jeder andere. Er sprach flüssig und nachvollziehbar … nachvollziehbarer als viele andere an seiner Schule. Aber für sein jeweiliges Gegenüber klang es anscheinend so, als ob er beim Reden Kartoffelbrei im Mund hätte. Die Wörter blieben einfach hängen und kamen schließlich dumpf und verunstaltet heraus. Wenn er sich möglichst einfach ausdrückte und hauptsächlich einsilbige Wörter verwendete, konnten die Leute oft das Wesentliche seiner Aussage erfassen. Für alles, was darüber hinausging aber, brauchte es viel guten Willen und ernsthafte Konzentration.

Viele Leute mochten es nicht, sich selbst auf einem Aufnahmegerät zu hören. Es war ihnen peinlich, dass ihre Stimme zu hoch klang oder zu monoton. Jamie hatte keinerlei Verständnis für ihre Scham. Zumindest *verstanden* diese Leute, wenn sie das Ganze hinterher abspielten, *was* sie gerade gesagt hatten. Wenn jemand im Nachhinein abspielte, was man von Jamie aufgenommen hatte (und ja, das hatten sie schon getan), war nur Kauderwelsch zu hören.

»Sag es noch einmal – und langsamer diesmal«, bat Grandpa. Er schnitt sich eine Scheibe Haggis ab, nahm einen Speckstreifen und steckte beides zwischen eine zusammengedrückte Scheibe Brot.

Jamie holte tief Luft und sagte: »Ich – hab – ges – tern – ein – Mäd – chen – ge – tro – ffen.«

Grandpa nickte grinsend. »Wirklich? War sie hübsch?«

Jamie verdrehte die Augen. »Sie – hat – mich – ver – stan – den!«

»Sie hat dich verstanden?«, wiederholte Grandpa.

Jetzt sprang Onkel Fraser ein. »Aye, das hat sie. Richtig geplaudert haben die beiden.«

»Wie das? Mit Zeichensprache?«

»Nein«, erwiderte Onkel Fraser mit hochgezogenen Brauen. »Das war vielleicht was! Das Mädchen schien einfach zu verstehen, was er sagte, als ob sie eine ganz normale Unterhaltung führten. Vielleicht gibt es jemanden in ihrer Familie, der dieselben Probleme hat wie Jamie.«

»Sie hat über meine Witze gelacht!«, ergänzte Jamie. »Sie hat mich Schleifpapier-Junge genannt, weil ich gesagt habe, dass Schleifpapier das Einzige ist, mit dem ich umgehen kann …« Darüber hatte er die ganze Nacht nachgedacht, richtig gegrübelt hatte er und gestaunt. Wieder und wieder hatte er das Gespräch in Endlosschleife in seinem Kopf wiederholt und versucht, sich an jedes einzelne Wort zu erinnern, um davon erzählen zu können.

Natürlich hatten weder Onkel Fraser noch Grandpa seinen letzten Satz verstehen können, weil er beim Sprechen gelacht hatte. Jamie seufzte. Das Beste wäre, er würde nachher seinen kleinen Laptop herausholen und sich auf diese Weise mit ihnen verständigen. Schnell konnte er nicht tippen, weil seine Wackelhände machten, was sie wollten, und seine Kopf-Hand-Koordination einem Lotteriespiel glich, aber wenn er sich wirklich bemühte, brachte er zumindest ein bisschen was zustande. Seit Kurzem war er einer

Online-Community beigetreten, in der sich Kinder austauschten, die dieselben Schwierigkeiten hatten wie er. Alle diese Kinder genossen es sehr, sich in einem geschlossenen Chatroom über ihre Erfahrungen auszutauschen. Das Geniale an der Kommunikation via Bildschirm war, dass man dort nicht verurteilt wurde – höchstens wegen Grammatikfehlern, Zeichensetzung oder fehlendem Sinn für Humor. Ein guter Sinn für Humor war für alle von ihnen lebenswichtig. Was blieb einem auch anderes übrig, als das Ganze mit *Humor* zu nehmen?

Grandpa zwinkerte ihm zu. »Und …? Wirst du dich noch mal mit deiner kleinen Freundin treffen?«

Wieder verdrehte Jamie die Augen, dann zuckte er mit den Schultern.

»Wahrscheinlich nicht«, sagte Onkel Fraser. »Wir haben dem Bühnenbild nur den letzten Schliff verpasst und sind jetzt fertig. Aber wir könnten uns bestimmt ein paar kostenlose Eintrittskarten organisieren und sie bei einer der Aufführungen nach Weihnachten sehen. Vielleicht lassen sie uns danach sogar zu ihr hinter die Bühne.«

»Sie wohnt in der Ferienanlage Seeblick«, erzählte Jamie. »Ich könnte mal rübergehen.«

»Langsamer«, bat Onkel Fraser, woraufhin Jamie, der diese Reaktion zur Genüge kannte, alles noch einmal mit halber Geschwindigkeit wiederholte.

»Ja, das könntest du«, stimmte sein Onkel ihm zu. »Wie wäre es, wenn wir beide heute Vormittag mal mit dem Hund hinübergingen? Ich habe dort noch einiges zu erledigen, bei dem du mir zur Hand gehen könntest. Und da Sonntag ist, ist das Mädchen möglicherweise auch da, wer weiß. Vielleicht hat sie ja Lust, mit dir und Hamish einen Spaziergang zu machen.«

Jamie grinste, nickte und hielt beide Daumen in die Höhe.

»Sei nur bitte nicht enttäuscht, wenn sie nicht da ist«, sagte sein Onkel. »Oder wenn sie … wenn …«

Jamie nahm seinen Onkel beim Arm und nickte eifrig. Sein Lächeln wurde schmaler, und er sah zum Himmel. »Ja«, sagte er. »Ich weiß.«

Sie nickten beide. Mit der Zeit hatte Jamie gelernt, dass viele Menschen freundlich zu ihm waren, lächelten und sich bemühten. Es gab ihnen ein gutes Gefühl, sie kamen sich anständig und edel vor, wenn sie mit einem armen *behinderten* Jungen sprachen und ihn so behandelten, als ob er ganz normal sei. Aber dieses Verhalten war nicht von Dauer. Eine Unterhaltung mit Jamie zehrte an den Kräften, sie war anstrengend und erforderte höchste Konzentration. Die meisten Leute hielten das nicht länger als zehn Minuten durch. Einige, mit denen er sich an einem Tag noch nett unterhalten hatte, hatten am nächsten schon die Straßenseite gewechselt, den Blick abgewandt oder plötzlich auf ihre Handys gestarrt und so getan, als sähen sie ihn nicht. Jamie versuchte, ihr Verhalten damit zu begründen, dass diese Menschen nicht unfreundlich, sondern dem Ganzen bloß nicht gewachsen waren. Er hätte es nicht persönlich nehmen sollen.

Aber es betraf nun mal *ihn* und war damit etwas Persönliches. Vielleicht sollte er nicht hinüber in die Ferienanlage gehen. Gut möglich, dass seine selige Erinnerung an die lockere, unkomplizierte Unterhaltung mit dem Mädchen zerstört würde, wenn sie ihn beim nächsten Zusammentreffen ignorierte.

Nur dass er nicht glaubte, dass es tatsächlich so kommen würde. Es lag an der Art, wie sie miteinander geredet hatten. Das Mädchen hatte ihn nicht gebeten, seine Worte zu wiederholen. Sie hatte nicht die Stirn gerunzelt oder längere Pausen eingelegt, um ihn verstehen zu können. Sie hatte sich nicht so verhalten, als ob irgendetwas an ihm unnormal wäre. Ganz und gar nicht. Die Unterhaltung mit ihr war anders gewesen als jede andere seines bisherigen Lebens – anders auch als die Gespräche mit Onkel Fraser, der sein Stimmmuster und seine Ticks besser kannte als jeder andere Mensch.

Es war, als hätte dieses Mädchen *Jamiesch* reden können.

Gleich nach dem Frühstück brachen sie auf, und auf dem Höhenweg kam ihnen Peter Walker entgegen. Der leichte Schneefall hatte nachgelassen, und nun kämpfte sich die Sonne hoch in den Himmel und ließ das purpurne Heidekraut auf den unteren Hängen glänzen.

»Was ist denn mit deiner Kuh passiert, Peter?«, rief Onkel Fraser.

»Was meinst du?«, rief der Bauer zurück und kam mit seinem Schäferhund Joye zu ihnen hinüber. Hamish wetzte sofort los, um den Nachbarhund zu begrüßen, ließ sich vor ihm auf den Boden fallen und wälzte sich ausgelassen.

»Deine Kuh«, wiederholte Onkel Fraser. »Mein Jamie hat vor zwei Tagen eine tote Kuh drüben auf dem Brawder's Pass gefunden. Wir sind noch mal hingegangen, um nach ihr zu sehen, aber da war sie schon weg. Wir nahmen an, du hättest sie in der Zwischenzeit abgeholt.«

Peter blickte ins Tal hinunter, dann sah er die beiden verwundert an. »Ich hab keine tote Kuh gefunden.« Er wandte sein wettergegerbtes Gesicht Jamie zu. »Bist du sicher, dass die Kuh tot war, Junge?«

»Aye, mausetot«, erwiderte Jamie. »Sie hatte ein riesiges Loch im Körper.«

Doch Peter verstand kein Wort, und Onkel Fraser weigerte sich, für Jamie zu übersetzen. Er legte seinem Neffen die schwere Hand auf die Schulter, drückte sie und sagte: »Ach, Jamie hat sie nur von Weitem gesehen – vermutlich hat er sich einfach geirrt. Ich schätze, die Kuh hatte sich nur ein bisschen hingelegt und ist später wieder aufgestanden und weggetrottet.«

Der Bauer sah besorgt aus. »Aye, vermutlich hast du recht … Allerdings vermisse ich wirklich eins meiner Hochlandrinder. Ich dachte, es würde nur ein bisschen herumstreunen. Joye und ich werden ein Auge darauf haben.«

»Nun, wir halten auch die Augen offen und geben dir Bescheid, wenn wir es entdecken«, sagte Onkel Fraser. »Bis dann, Peter.«

»Weshalb hast du ihm nichts von dem Loch erzählt?«, wollte Jamie wissen, sobald Peter außer Hörweite war.

Onkel Fraser blieb stehen und drehte sich zu ihm. »Jetzt mal im Ernst, Jamie. Du warst der Einzige, der das Tier gesehen hat. *Ich* glaube zwar nicht, dass du dir das Ganze ausgedacht hast – aber es ist schon eine ziemlich verrückte Geschichte, hab ich recht? Und du weißt ja, dass die Leute schnell einen falschen Eindruck von dir bekommen können …«

»Ja«, fauchte Jamie. »Die denken, ich bin nicht ganz dicht. Die denken, nur weil ich nicht richtig laufen und sprechen kann, hab ich auch kein Hirn.« Er hatte die Sätze schnell und aufgebracht hervorgestoßen und wunderte sich daher nicht, dass Onkel Fraser ihm nicht antwortete. Er hätte ohnehin nicht viel dazu sagen können, sie wussten ja beide, wie es war. Widerwillig musste Jamie zugeben, dass es womöglich besser gewesen war, dass sein Onkel das Loch in der Kuh nicht erwähnt hatte. Die Farmer und Kleinbauern in der Nachbarschaft waren ganz in Ordnung, aber einige von ihnen nahmen kein Blatt vor den Mund. Sie machten keinen Hehl daraus, was für ein Pech die McCleods doch hatten, ein Kind am Hals zu haben, das ihnen kaum zur Hand gehen konnte. In dieser Gegend wurden Kraft, Geschicklichkeit und eine allgemein gute körperliche Verfassung hoch geschätzt. Man musste fit sein, um im Schottischen Hochland überleben zu können. Jamie wusste, dass die Leute recht hatten und dass Onkel Fraser und Grandpa das nur deshalb nie aussprachen, weil sie ihn liebten.

»Am besten vergisst du das Ganze, Junge«, sagte Onkel Fraser.

»Klar«, brummte Jamie. Mittlerweile waren die fünf Lodges der Ferienanlage in Sichtweite gekommen, deshalb tat er sein Bestes, um die löchrige Kuh aus seinen Gedanken zu vertreiben. Gleich würde er vielleicht das Mädchen wiedersehen.

»Komm schon, Hamish«, rief er und wandte den Kopf, um Ausschau nach dem Border Collie zu halten. »*Komm* jetzt!« Hamish war ein Stück weiter hinten auf dem Weg stehen geblieben und jagte wie ein Welpe nach seinem eigenen Schwanz. Dabei war er bereits drei Jahre alt! »Komm jetzt«, rief Jamie noch einmal.

Aber Hamish drehte sich weiter und weiter, immer im Kreis herum.

10

Sie fuhren gerade südlich von Carlisle auf der Autobahn, als es einen Knall gab und der Land Rover urplötzlich nach links driftete.

Elena, die mit dem Kopf am Fenster eingenickt war, erwachte schreiend und klammerte sich am Sicherheitsgurt fest, während der Wagen seitwärts auf die Nachbarspur schwenkte und Matt nur knapp einem schweren Betonmischfahrzeug ausweichen konnte. Glück, die auf Matts Kopfstütze saß, flatterte wild mit den Flügeln.

»Geplatzter Reifen!«, schrie Matt und mühte sich ab, das Auto unter Kontrolle zu bekommen und auf den Seitenstreifen zu lenken. Endlich gehorchte der Land Rover, und Matt dankte dem Schicksal dafür, dass sie zu diesem Zeitpunkt nur um die 100 Stundenkilometer schnell gefahren waren. Hätte der Tacho mehr angezeigt, wären sie beide jetzt vermutlich die Hackfleischfüllung eines Metallbrötchens. Matts gewachsenes Selbstvertrauen am Steuer war abrupt verpufft. Er machte den Motor aus, zog die Handbremse an und legte die Stirn auf das Lenkrad.

»Ich hätte zu Hause den Reifendruck prüfen müssen«, murmelte er, um seine Stimme nicht zittern zu lassen. Das konstante Wuuummm-Wuuummm, das von draußen hereindrang, machte ihm klar, dass sich die Panne am denkbar ungünstigsten Ort ereignet hatte. Autobahnen waren extrem gefährlich, wenn man in einem liegengebliebenen Wagen saß.

Elena schluckte. »Was machen wir denn jetzt? Per Anhalter weiterfahren?«

»Ne. Reifenwechsel«, erwiderte Matt. Er setzte sich auf und lächelte schwach. »Ist okay. Ich weiß, wie das geht.« Was er Elena nicht sagte, war, wie unglaublich riskant ein Reifenwechsel auf dem Seitenstreifen war, wenn andere Fahrzeuge mit 120 Stundenkilometern direkt an einem vorbeirasten. Die meisten Leute würden das Warnblinklicht anmachen, das Warndreieck aufstellen und sich dann so schnell wie möglich hinter der Leitplanke, auf einem Hügel oder sonst irgendwo in Sicherheit bringen, um von dort aus den Abschleppdienst anzurufen. Es kam vor, dass Lastwagen in liegengebliebene Autos krachten, weil ihre Fahrer den Standstreifen für eine Spur mit langsam vorwärtsrollenden Wagen hielten.

Matt – ohne Führerschein und in einem gestohlenen Auto – hatte jedoch nicht die Möglichkeit, Hilfe zu holen. »Glück, du bleibst hier!«, wies er sein Starenweibchen an. Gehorsam blieb sie auf der Kopfstütze sitzen und zuckte verdutzt mit den Flügeln. Matt wartete, bis sich im vorbeirauschenden Verkehr eine Lücke auftat, und stieg vorsichtig aus. Mittlerweile war es kurz nach 9 Uhr und die morgendliche Rushhour fast vorbei, was das Ganze aber nicht einfacher machte – je leerer die Straßen wurden, umso schneller fuhren die übrigen Autos. Das einzig Gute in dieser misslichen Lage war, dass es den Reifen auf der Beifahrerseite, also der Straße abgewandten Seite erwischt hatte.

»Wie kann ich dir helfen?«, fragte Elena. Sie hatte sich neben Matt gestellt, der immer noch den zerfetzten Reifen anstarrte. Sie hatte sich die Kapuze ihres Mantels über die blonden Haare gezogen, und ihre großen blauen Augen blickten tief besorgt.

»Das kann ich dir noch nicht sagen«, gab er zu. »Ich habe noch nie einen Reifen gewechselt, nur meinem Dad dabei zugesehen. Es ist ziemlich leicht.«

Nein. *Leicht* wurde es ganz und gar nicht. Ganze fünf Minuten vergingen allein, bis sie das Werkzeug unter einer Klappe im Kofferraum gefunden hatten, und weitere zehn Minuten, um das Reserverad abzuschrauben und aus dem Wagen zu hieven. Die nächste halbe Stunde verbrachten sie kniend auf dem eisigen, grobkörnigen Asphalt und versuchten herauszufinden, wie sie das Auto aufbocken und den Reifen austauschen konnten. Es war bitterkalt, und mit Handschuhen zu arbeiten, machte die Sache nicht einfacher. Elena sah sich ein YouTube-Video an, um sicherzugehen, dass sie auch alles richtig machten. Der Mann in dem Video hatte offensichtlich keinerlei Schwierigkeiten damit, die Radmuttern mit dem Schraubenschlüssel zu lösen. Die Radmuttern des Land Rover hingegen schienen von einem wütenden Metallgott angeschweißt worden zu sein.

Nach gut einer Stunde voller Schweiß, Schweiß und noch mehr Schweiß richteten Matt und Elena sich auf und atmeten hörbar aus. Das Reserverad war dort, wo es sein sollte, und es sah gut aus. Sie hatten die Radmuttern so fest sie konnten angezogen, indem sie beide – schnaufend und keuchend – mit aller Kraft am Schraubenschlüssel gezogen hatten.

»Wir sind startklar«, presste Matt schließlich hervor.

Doch Elena schüttelte den Kopf. »Warte«, sagte sie, während sie ihre Thermosflasche aus dem Rucksack holte. »Zuerst trinkst du was. Du bist fix und fertig. So kannst du nicht fahren.«

Sie hatte recht. Matt zitterte vor Erschöpfung und hätte beinahe die Blechtasse fallen lassen, die Elena mit heißem Kakao gefüllt hatte. Er drehte sich von der Straße weg und stützte sich mit den Ellbogen auf einem Holzzaun ab, der den Seitenstreifen der Autobahn von einem sanft abfallenden Hang trennte. Während er trank, beobachtete er eine Herde Schweine auf dem Bauernhofgelände unterhalb der Schnellstraße. Einige Tiere lagen unter zeltförmigen Holzhütten, andere gruben sich, die Ohren nach vorn gereckt, mit ihren dicken, fleischigen Schnauzen durch den schlammigen Boden. Das endlose Brummen des Verkehrs, der in unmittelbarer Nähe dahinrollte, schien ihnen nichts auszumachen. Elena stellte sich neben Matt und trank aus einer zweiten Tasse. »Gut gemacht«, sagte sie. »Ich hätte keinen blassen Schimmer gehabt, was zu tun ist.«

»Doch, hättest du«, erwiderte Matt. »Du hast doch das Video auf YouTube aufgerufen und dir angesehen, wie es geht, oder etwa nicht? Und die Hälfte der Arbeit hast du auch erledigt.« Das Letzte, was man Elena vorwerfen konnte, war Faulheit. »Wie auch immer«, sagte Matt und schlürfte die Reste seines Kakaos. »Wir müssen von diesem Standstreifen runterkommen. Jeden Moment kann ein LKW in uns reinfahren.«

Kaum hatte er das Werkzeug und den kaputten Reifen im Kofferraum verstaut, schrie Elena erschrocken auf. Hinter ihnen war ein Polizeiwagen zum Stehen gekommen.

11

Das Mädchen lief mit seitwärts gestreckten Armen über die nassen Felsbrocken. Sie war warm angezogen, trug eine seidig glänzende lila Daunenjacke, schwarze Jeans und schwarze Fellstiefel. Ihre dunklen Haare steckten unter einer stylishen Kunstfellmütze mit Ohrenklappen. Selbst hier, unmittelbar am Wasser, bewegte sie sich noch wie eine Tänzerin.

»Sei vorsichtig!«, rief Jamie. »Fall nicht rein – dieser See ist richtig tief. Nur ein paar Schritte vom Ufer fällt er plötzlich steil ab.«

»Alles gut«, rief sie über die Schulter zurück. »Ich falle schon nicht.« Sie setzte sich auf einen großen Stein und begann, Hamish zu streicheln, der sie anzuhimmeln schien.

Als er mit Onkel Fraser und dem Werkzeug an ihrer Lodge vorbeigelaufen war, hatte das Mädchen sie entdeckt und ihnen von der Terrasse aus zugerufen. Lächerlicherweise hatte er sich gefreut, dass sie sich an ihn erinnern konnte. Noch mehr gefreut hatte er sich, als sie ihre Outdoor-Sachen angezogen hatte und hinausgekommen war, um mit ihnen zu reden. Gleich danach hatte sie ihren Eltern mitgeteilt, dass sie mit ihrem neuen Bekannten Jamie ein bisschen am Seeufer entlangspazieren wollte. Und darüber wiederum hatte Onkel Fraser sich so gefreut, dass er ihn gleich hatte mitgehen lassen.

»Brrrrrr«, sagte Tima jetzt zu Hamish. »Ich hätte mir Handschuhe mitnehmen sollen. Jetzt muss ich mir die Finger in deinem Fell wärmen.«

Jamie zuckelte hinterher und ließ sich unbeholfen auf den Stein neben ihr plumpsen. »Das ist echt verrückt«, sagte er.

»Was ist verrückt?« Sie knuddelte Hamishs Ohren und blickte ihm in die Augen.

»Dass du mich verstehen kannst«, erklärte Jamie.

Sie sah auf und wirkte überrascht. »Was ist daran verrückt?«

Er antwortete nicht sofort, weil er sich fragte, ob sie es ernst gemeint hatte. »Na ja … Die meisten Leute verstehen mich *nicht*. Ich hab eine ›kognitive Kommunikationsstörung‹. Ich kann nicht so gut sprechen. Sogar mein Onkel und mein Großvater verstehen vieles nur, wenn ich es sehr langsam ausspreche und mich wiederhole. Sie sagen, es ist, als ob ich eine Fremdsprache sprechen würde.«

Tima lachte in sich hinein, dann bückte sie sich, um mit ihrer Nase Hamishs Nase zu berühren. »Das erklärt einiges.«

»Was denn zum Beispiel?«

»Zum Beispiel, dass dein Onkel mich angestarrt hat, als sei ich gerade vom Himmel gefallen, als wir uns gestern unterhielten. Und …« Sie drehte sich auf dem Stein, um ihn direkt ansehen – und mustern – zu können. »Hmmm. Ich schätze, es würde dir schwerfallen, mein Geheimnis auszuplaudern, also kann ich es dir ruhig verraten … Ich bin eine Nachtflüsterin.«

»Eine Nachtflüsterin?«, fragte er verwundert. »Was ist das?«

»Gute Frage. Es gibt nicht viele Nachtflüsterer – soweit ich weiß, sind wir nur zu dritt. Wir alle haben dieselben … ähm … Eigenschaften. Erstens: Wir schlafen nicht besonders gut. Zweitens: Wir können mit Tieren kommunizieren. Und drittens: Wir verstehen – und sprechen – jede Sprache auf der Welt. Sofort.« Dann, als ob ihre Erklärungen dadurch mehr Sinn ergeben hätten, fügte sie hinzu: »Unser Gyrus angularis ist ungewöhnlich groß.« Als sie Jamies Gesichtsausdruck bemerkte, lachte sie, stand auf und drückte ihre kalten Finger auf die Stellen direkt hinter seinen Ohren. »In diesem Teil des Gehirns«, sagte sie, »sitzt das Sprachzentrum, oder auch Gyrus angularis. Sie haben ein MRT meines Schädels gemacht, deshalb weiß ich, was da so vor sich geht. Mein Gyrus angularis ist überdurchschnittlich groß und veranstaltet ständig eine schräge Lichtershow. Bei den meisten Menschen treten an dieser Stelle nur Funken auf, aber bei mir sieht das Ganze aus wie ein Silvesterfeuerwerk.«

Jamie wusste nicht so recht, was er sagen sollte. Er starrte Tima einfach nur an und schaute dann auf den See, um all das zu verarbeiten. Sie sprach über etwas … nun ja … *Übernatürliches* … wie über ein Talent fürs Tischtennisspielen.

Als er sich umdrehte, sah er, dass sie sich wieder zu Hamish gehockt hatte. »Du … kannst also mit Tieren sprechen, ja? Wie … Doktor Dolittle?«

Er hatte erwartet, sie damit zum Lachen zu bringen. Doch sie lächelte nur und sagte: »Viel besser.«

»Dann zeig's mir.«

»Okay. Was soll ich Hamish fragen?«

Jamie überlegte einen Augenblick. »Frag ihn, wo ich das getrocknete Hirschfleisch aufbewahre. Das frisst er am liebsten.«

Tima sah zu ihm hoch, dann schaute sie wieder den Hund an.

»Wir bekommen Fleisch von einem Rotwildzüchter bei uns in der Nähe«, erklärte Jamie. »Und dann trocknen wir immer einen Haufen Streifen davon für Hamish. Er liebt es, auf ihnen herumzukauen.«

»Die Streifen liegen in einem Korb auf dem Stapel mit Holzscheiten neben dem Kamin«, sagte sie, während sie den Hund, der bewundernd zu ihr aufblickte, zwischen den Ohren kraulte.

Jamie fiel die Kinnlade herunter. Aber sie konnte doch *unmöglich* …

»Und er sagt, dass er das Hirschfleisch wirklich gerne mag, aber dass sein allerliebstes Lieblingsfressen eigentlich Schinkenspeck ist. Und nach Mandarinen ist er auch ganz verrückt.«

»Was …? Ich meine … woher …?«, brabbelte er. Hamish mochte tatsächlich Mandarinen. Jamie gab ihm immer ein paar Stückchen ab, weil er ihm gerne dabei zusah, wie er sie vorsichtig mit den Zähnen aufnahm und dann ausgelassen herumhüpfte, während der intensive Geschmack sich auf seiner Hundezunge ausbreitete.

»Ich habe dir doch gesagt, dass ich eine Nachtflüsterin bin«, erwiderte Tima. »Auch wenn ich hauptsächlich mit Insekten und Spinnentieren zu tun habe. Meine Freunde sind für die Säugetiere und Vögel zuständig. Komm – lass uns noch ein bisschen weiterlaufen. Ich muss bald wieder zurück sein. Die Proben in Edinburgh beginnen um 14 Uhr.«

Wie benommen stolperte er ihr nach, während sie weiter am Ufer entlanglief. Hamish sprang fröhlich hinter ihr her. Nach einer Weile drehte sie sich um, sah, wie weit er zurückgeblieben war, und blieb stehen.

»Tut mir leid!«, sagte sie, als er sie schließlich eingeholt hatte. »Dir fällt das Gehen nicht so leicht wie mir, oder? Weshalb läufst du überhaupt so?«

Sie hatte ihn derart direkt danach gefragt, dass es ihm gar nicht in den Sinn kam, sich angegriffen zu fühlen. »Als ich drei Jahre alt war, hatten wir einen Autounfall«, sagte er. »Meine Eltern sind dabei ums Leben gekommen und ich habe das hier davongetragen. Anscheinend bin ich vor dem Unfall völlig normal gewesen.«

Sie rührte sich nicht und sah ihn nur forschend an. »Das ist schlimm«, sagte sie schließlich. »Lebst du deswegen bei deinem Onkel?«

»Aye – und bei meinem Großvater«, erwiderte er. »Ich weiß nicht mehr, wie es vorher war. In meiner Erinnerung bin ich immer …« Er fuchtelte mit seinen schiefen Händen in der Luft herum, »… *so* gewesen.«

Tima nickte und blickte auf das torfig-trübe Seewasser. Seine undurchdringlichen Tiefen verbargen sich unter dem Blau des Himmels und den gezackten grauweißen Wolken, die sich auf der Wasseroberfläche spiegelten. »Jamie«, sagte sie. »Ich hatte dir doch von diesem seltsamen Stöpselding im See erzählt, oder?«

Er nickte und fühlte sich plötzlich sehr verletzlich.

»Glaubst du ... ich meine ... Meine Mum hatte letzte Nacht das Gefühl, es hätte ein Erdbeben gegeben. Und heute Morgen war dieser lange Riss in der Wand unserer Lodge. Ich hab mich nur gefragt, ob das irgendwie zusammenhängen könnte.«

»Ein Erdbeben?«, wiederholte Jamie. »Hat sie tatsächlich gespürt, dass die Erde bebt?«

»Na ja, sie war sich nicht ganz sicher, ob es ein Traum gewesen ist oder real. Sie stammt aus dem Jemen, wo es immer wieder zu Erdbeben kommt. Vielleicht dachte sie deshalb, dass ...«

»Ich habe auch ein Beben wahrgenommen«, fiel Jamie ihr ins Wort. »Allerdings nicht letzte Nacht, sondern am Freitag.«

Einige Sekunden lang sahen sie sich schweigend an. »Also«, sagte Tima irgendwann nachdenklich, »auch in Großbritannien kann es wohl zu Erdbeben kommen. Hatten wir in Erdkunde. Um die 200 sind es anscheinend jedes Jahr. Das heißt, dass es vielleicht wirklich ein paar leichtere Erschütterungen waren. Vermutlich nichts, worüber man sich Sorgen machen müsste.«

Jamie biss sich auf die Lippe. Genau das war das Problem: Er *machte* sich Sorgen. Seit dem Moment, als er die Kuh gefunden hatte. Normalerweise war das nicht seine Art. Sein Leben war voll von besorgniserregenden Dingen, die ihn mit Leichtigkeit in ein frühes Grab hätten bringen können, wenn er es nur zugelassen hätte. Allein der Schulalltag war, was stressige Situationen anging, eine Art Selbstbedienungsbuffet, doch er hatte gelernt, den Stress über sich ergehen zu lassen – und meist gelang ihm das auch. Wenn ihn in letzter Zeit jemand Torkler genannt hatte, war er nicht einmal zusammengezuckt.

Weshalb also hatten ihn diese Kuh und der bebende Untergrund derart in Panik versetzt?

»Du hast etwas entdeckt, was dir Angst gemacht hat, stimmt's?«, sagte Tima und strich Hamish über die Ohren. Dann sagte sie an Jamie gewandt: »Hamish hatte Angst. Ihr habt etwas Totes gesehen …«

Jamie blinzelte ungläubig. Er hatte immer noch an dem Hirschstreifen und den Mandarinen zu knabbern. »Wir … wir haben eine tote Kuh gefunden«, sagte er schließlich.

»Ja, und …?«, hakte sie nach. »Das war doch noch nicht alles, oder?«

»Sie hatte ein Loch. Ein großes, kreisrundes Loch, das direkt durch ihre Rippen und den ganzen Körper hindurchging.«

Hamish drehte sich in einem engen Kreis um die eigene Achse, wobei er die Augen kaum von Tima ließ. »Es war nicht das Loch, das Hamish solche Angst gemacht hat«, sagte sie. »Es war das, was das Loch gemacht hat.«

12

Der Verkehrspolizist war sehr nett. »Alles in Ordnung?«, fragte er, als er aus seinem Wagen stieg. Das Blaulicht ließ er eingeschaltet.

»Ja, danke«, erwiderte Matt. »Wir mussten nur einen Reifen wechseln.«

Elena fiel sofort auf, dass Matt tiefer als sonst gesprochen hatte, um ein paar Jahre älter zu klingen. Sie lächelte den Polizisten an – es war ein gedrungener Mann mittleren Alters mit kurzem rotbraunem Bart – und wünschte sich, sie hätte wenigstens *drei* Jahre älter ausgesehen.

»Gar nicht leicht bei so einem Geländewagen, oder?« Mittlerweile war der Polizist herangekommen und musterte sie gründlich. Dann ging er in die Hocke, um sich den Reifen anzusehen. »Der hier war's, oder? Habt ihr die Schraubenmuttern auch gut festgezogen?«

»Ja«, antwortete Matt. »War ein hartes Stück Arbeit, aber wir haben's geschafft. Damit sollten wir nach Hause kommen.«

»Wo seid ihr denn zu Hause?«, wollte der Mann wissen, der immer noch die Muttern prüfte und zwischendurch immer wieder lächelnd zu Elena aufblickte.

»Glasgow«, sagte Matt, ohne zu zögern. Elena blinzelte, und ihr Lächeln wurde breiter.

»Du klingst aber nicht wie jemand aus Glasgow«, bemerkte der Polizist.

»Nein, ich stamme auch nicht aus Glasgow. Mein Dad ist da hingezogen«, erklärte Matt.

Der Mann nickte, stand auf und zwinkerte Matt zu. »Allzu lange kann deine Führerscheinprüfung ja noch nicht zurückliegen ... Seit wann hast du denn den Schein?«

»Seit diesem Sommer«, erwiderte Matt. »Hab ihn direkt nach meinem 17. Geburtstag gemacht.« Dann fügte er hinzu: »Davor hatte ich allerdings schon oft mit meinem Vater geübt.« Das war immerhin nicht komplett gelogen.

Der Verkehrspolizist nickte langsam und wandte sich an Elena: »Dein Freund fährt ja ein richtig cooles Auto.«

Elena spürte, dass sie rot wurde, und starrte auf sein Namensschild – der Polizist hieß David Gilbert. »Er ist nicht mein ... Wir sind nur ...«

»Wir müssen jetzt wirklich los«, sagte Matt. »Sind schon sehr spät dran.«

»Von wo kommt ihr zwei denn gerade?«, fragte der Mann freundlich, auch wenn seine Augen dabei das Fahrzeug scannten. Matt konnte sich schon denken, weshalb. 17-Jährige, die gerade ihren Führerschein gemacht hatten, fuhren normalerweise in einem alten Nissan oder Ford durch die Gegend – in irgendeinem kleineren Auto, dessen monatliche Unterhalts- und Versicherungskosten nicht allzu hoch waren.

»Vom Lake District«, erwiderte Matt. »Wir waren dort ein paar Tage bei meiner Mum. Für längere Strecken leiht Dad mir immer den Land Rover.«

»Das ist aber nett von ihm«, sagte der Polizist. »Der Lake District – eine wirklich bezaubernde Gegend.« Er wandte sich wieder an Elena: »Habt ihr denn dieses Jahr so früh Weihnachtsferien bekommen?«

Elena atmete hektisch ein. »Ja«, erwiderte sie. »Ich gehe auf eine Privatschule.« Sie versuchte, so selbstbewusst und vornehm zu klingen wie Tima. »Bei uns fangen die Ferien schon früher an als an den staatlichen Schulen.«

Der Mann lächelte. »Habt ihr ein Glück.« Dann sagte er zu Matt: »Was dagegen, wenn ich mal einen Blick auf deinen Führerschein werfe, Junge?«

Elena stand da wie festgefroren. Als Matt damit begann, eine Show abzuziehen, indem er in seinen Hosentaschen herumwühlte, gelang es ihr schließlich doch, sich loszureißen und zum Zaun hinüberzulaufen. Sie legte beide Hände auf das alte Holzbrett, um sich zu beruhigen. *Atme*, befahl sie sich. *Atme einfach. Und denk nach.*

»Der müsste im Handschuhfach liegen«, erklärte Matt irgendwann. Elena hörte ihm an, wie angespannt er war, und konnte nur hoffen, dass es dem Polizisten nicht auffiel.

Sie schloss die Augen und nahm einige lange, tiefe Atemzüge. *Wir müssen von diesem Mann weg ... SOFORT.*

»Äh ... sieht ganz so aus, als hätte ich ihn zu Hause vergessen«, hörte sie Matt jetzt sagen. »Aber wenn Sie wollen, kann ich morgen zu unserer örtlichen Polizeistation gehen und ihn dort vorzeigen.«

»Ich bin sicher, es ist alles bestens«, sagte der Verkehrspolizist. »Allerdings muss ich noch kurz das Fahrzeug überprüfen, bevor ich euch beide weiterfahren lassen kann, okay?«

»Klar. Kein Problem«, antwortete Matt. »Können wir wieder einsteigen und im Auto warten? Ist ganz schön kalt hier draußen.«

»Deine Freundin kann wieder einsteigen, aber du bleibst bitte noch ein bisschen hier bei mir, okay?«

»Okay«, sagte Matt. »Ellie ... steig doch schon mal ein. Wir fahren gleich weiter.«

Er klang ziemlich selbstbewusst, und Elena hätte beinahe hysterisch aufgelacht, als sie wieder auf dem Beifahrersitz Platz nahm. Der Polizist lief zum Streifenwagen zurück, um das Nummernschild überprüfen zu lassen. Es sah ganz danach aus, dass hier alles ein Ende finden würde, und dieses Ende würde grauenvoll werden.

Ihre Mutter könnte sicher nicht damit umgehen. Und Matts Dad … o Mann. Über seine Reaktion wollte sie lieber gar nicht erst nachdenken. Sie kurbelte die Scheibe runter. Matt hatte den Kopf gesenkt. »Tut mir leid«, sagte er niedergeschlagen.

Plötzlich war lautes Hupen zu hören, das sie beide zusammenzucken ließ. Unmittelbar darauf folgten Bremsgeräusche und noch mehr Hupen, Tuten und Piepen. Die Autos waren nicht ineinandergefahren, hatten ihre Geschwindigkeit aber extrem gedrosselt.

Elena bekam eine Gänsehaut, noch ehe sie sich umgedreht hatte. Sie wusste schon, dass ihre kleine Botschaft gehört worden war. *Sie* waren gekommen. Elena stieg aus dem Auto, stellte sich neben Matt auf den Seitenstreifen und sah in Richtung Streifenwagen. Direkt hinter dem Fahrzeug war der Zaun durchbrochen worden und zersplittert – ganz so, als hätte er nur aus Streichhölzern bestanden.

Und auf dem Asphalt torkelten nun ungefähr 25 Schweine umher.

Der Polizist sprang aus dem Wagen, drehte sich um und starrte die Schweine an. Vollkommen verblüfft hob er die Hand zum Kopf. Eine Sekunde später hatte er sich das Funkgerät geschnappt und brüllte irgendetwas hinein, während er gleichzeitig versuchte, die Autofahrer durch Winken noch stärker auszubremsen.

Lauft nicht noch weiter auf die Fahrbahn!, sandte Elena den Schweinen zu. *Bleibt nah beim Zaun … In Sicherheit.* Die Bitte schien angekommen zu sein, denn die Herde – inzwischen waren es etwa 30 Tiere – stand dicht an dicht auf dem Seitenstreifen, direkt neben dem kaputten Zaun. Sie reckten die Schnauzen nach oben, und ihre Ringelschwänzchen zuckten, aber keines der Schweine geriet in Panik.

Dafür war der Verkehrspolizist kurz davor, in Panik zu geraten. »Wir haben hier ein Problem!«, schrie er gerade in sein Funkgerät.

»Schweine auf der Autobahn! Ja – SCHWEINE! Wir müssen alle drei Fahrspuren sperren – UNVERZÜGLICH.«

Als der Polizist sich wieder hinters Steuer warf und den Streifenwagen mit eingeschaltetem Blaulicht quer über die ersten beiden Spuren rollen ließ, war der Verkehr ohnehin fast zum Erliegen gekommen. Er stieg aus und signalisierte jenen Autofahrern, die auf der Überholspur weitertuckerten, ebenfalls stehen zu bleiben. Anschließend holte er ein großes Warndreieck aus dem Kofferraum und stellte es ihnen in den Weg.

Jetzt, sandte Elena. Sie blickte auf die vor ihnen liegende Fahrbahn – sie war frei. Hinter ihnen war die Straße gesperrt worden. Der Land Rover hatte die perfekte Ausgangsposition.

»Zeit, zu verschwinden«, sagte Matt.

Sie fuhren davon – langsam, um keine weitere Aufmerksamkeit zu erregen. Verkehrspolizist David Gilbert hatte jetzt sehr viel größere Probleme. Durch die Heckscheibe sah Elena, dass nun alle drei Fahrspuren gesperrt waren. An die hundert Schweine trippelten über den Asphalt und drängten zur Mittelleitplanke hin. Immer mehr Tiere strömten auf der gegenüberliegenden Seite durch den zersplitterten Zaun und gesellten sich, grunzend und quiekend, zu der rosa wogenden Demo ihrer Artgenossen. Das Ganze sah aus wie eine große Party.

Danke schön, sandte Elena den Schweinen zu. *Vielen Dank. Gebt uns fünf Minuten Vorsprung, in Ordnung?*

»Ich werde nie wieder ein Schinkenbrötchen essen«, sagte Matt.

13

»Der ist schlimmer als der Riss unten in der Seeblick-Anlage.« Onkel Fraser fuhr mit dem Finger über einen Spalt im Mörtel, der die Mauersteine aus Granit vermutlich 200 Jahre zusammengehalten hatte.

»Da unten hat es auch Risse gegeben?«, fragte Agnes. Jamie war der Frau im Laufe der Jahre immer wieder begegnet, da Onkel Fraser als angesehener Tischler und Handwerker oft zu den Ferienunterkünften im Umkreis gerufen wurde. Seine kunstvoll geschreinerten Möbel warfen nicht genug ab, um ihren Lebensunterhalt zu sichern, deshalb war er gezwungen, auch gewöhnlichere Arbeiten zu erledigen. Er versicherte Jamie oft, wie froh er darüber war, andere Menschen zu treffen. »Es würde mir nicht guttun, die ganze Zeit allein in der Werkstatt zu hocken, weißt du?«, sagte er immer. »Und es ist richtig, dass du so oft mit mir mitkommst, denn dir tut es auch gut, andere Leute zu treffen.«

Das sah Jamie gelegentlich anders. Mit manchen Menschen war es schwierig – sein Humpeln und seine kaum verständliche Sprache schreckten einige sichtlich ab. Andere aber, wie Agnes hier oben in Glen Cawb, mochte er sehr. Agnes war die Besitzerin und Managerin einer Ferienanlage mit drei Stein-Cottages und acht hölzernen Lodges, von denen man eine spektakuläre Aussicht auf die Berge hatte. Sie nahm sich immer Zeit für Jamie. Wenn sie ihn nicht verstand, legte sie ihm die Hände auf die Schultern, zwinkerte ihm zu und sagte: »Wiederhol's noch mal für die alte Dame mit den schlechten Ohren!« Und auch wenn sie nicht jedes einzelne Wort verstand, begriff sie doch meist, was er sagen wollte.

Heute jedoch wirkte Agnes zerstreut. Nach einem kurzen Hallo hatte sie sie gleich zu einem der steinernen Cottages geführt, um ihnen den tiefen Riss zu zeigen.

»Jamie glaubt, dass es ein Erdbeben gegeben hat«, sagte Onkel Fraser. Er bohrte seine langen, hageren Finger in die dunkle Spalte und förderte eine Ladung sandigen Kies zutage. »Eine der Seeblick-Lodges hat einen tiefen Riss im Verputz. Die Frau, die dort Urlaub macht, glaubt, sie hat nachts ein Beben gespürt.«

»Ein *Erdbeben – hier?*« Agnes' graue Augenbrauen schnellten nach oben, und sie verschränkte die Arme vor dem kräftigen Oberkörper.

»In Großbritannien gibt es ungefähr 200 Erdbeben pro Jahr!«, verkündete Jamie in Erinnerung an das, was ihm Tima am Vormittag erzählt hatte. Gegen Mittag waren sie in der Luxusanlage aufgebrochen, um die fünf Kilometer bis zu Agnes' Ferienunterkünften zu fahren.

Agnes blickte Jamie stirnrunzelnd an. »Was sagst du da … 200 Erdbeben?«

»Aye! Jedes Jahr.«

»Das gibt's doch nicht«, stieß Agnes hervor. »Aber ausgerechnet hier –«

»Entschuldigen Sie bitte.« Ein junger Mann hatte an die Tür geklopft. »Agnes – dürfte ich Ihr Festnetz benutzen? Ich scheine keinen Handyempfang mehr zu haben.«

»Aye, natürlich können Sie das«, erwiderte Agnes. »Gehen Sie zu Barry ins Büro. Sie sind schon der Vierte, der mich heute danach fragt. Ich glaube, wir haben ein Problem mit dem Mobilfunkmast. Vielleicht auch mit dem WLAN-Router …«

»Zeig mir die anderen Risse«, sagte Onkel Fraser, als der Feriengast gegangen war. »Ich könnte morgen etwas Mörtel hier heraufbringen und sie ausbessern.«

Agnes nahm sie noch mit zu zwei anderen Cottages, wo sich

ähnliche Probleme zeigten. In einem der Häuser verlief ein Riss entlang des Fensterrahmens, in dem anderen zog sich ein daumenbreiter Spalt über den Steinfußboden. »Nächste Woche kommen Gäste an, die die beiden Cottages über die Weihnachtstage gebucht haben«, erklärte sie. »Ich wäre dir also wirklich dankbar, wenn du morgen noch einmal mit Mörtel und Kelle vorbeikommen könntest. Meine Urlauber dürfen auf keinen Fall den Eindruck bekommen, dass die komplette Ferienanlage den Berg hinunterschlittern könnte.«

Onkel Fraser lächelte. »Das ist nicht sehr wahrscheinlich. Ein Erdbeben kommt in dieser Region vermutlich nur alle 500 Jahre mal vor!«

Hamish wartete geduldig im hinteren Teil des Jeeps auf sie, seine Ohren zeichneten sich vor dem grauen Himmel ab, während sich eine frühe Dämmerung über die Berge senkte. Es war erst kurz nach drei, aber an Dezembertagen wie diesen verschwand das Tageslicht schnell. »Los geht's«, sagte Onkel Fraser, während er den Motor startete und Agnes noch einmal zuwinkte. »Fahren wir heim und lassen uns Grandpas Suppe schmecken.«

Auf ihrem holprigen Weg über Agnes' Grundstück fiel noch mehr Schneeregen. Jamie hielt sich an der Halteschlaufe über der Beifahrertür fest, während sie mit den dicken Geländereifen Felsen, Spurrillen anderer Fahrzeuge und festgefrorenen Schnee passierten. Ein paar Minuten später hatten sie den ebenen Untergrund der Hauptstraße erreicht – die selbst nur aus einer schmalen Fahrspur bestand – und konnten Gas geben.

»Na ... wirst du dich noch mal mit Tima treffen?«, fragte Onkel Fraser plötzlich.

Jamie hatte den neckenden Ton in seiner Stimme bemerkt, beschloss aber, ihn zu ignorieren. Er zuckte mit den Schultern. »Kann schon sein.« Dass er und Tima Telefonnummern ausgetauscht hatten, erzählte er nicht. Er hatte ihr erklärt, dass er mit dem Handy eigentlich nicht telefonierte, weil die Leute, wenn sie nicht einmal sein Gesicht und seine Gesten sahen, tatsächlich kein Wort von ihm verstanden. Auch für Textnachrichten nutzte Jamie das Gerät nur höchst selten, weil ihm das Tippen nicht gerade leichtfiel. Im Jahr zuvor hatte er das Handy zu seinem zwölften Geburtstag bekommen – allerdings eher für Notfälle als für Snapchat mit seinen Freunden. Für Letzteres fehlten ihm erstens die passenden Freunde und zweitens die passenden Daumen. Außerdem schwankte die Verbindung hier oben in den Bergen sehr stark. Trotz allem lud Jamie das Handy immer wieder auf und trug es in der Hosentasche bei sich, und einige Male war es auch schon hilfreich gewesen. Abgesehen davon gab es ihm einfach das Gefühl, im 21. Jahrhundert zu leben.

»Lass uns in Kontakt bleiben«, hatte Tima gesagt. »Ich bin nicht oft im Cottage, aber vielleicht können wir mal wieder mit Hamish spazieren gehen. Und ... diese Sache mit der Kuh: Sollte noch irgendetwas Seltsames passieren, melde dich einfach bei mir, okay?« Sie war so ernst gewesen bei diesen Worten. Und sie hatte nicht einfach nur neugierig gewirkt, sondern besorgt. Ganz so, als ob sie etwas wüsste, das er nicht wusste.

»Sie meinte, wir könnten mal wieder mit Hamish rausgehen«, sagte er schließlich betont langsam zu Onkel Fraser. Er wusste, dass sein Onkel sich darüber freuen würde.

»Das ist doch spitze«, erwiderte der. Als die Straße vor ihnen anstieg, schaltete Onkel Fraser in den dritten Gang und gab Gas, um über den hohen Gebirgskamm zu kommen. »Sie ist wirklich nett. WHOA! WHOA! FESTHALTEN! HALT DICH FEST!«

Ein Hirsch war direkt über ihren Jeep gesprungen. Sein struppiges Winterfell und die großen, dunklen Augen waren plötzlich an Jamie vorbeigeflogen, und es hatte einen harten Schlag gegeben, als einer der Hufe die Motorhaube gestreift hatte. Onkel Fraser war auf die Bremse getreten und hatte den Fuß sofort wieder weggezogen, weil das Auto auf den Graben am Straßenrand zuzuschlittern begann. Um sie herum war alles voll Rotwild. Panisches, wild davonrennendes Rotwild. Ein Wunder war es, dass es zu keinem Zusammenprall kam. Onkel Fraser kämpfte mit dem Lenkrad und dem Schaltknüppel und brachte den Wagen ruckelnd zum Stehen. Dann saßen sie mit offenen Mündern da, während 20 oder 30 Hirsche an ihnen vorbei und den Hang hinabjagten. Selbst über Hamishs aufgeregtes Gebell hinweg konnte Jamie das Donnern ihrer Hufe auf der Straße hören.

»Was ist hier bloß los?«, krächzte sein Onkel.

»Irgendwas hat ihnen Angst gemacht«, sagte Jamie, doch der Satz hatte selbst in seinen Ohren wie ein wirres Wörterknäuel geklungen. Das Gefühl der Furcht, das ihn verfolgte, seit er die löchrige Kuh gefunden hatte, quetschte ihn mittlerweile innerlich zusammen.

Onkel Fraser schnallte sich ab und stieg aus dem Jeep. Jamie folgte ihm, und so standen sie eine Weile da und sahen zu, bis auch das letzte Tier den Hang hinunter und außer Sichtweite war. Dann drehten sie sich zur anderen Seite und blickten über die Straße hinweg den Hang hinauf. Der Bergrücken oberhalb von ihnen sah vollkommen normal aus, bis auf … bis auf eine Art dunkler Verwehung … eine – ja was? – Rauchschwade? Jamie schoss sogar kurz der Gedanke durch den Kopf, dass der friedliche Berg plötzlich zum Vulkan geworden war.

»Was ist das?«, fragte sein Onkel. »Hat da oben jemand ein Lagerfeuer angezündet?«

Jamie schüttelte den Kopf. Kein Wanderer, der noch bei klarem Verstand war, würde so hoch oben und auf einem derart freiliegenden Bergrücken Feuer machen.

»Bleib du im Jeep«, sagte Onkel Fraser. »Ich werde mal nachsehen, was da los ist. Es könnte auch jemand sein, der beim Klettern abgestürzt ist und jetzt auf sich aufmerksam machen will. Los, Hamish, zeig mal, was du erschnüffeln kannst.«

»Warte – ich komm auch mit!«, protestierte Jamie.

Hamish schien weniger wild darauf zu sein, das Auto zu verlassen. Er hatte die Ohren angelegt und winselte.

»Ist ja schon gut, Junge«, sagte Onkel Fraser und öffnete die Heckklappe, um den Border Collie aus dem Auto zu lassen. »Die Hirsche sind jetzt weg. Nur du und ich werden da oben sein – und vielleicht noch ein Wanderer mit einem kaputten Bein.« Jamies Protest hatte er vollkommen ignoriert.

Genervt und verärgert setzte Jamie sich wieder auf den Beifahrersitz. Er wusste, dass er nicht der weltbeste Kletterer war, aber einen leicht ansteigenden Hang wie diesen schaffte er allemal! Außerdem war es sehr viel Furcht einflößender, hier allein im Jeep zu bleiben, als Onkel Fraser und Hamish zu folgen. Er lehnte sich nach vorne, stützte sich auf dem Armaturenbrett ab und sah durch die Windschutzscheibe. Ja – weiter oben auf dem Bergrücken war immer noch eine dünne Rauchwolke zu erkennen, die vom Wind hin- und herbewegt wurde. Höchstwahrscheinlich hatte sein Onkel recht, und dort oben befand sich tatsächlich ein verängstigter Urlauber, den die schnell hereinbrechende Dunkelheit überrascht hatte und der nun versuchte, sich mit einem Feuer zu wärmen und auf sich aufmerksam zu machen. Im Sommer kam es häufig vor, dass Touristen völlig naiv und unvorbereitet in die Berge liefen und später gerettet werden mussten – zu dieser Jahreszeit war das allerdings selten der Fall. Die meisten Urlauber, die im Dezember ins Schottische Hochland kamen, sehnten sich danach, sich »einschneien« zu lassen und es sich vor dem Kaminfeuer ihrer Luxuslodge gemütlich zu machen, während draußen ein malerischer

Schneesturm tobte. Die Wirklichkeit sah etwas anders aus, besonders wenn das WLAN nicht funktionierte oder wenn ihnen der Wein ausging und sie in der Nähe keinen Supermarkt fanden – was die Besitzer der Ferienanlagen in ihren Werbeprospekten wohlweislich verschwiegen. Über die Feiertage ließ sich eben gutes Geld verdienen.

Jamie atmete tief ein und ließ den Atem so langsam wie möglich wieder nach draußen. Es gab nichts, worüber er sich Sorgen machen musste. Jeden Moment würden Onkel Fraser und Hamish wieder da sein, zusammen mit einem humpelnden und verschämt dreinblickenden Touristen.

Doch wie hatte ein einzelner dämlicher Urlauber eine ganze Herde Hirsche in die Flucht schlagen können? Diese Tiere hatten Angst gehabt, richtige *Angst*, das hatte er an ihren Bewegungen gesehen, und daran, wie sie – eingefangen vom Scheinwerferlicht – panisch mit den Augen gerollt hatten. Das Rotwild war daran gewöhnt, dass Wanderer vorbeikamen. Normalerweise wich es zwar aus, aber es reagierte nicht verängstigt. Es sei denn, jemand hatte versucht, auf die Hirsche zu schießen. War *das* der Grund für ihre überstürzte Flucht?

Wieder packte Jamie das blanke Entsetzen. Was, wenn es kein dämlicher Tourist gewesen war, sondern ein geistesgestörter Sonntagsjäger mit einem Gewehr? Jamie stieg aus dem Wagen und suchte den Hang nach den Silhouetten von Onkel Fraser und Hamish ab. Er musste ihnen nachlaufen, um sie zu warnen. Er schlug die Autotür zu und begann, den Berg hinaufzurennen, stolperte über Heidekrautklumpen und zwischen niedrigen, vom Winter geschwärzten Stechginstersträuchern hindurch. Unter seinem dicken Mantel spürte er sein Herz heftig pochen.

Der eisige Schneeregen prasselte Jamie schmerzhaft aufs Gesicht und schmolz dann sofort durch die Hitze, die sich in ihm staute, während er den immer steileren, immer steinigeren Hang hinaufkletterte. »Onkel Fraser«, schrie er. »Komm zurück!« Er wusste nicht, welchen Weg sie nach oben genommen hatten – links oder rechts an dem einzeln stehenden Felsen entlang? Er hatte nach oben gesehen. Ein plötzlich aufflackerndes weißes Licht zog ihn nach rechts. Auch an dieser Stelle stieg Rauch oder Dampf auf. Schwer atmend kletterte er weiter. Die Dezemberluft grub sich einen dünnen, kalten Pfad durch seinen Hals hinunter in seine Lunge. Er erreichte den Bergkamm, stolperte in die flache Mulde auf der anderen Seite – und sah zwei an sich unmögliche Dinge.

Erstens: einen Hirsch in zwei Teilen.

Zweitens: ein riesiges, sich drehendes, dampfendes, glänzendes Paar kreisrunder Kiefer, die sich in einer Dunstwolke Richtung Berghang zurückzogen.

Jamie fiel auf die Knie, der Schock hatte ihm die Luft geraubt. Er stieß einen Laut aus und war sich selbst nicht sicher, ob es ein Wimmern oder ein Schrei war. Der vordere Teil des Hirsches lag so dicht vor ihm, dass er ihn berühren konnte. Die Zunge hing ihm aus dem Maul, und seine dunklen, leeren Augen blickten Jamie direkt an. Der hintere Teil des Körpers lag etwa einen Meter vom vorderen entfernt. Die Wunde – die Stelle, an der das Tier in der Mitte durchtrennt worden war – bestand an beiden Körperenden aus einer glatten, halbrunden Wölbung nach innen. Der Geruch von verschmortem Fleisch vermischte sich mit dem Dampf.

Doch das alles war nur der Nebenschauplatz, den er innerhalb eines Wimpernschlags aufgeschnappt hatte. Jamies Augen waren jetzt auf die kreisenden Silberkiefer gerichtet, die sich in die schräg abfallende Felswand zurückzogen. Der Basston des dabei entstehenden knirschenden und gleitenden Geräuschs klang wie ein grollender Schrei.

Dann fluchte jemand dicht an seinem Ohr, und im nächsten

Moment lag Jamie auch schon mit dem Gesicht nach unten auf dem Boden. Er nahm einen dumpfen Schlag wahr – als ob Luft abgesaugt und sofort wieder zurückgeblasen würde –, dann verlor er das Bewusstsein.

14

Am frühen Nachmittag zog Elena die Notbremse.

»Du schläfst ja beinahe ein«, sagte sie. »Gerade hast du *zwei* Fahrspuren benutzt. Wir müssen anhalten. Uns ein bisschen ausruhen.«

Matt wollte ihr widersprechen. Seine große Sorge um Tima und um das, was auch immer die Adler ihnen hatten mitteilen wollen, hatte ihm seit den frühen Morgenstunden keine Ruhe mehr gelassen. Er wusste immer noch nicht, um welche Art Gefahr es sich handelte, aber er wusste, in welche Gefahr er *Elena* brachte, wenn er derart übermüdet weiterfuhr. An der nächsten Raststätte fuhr er von der Autobahn ab und stellte den Land Rover am äußersten Rand des Parkplatzes ab – weit weg von dem Gebäude mit dem Restaurant und den Einkaufsmöglichkeiten.

»Versuch's noch mal auf Timas Handy«, bat er Elena und rieb sich über das Gesicht.

Elena versuchte es, hatte aber wieder kein Glück. Der Anruf wurde direkt zur Mailbox umgeleitet. Sie hatte Tima bereits drei Nachrichten hinterlassen und sie um sofortigen Rückruf gebeten. Es war sinnlos, noch einmal draufzusprechen. »Die sind im Gebirge«, sagte Elena. »An solchen Orten ist das mit dem Handyempfang so eine Sache. Vielleicht ist sie auch in Edinburgh bei den Musicalproben und geht deswegen nicht dran.«

»Was ist mit dieser Ferienanlage, in der sie wohnt? Seeblick?«, sagte Matt. »Die müssen doch auch eine Festnetznummer haben.« Sie suchten die Telefonnummer auf der Website der Ferienanlage heraus und riefen an, doch es hob niemand ab. Was nicht gerade zu Matts Beruhigung beitrug.

»Hör mal«, sagte Elena, während sie von einer Website zur anderen sprang. »Wenn im schottischen Hochland irgendwas Gravierendes passiert wäre, könnten wir in den sozialen Medien längst etwas darüber lesen – oder wir hätten es in den Nachrichten gehört. Aber es ist absolut nichts zu finden. Außer ein paar Schweinen auf der M6 natürlich.« Sie lächelte und zeigte Matt ein paar Handyfotos, die Autofahrer von den fröhlich auf allen drei Fahrspuren umherlaufenden Schweinen gemacht hatten. Anscheinend war die Autobahn für fast eine Stunde gesperrt gewesen, bevor die Schweine wieder zurück in ihren Auslauf bugsiert worden waren. »Das heißt: Was auch immer es ist, es ist noch nicht passiert«, fuhr Elena fort. »Und selbst wenn ... In unserem Zustand wären wir gerade sowieso nicht in der Lage, irgendwas zu unternehmen. Wir müssen schlafen. Versuch dich ein paar Stunden hinzulegen, dann können wir weiterfahren. Okay?«

Dem hatte Matt nichts entgegenzusetzen. In seinem Kopf drehte sich bereits alles vor Erschöpfung. Sein eigenes Handy steckte ausgeschaltet in seiner Tasche. Er hätte es jederzeit einschalten können, wusste aber, dass es ihm durch die Flut besorgt klingender Nachrichten, die ihn erwarteten, noch mieser gehen würde. Was, wenn all das hier umsonst war? Was, wenn es Tima gut ging? Was, wenn die Adler ihn nur zum Narren gehalten hatten?

Doch warum sollten sie? Weshalb sollten zwei Steinadler Hunderte von Kilometern fliegen, nur, um einem Menschen einen Streich zu spielen? Nein. In all den Monaten, seit er zum Nachtflüsterer geworden war, hatte ihn die Tierwelt nicht ein einziges Mal belogen. Hier stimmte eindeutig etwas nicht. Und solange er seinem Gehirn nicht wenigstens ein paar Stündchen Schlaf gönnte, würde er nicht herausfinden, was das war.

Sie einigten sich darauf, dass Matt die Rückbank des Wagens nahm, wo er sich unter der mit Schottenkaros gemusterten Reisedecke lang ausstrecken konnte. »Mach's dir hinten bequem«, hatte Elena gesagt. »Du brauchst sehr viel dringender Schlaf als ich. Ich bleib hier vorne.«

Sie fütterte Glück mit ein paar getrockneten Mehlwürmern aus Matts Rucksackvorrat. Dann ließ Elena den Vogel aus dem Fenster fliegen, damit er etwas frische Luft bekam und die Flügel strecken konnte. Das Starenweibchen flog ein paar Runden über den Parkplatz und ließ sich anschließend auf dem Ast einer Zeder nieder, der bis über den Wagen reichte. Elena schloss die Augen und ließ sich treiben.

Ein Geräusch wie von einem dumpfen Schlag riss sie aus dem Schlaf. Als Elena die Augen aufmachte, blickte sie in das pelzige, graue Gesicht eines Eichhörnchens. Es klebte, alle viere von sich gestreckt, auf der Windschutzscheibe und war offensichtlich gerade von einem der Äste oberhalb des Autodachs herabgesprungen. Elena richtete sich auf und warf einen Blick nach hinten. Matt schlummerte tief und fest unter seiner Reisedecke. Glück, die immer noch in der Zeder saß, schaute – augenscheinlich völlig unbeeindruckt – auf das Eichhörnchen herab. Sie musste eine ganze Weile geschlafen haben, denn es wurde bereits dunkel. Kein anderes Auto hatte in ihrer Nähe geparkt. Sie drückte auf den Fensterknopf, woraufhin die Scheibe lautlos nach unten glitt und ihr die kühle Dezemberluft ins Gesicht schlug. Dann streckte sie die Hand nach draußen. Das Eichhörnchen sprang sofort darauf und kletterte bis zu ihrer Schulter hoch.

»Willst du mir etwas mitteilen?«, fragte sie leise. Das Eichhörnchen sprang auf ihren Schoß und drehte sich dreimal um die eigene Achse.

»Ja … Wir wissen von den Kreisen«, sagte sie dem Tier. »Wir wissen nur nicht, was sie *bedeuten*.«

Das Eichhörnchen sah sie an. Es schien ihr nicht viel mehr anbieten zu können.

»Alles klar – wir spielen Ja oder Nein«, sagte Elena. »Ist Tima in Gefahr?«

Ja.

»Ist sie immer noch in Schottland … im Hochland?«

Ja.

»Können wir ihr helfen, falls wir sie finden?«

Das Tier schien sich unsicher zu ein. In Elenas Innerem krampfte sich alles zusammen. Vielleicht kamen sie bereits zu spät …

»Versuch mir doch einfach zu zeigen, in welcher Art von Gefahr sie schwebt!«, flehte Elena.

Das Eichhörnchen drehte sich wieder dreimal im Kreis, dann hüpfte es über das Lenkrad hinweg aufs Armaturenbrett und begann dort mit den Pfoten zu trommeln. Die graue Kunststoffverkleidung rumpelte derart, dass Matt unter der Decke hervorkroch und »WAS DENN?!« knurrte.

Das Tierchen trommelte weiter und hörte erst damit auf, als plötzlich ein Lieferwagen in die Parklücke rechts neben ihrem Jeep fuhr. Es sprang aus dem Fenster in die Äste der Zeder zurück und war verschwunden.

Matt kletterte zurück auf den Fahrersitz und sah Elena an. »Um was, bitte schön, ging es denn *hier* gerade?« Er griff nach einer Wasserflasche und nahm einen Schluck.

Elena seufzte. »Um noch mehr Kreise. Und Gerumpel. Und Tima schwebt immer noch in Gefahr, und sie ist im Hochland … Das Eichhörnchen konnte uns allerdings nicht sagen, ob wir ihr überhaupt helfen können.«

»Na, irgendwer scheint ja der Meinung zu sein, dass wir das *können*«, sagte Matt. »Weshalb sonst sollten all diese Tiere so viel Mühe auf sich nehmen, nur um in Kontakt mit uns zu treten? Da scheint irgendwas im Busch zu sein, bei dem es um mehr geht als nur um Tima. Das ist die einzig logische Erklärung.« Er ließ den Motor an. »Dann mal los.«

15

Wenn jemand reden konnte, dann Jamie. Die Wörter stürzten – kreischend, irre – aus seinem wenig hilfreichen Mund. Sein Wortschwall klang wie der Hahnenkampf in einem Hühnerstall – und war ungefähr genauso chaotisch.

»Jamie! Jamie! STOP!«

Onkel Fraser sah ihn besorgt an. Jamie wusste, dass sein Onkel ihn gefunden und zurück zum Jeep gebracht hatte. Verschwommen erinnerte er sich daran, auf die Rückbank des Wagens gelegt und angeschnallt worden zu sein. Hamish hatte gewinselt und ihm über das Gesicht geleckt, seitlich am Kopf hatte er einen pochenden Schmerz gespürt.

Dann musste er wieder ohnmächtig geworden sein, denn das Nächste, an das er sich erinnern konnte, war, dass er ins Haus getragen worden war und Grandpa gerufen hatte: »Fraser! Fraser – was ist mit dem Jungen?« Anschließend war er wohl wieder eingeschlafen. Und jetzt stand ein Mann vor ihm, den er kaum kannte, und drückte ihm etwas Kaltes auf die Brust. Ah. Es war Dr. Calman, der sein Herz abhorchte. Das kühle Stethoskop hatte ihn wach gemacht, und er hatte sofort damit begonnen, seinen Onkel aufgeregt und lautstark zu warnen. Aber seine Äußerungen ergaben für die anderen – natürlich – wieder einmal keinerlei Sinn.

»Vielleicht sollte ich ihm ein Beruhigungsmittel geben«, sagte der Doktor, woraufhin Jamie augenblicklich den Mund hielt. Er wollte kein Beruhigungsmittel. Er musste berichten, was er gesehen hatte.

»Ist schon okay«, sagte er langsam und so deutlich wie möglich. »Mir geht's gut. Ich hab … mich nur am Kopf verletzt.«

»Setz dich mal vorsichtig auf, Jamie«, bat ihn der Doktor. »Und jetzt sieh auf meinen Stift.« Er hielt einen silbernen Kugelschreiber hoch und begann ihn langsam von einer Seite zur anderen zu bewegen. »Wie geht es mit den Augen? Siehst du irgendetwas doppelt?« Jamie schüttelte den Kopf, was seine linke Schläfe zum Pochen brachte. Er legte eine Hand auf die Stelle und merkte, dass er dort einen dicken Verband trug.

»Kannst du alles normal sehen?«, fragte der Arzt weiter. Jamie blickte sich um. Er saß auf der alten Ledercouch neben dem Kamin. Draußen war es dunkel, und die Uhr auf dem Kaminsims zeigte 18:20 Uhr an. Wie lange war er bewusstlos gewesen? »Ich sehe gut«, sagte er und nickte bestätigend, damit man ihn verstand.

»Ist dir schlecht?«, fragte der Doktor.

Jamie schüttelte den Kopf. »Nein. Ich hab Hunger.« Er rieb sich über den Bauch.

»Ah, das ist ein gutes Zeichen!«, sagte Grandpa.

»Fühlst du dich irgendwie benommen?«, fragte Dr. Calman weiter. Er steckte den Kugelschreiber wieder ein und holte einen anderen Gegenstand aus seiner Arzttasche.

»Nein … alles in Ordnung.« Jamie begriff, dass er erst über das Geschehene reden konnte, wenn er mit seinem Onkel und Grandpa allein war. Onkel Fraser musste es auch gesehen haben – und wollte es offensichtlich nicht in Gegenwart des Doktors besprechen.

»Schön. Und jetzt mach die Augen mal bitte weit auf.« Der Arzt leuchtete ihm abwechselnd mit einem hellen Licht in jedes Auge. Dann untersuchte er Jamies Ohren. »Sieht alles gut aus«, sagte er schließlich.

»Meinen Sie, wir sollten in die Notaufnahme fahren?«, wollte Onkel Fraser wissen. »Hätten wir ihn besser gleich dorthin bringen sollen?«

»Nein, nein – dort würden Sie vermutlich immer noch im Wartezimmer sitzen. Die hatten in Stirling am Wochenende alle Hände voll zu tun bei dem ganzen Weihnachtstrubel«, erwiderte Dr. Calman. »Es war schon richtig, dass Sie *mich* gerufen haben. Mir tut es nur leid, dass ich für die Fahrt hierher so lange gebraucht habe. Er ist also zwischendurch mehrmals wach gewesen?«

»Aye«, bestätigte Onkel Fraser. »Aber immer müde. Und Sie sehen ja, dass er sich bei seinem Sturz verletzt hat.«

»Ich denke, ihm fehlt nichts weiter«, sagte der Doktor. »Die Wunde ist jetzt gesäubert und hat auch nicht stark geblutet. Es wird vermutlich nur eine Mordsbeule werden. Der Schädel eines 13-Jährigen ist ziemlich robust. Behalten Sie ihn die nächsten ein, zwei Tage im Auge, und wenn ihm plötzlich schlecht wird, er sich benommen fühlt oder starke Kopfschmerzen bekommt, rufen Sie mich sofort an – oder Sie wählen den Notruf, wenn ich nicht erreichbar bin. Alles klar, junger Mann?« Er hatte sich wieder zu Jamie gedreht und lächelte seinen Patienten aufmunternd an. »Und in der Abenddämmerung wird nicht mehr in den Bergen herumgeklettert, in Ordnung?«

Jamie lächelte schwach und nickte.

Sie brachten den Doktor zur Tür. Anschließend ging Grandpa in die Küche, um etwas Suppe warm zu machen, während Onkel Fraser sich neben ihn setzte. »Also dann, Jamie. Was ist passiert? Weshalb bist du wie ein Verrückter den Berg hinaufgekraxelt und mit dem Kopf auf den Felsen aufgeschlagen?«

Jamie blinzelte. »*Was*? Hast du den Hirsch nicht gesehen? Und das Ding – dieses kreisende Ding – im Felsen?«

»Noch einmal. Langsamer«, bat ihn sein Onkel.

Jamie holte tief Luft und konzentrierte sich mit aller Kraft auf seine Aussprache. Er musste aufhören zu brabbeln und langsam und deutlich reden. »Ich wurde unruhig. Ich hatte Angst, dass da oben ein durchgeknallter Typ mit einem Gewehr rumläuft.«

»Ein durchgeknallter Typ mit einem Gewehr?«, wiederholte Onkel Fraser, um sicherzugehen, dass er ihn richtig verstanden hatte. »Wie bist du denn darauf gekommen?«

»Keine Ahnung – und das ist auch egal!« Vor lauter Ungeduld war Jamie wieder schneller geworden, sodass er erst einmal tief durchatmen musste, um langsamer sprechen zu können. »Als ich dort ankam – an der Stelle, von wo der Rauch kam –, hab ich einen Hirsch gesehen. Er war in zwei Teile geschnitten.«

»Warte mal, warte!« Onkel Fraser hob die Hände. »Hast du gerade gesagt, du hast einen *halbierten* Hirsch gesehen?«

»JA!«, schrie Jamie. »Er ist in zwei Hälften geschnitten worden – und es sah aus wie bei der durchlöcherten Kuh. Die Schnittstellen waren halbrund und glatt, als ob man auch durch den Hirsch einen Tunnel gebohrt hätte … Aber er ist kleiner als die Kuh und deshalb auseinandergefallen.« Jamie wusste, dass er völlig wahnsinnig klang. Sein Onkel versuchte noch immer herauszubekommen, was er gerade gesagt hatte. Er drehte sich um und holte Notizblock und Stift – etwas, das immer griffbereit lag, falls sein Neffe wieder einmal zu aufgeregt war, um verstanden zu werden.

»Mal es auf«, sagte er. Jamie nahm Stift und Papier und zeichnete mit wenigen Strichen die Umrisse des halbierten Hirschs, der glatte, halbrunde Schnittstellen aufwies. Er malte auch die löchrige Kuh sowie Pfeile, die von ihr zum Hirsch und wieder zurück verwiesen, um die Ähnlichkeit der beiden Todesfälle zu betonen.

Onkel Fraser beugte sich vor und schaute ihm beim Malen zu. Dann nahm er den Notizblock und sah sich die Zeichnung genauer an. »Jamie … hast du das wirklich gesehen?«, fragte er halblaut und warf einen Blick in die Küche, wo Grandpa gerade die Butterbrote schmierte, die es zur Suppe geben sollte.

»Ja! Und ich hab gesehen, *was* es gewesen ist!« Jamie schnappte sich den Block, zeichnete die gewaltigen, Furcht einflößenden kreisrunden Kiefer und fügte Reihe um Reihe spitzer Metallzähne hinzu, die gesurrt und sich in verschiedene Richtungen gedreht hatten. Er zeichnete sogar den Dampf, der aus den Kiefern gekommen war.

»Erstaunlich«, sagte Onkel Fraser, und Jamie gefiel sein Tonfall gar nicht.

»*Das* hat den Hirsch getötet«, erklärte Jamie und schlug mit den Fäusten auf die Zeichnung. »Und die Kuh.«

Onkel Fraser griff noch einmal nach dem Notizblock und betrachtete lange die Zeichnung. Dann seufzte er und legte den Block auf das Tischchen.

»*Verstehst du denn nicht*?«, hakte Jamie nach. »Verstehst du denn nicht, wie dieses Ding das Loch gemacht hat? Wie es den Hirsch halbiert hat? Das erklärt alles! Es kam einfach aus einem Felsen und hat die Tiere getötet.«

Sein Onkel legte die Fingerspitzen aneinander, sein Kinn darauf ab und seufzte müde. »Jamie. Hamish und ich haben dich gefunden. Du hast mit dem Gesicht nach unten auf dem Boden gelegen und am Kopf geblutet. Aber dort lag kein Hirsch. Und es gab auch kein Loch im Felsen. Und keine ... Tierkillermaschine. Nur einen Jungen, der gestürzt war und das Bewusstsein verloren hatte.«

Jamie blieb der Mund offen stehen. *Was?*

»Weißt du ... Ich glaube, du hast im Wagen so ganz allein ein bisschen Angst bekommen, bist hinter mir hergelaufen und dann hingefallen. Du warst ohnmächtig. Und vermutlich hast du währenddessen einen verrückten Traum gehabt – oder halluziniert.«

Für Jamie war es wie ein Tritt in die Magengrube. »Aber ...«, protestierte er. »Aber ich bin nicht hingefallen! Jemand hat mich geschlagen – gestoßen! Und außerdem: die Kuh. Als ich *die* entdeckt habe, war ich weder ängstlich noch bewusstlos!«

Sein Onkel zuckte mit der Schulter. »Ich weiß es nicht ... Und ehrlich gesagt bin ich gerade auch zu erschöpft, um irgendetwas an dieser abstrusen Geschichte zu begreifen.«

»Du denkst, ich hab mir das alles nur ausgedacht?«, fauchte Jamie, der langsam wütend wurde.

»Nein!« Sein Onkel rieb sich die Augen. »Nein ... Das denke ich nicht. Ich glaube einfach ...«

»Was? Dass ich langsam plemplem werde?« Aufgebracht tippte Jamie sich mit den Fingern gegen die Schläfe.

Grandpa stellte die Suppe und die Butterbrote auf den Tisch. »Worüber auch immer ihr zwei gerade streitet – hört damit auf!«, sagte er warnend. »Ich will kein Wort mehr hören – von keinem von euch –, bis ihr etwas Suppe und Brot gegessen habt.« Er sah seinen Sohn an. »Na, komm schon. Jetzt wird gegessen, und dann legt Jamie sich hin.«

Ja, Jamie hatte jetzt wirklich einen Bärenhunger. Er schluckte seine Wut hinunter und nahm den Teller mit Suppe. Hätte er in diesem Moment nicht schon entschieden, was er als Nächstes tun würde, er wäre zum Essen viel zu aufgebracht gewesen. Zum Glück war ihm aber gerade eingefallen, dass er Timas Telefonnummer besaß. Und sie hatte ihm immerhin gesagt: »*Diese Sache mit der Kuh: Sollte noch irgendetwas Seltsames passieren, melde dich einfach bei mir, okay?*«

Sie glaubte ihm. Sie wusste, dass er die Wahrheit gesagt hatte, weil Hamish ihr dasselbe berichtet hatte. Deshalb wollte er Tima jetzt, sobald es ihm möglich war, eine Nachricht schreiben und ihr von dem Hirsch erzählen.

Eine halbe Stunde später lag er im Bett und tippte im Dunkeln eine SMS. Er konnte sie jedoch nicht abschicken. Bei jedem Versuch, sie zu senden, blinkte neben der Nachricht ein kleines Ausrufezeichen auf. Jamie wiederholte das Ganze wieder und wieder. Er humpelte sogar in den Flur und bis zur Vordertür, wo der Handyempfang am besten war – nichts. Nur das Ausrufezeichen. Irgendwann war er so frustriert, dass er am liebsten gegen die Tür getreten hätte.

Ein haariges Etwas drückte sich von hinten gegen seine Beine. Hamish. Der Hund sah zu ihm auf und winselte.

»*Du* weißt, dass da irgendwas faul ist, stimmt's?«, murmelte Jamie leise. Onkel Fraser und Grandpa saßen im Wohnzimmer und unterhielten sich. Plötzlich kam ihm eine Idee. Hamish würde bis zu Timas Ferienanlage nur wenige Minuten brauchen, wenn er quer durchs Tal lief. Der Border Collie rannte wie der Teufel und hatte einen guten Orientierungssinn. Bestimmt haftete Timas Geruch auf dem Stück Papier, auf das sie ihre Nummer gekritzelt hatte – würde er Hamish daran schnüffeln lassen, wüsste der Hund, wohin er laufen sollte.

Jamie humpelte zurück in sein Zimmer und griff nach seinem Notizblock.

16

Tima war früh zu Bett gegangen. Die Musicalproben am Nachmittag waren anstrengend gewesen, und auch wenn sie die Heimfahrt zusammen mit Mum liebte, war sie auf dem Weg in die Ferienanlage schon im Auto eingeschlafen.

Mum und Dad hatten sie während des Abendessens wach gehalten, indem sie sie über die Proben ausgefragt hatten. Trotzdem hatten auch sie nach einiger Zeit bemerkt, dass Timas Antworten immer knapper ausfielen. Schließlich hatte Mum gesagt: »Du schläfst ja fast auf dem Teller ein, mein Mäuschen! Am besten gehst du heute Abend früh schlafen, was meinst du?«

Tima nickte. »Das mach ich.«

Im Bett hatte sie aus reiner Gewohnheit noch einmal auf ihr Handy geschaut – keine Anrufe oder SMS. Schnell schrieb sie noch eine Nachricht an Matt und Elena, nur um Hallo zu sagen, musste aber feststellen, dass die Nachricht nicht gesendet werden konnte. Ganz offensichtlich gab es Probleme mit dem WLAN. Natürlich war es hier oben im Hochland generell schwierig, eine stabile Mobilfunkverbindung zu bekommen – immerhin standen Hunderte von Bergen im Weg –, aber die Ferienanlage sollte eigentlich über stabiles WLAN verfügen. Im Moment jedoch war das ganz offensichtlich nicht der Fall.

Tima seufzte, zu müde, um sich weiter Gedanken darüber zu machen, schaltete das Handy aus und legte sich hin.

Kratz.

Kratz-kratz-kratz.

Als Tima begriff, dass das Geräusch nicht nur in ihrem Kopf zu hören war, fuhr sie hoch. Verschlafen drückte sie auf den Wecker neben ihrem Bett – die blaue Leuchtanzeige verriet ihr, dass es 20:17 Uhr war. Sie hatte kaum eine Stunde geschlafen.

KRATZ.

Sie sprang aus dem Bett, rannte zum Fenster und zog die Vorhänge zur Seite. Zuerst sah sie so gut wie gar nichts, da die Scheiben beschlagen waren, dann drückte sich eine schwarze Nase gegen das Glas, sodass Tima erschrocken zurücksprang. Wieder war ein Kratzen zu hören, und nun wusste sie auch, wer dort draußen war. Im schwachen Schein der Lichterketten sah sie den Border Collie vor ihrem Fenster sitzen. Er hechelte und hatte die Vorderpfoten auf das steinerne Sims gestellt.

»*Hamish*?! Was machst du denn hier?«, murmelte sie. In diesem Moment kitzelte sie etwas an der Hand. Als sie nach unten sah, entdeckte sie eine kleine Zebraspringspinne, die enge Kreise um ihre Fingerknöchel zog. Tima setzte sie auf dem Fensterbrett ab, nahm ihren dicken, flauschigen Bademantel vom Haken hinter der Tür und schlüpfte in ihre Hausschuhe. Dann schlich sie am Kinoraum vorbei, wo Mum und Dad sich gerade einen Film ansahen, und ging nach draußen.

Der Hund wartete auf der vereisten Terrasse auf sie. Er sah ihr direkt in die Augen. Dann drehte er sich einmal um die eigene Achse, setzte sich wieder hin und winselte leise.

»Shhhh!«, machte Tima und warf einen Blick nach hinten zur Lodge. »Was ist? Ist was mit Jamie?«

Das Bild, das der Hund ihr sandte, war wirr und beunruhigend. Jamie lag irgendwo mit dem Gesicht im Gras. Erschrockene Hirsche sprangen durch die Luft. Doch da war noch etwas, das sich – buchstäblich – leichter lesen ließ als Hamishs Gedankenbotschaft. Ein zusammengerolltes Stück Papier klemmte unter dem Halsband des Hundes. Tima zog es heraus und rollte es auf.

TIMA! Ich hab gesehen, was die Kuh getötet hat!
Es hat auch einen Hirsch gekillt!

Unter diesen Zeilen hatte Jamie etwas gezeichnet, das aussah wie Zahnkreise … Außerdem gebogene Pfeile, die wohl eine Drehbewegung verdeutlichen sollten. Tima musste sofort an die Spinne denken, die ein paar Minuten zuvor noch auf ihrer Hand gekreist war, und schauderte. Unter der Zeichnung ging Jamies Text weiter:

Onkel Fraser denkt, ich hab mich am Kopf verletzt
und nur geträumt, aber es STIMMT! Habe Angst!
Jamie

Timas Herz begann augenblicklich zu rasen, ein Gefühl, das ihr nur allzu vertraut war. Sie nahm Hamish mit sich auf ihr Zimmer und machte ihm klar, dass er sich absolut ruhig verhalten musste – und das tat er. Sie versuchte noch einmal, Jamie per Handy zu erreichen. Ohne Erfolg. Offensichtlich war es ja auch ihm nicht gelungen, *ihr* eine SMS zu senden, sonst hätte er Hamish nicht herschicken müssen. Hatte dieser WLAN-Ausfall vielleicht irgendetwas mit den anderen Merkwürdigkeiten zu tun, die hier oben geschahen?

Tima atmete tief durch. Etwas Altmodisches musste her, etwas Praktisches. Und so kramte sie schließlich einen Schreibblock und einen Stift hervor und verfasste ebenfalls eine handschriftliche Nachricht:

Müssen uns treffen. Schick Hamish um Mitter-
nacht, wenn meine Eltern schlafen, wieder her,
damit er mich zu euch bringt. Kann nicht simsen –
hab keinen Empfang.
Tima

Sie steckte den Zettel unter Hamishs Halsband, erklärte zur Sicherheit auch ihm alles ganz genau und schickte ihn nach Hause. Eine halbe Stunde später war Hamish zurück und wartete hechelnd mit einer weiteren Nachricht vor ihrem Fenster.

Mitten in der Nacht? Bist du irre? Wenn du's nicht ernst gemeint hast, schick Hamish wieder her, dann versuch ich morgen zu dir zu kommen. Falls du WIRKLICH irre bist, bleib dicht bei Hamish – ich komm euch um Mitternacht auf halber Strecke entgegen, oberhalb des Ballachry-Wasserfalls.
Wenn du ihn drum bittest, zeigt Hamish dir bestimmt einen sicheren Weg dorthin. Bring eine Taschenlampe mit!
Jamie

17

»Das kann echt nicht wahr sein …«

Matt war wieder ins Auto gestiegen und schüttelte den Kopf. Die Wagen vor ihnen – er sah unzählige leuchtende Rücklichter – schlängelten sich um eine Kurve im Tal. Bis nach Seeblick, Timas Ferienanlage, war es vielleicht noch eine Stunde Fahrtzeit, aber sie kamen nicht mehr vorwärts. Zu beiden Seiten der Straße erhoben sich Berge, aber da es schon dunkel war, konnte man nur die unteren Hänge sehen, die von den Autoscheinwerfern erhellt wurden.

»Was ist denn los?«, fragte Elena. »Wieso staut sich alles?«

»Keine Ahnung, aber hier scheint gar nichts mehr zu gehen.« Matt fuhr sich mit den Händen durch das kräftige dunkle Haar und schnaubte frustriert. »Stell mal das Radio an, vielleicht finden wir irgendwas raus.«

Elena versuchte es, empfing aber nichts weiter als Rauschen und Störgeräusche. Nach weiteren zehn Minuten Stillstand wurde Glück unruhig und schlug auf dem Rücksitz hektisch mit den Flügeln. »Am besten fährst du an den Rand, falls irgendwelche Rettungsfahrzeuge an uns vorbeimüssen«, schlug Elena vor. »Dann können wir auch aussteigen, nach vorne laufen und nachschauen, was passiert ist.«

Mit dieser Idee waren sie nicht allein. Viele Autos standen mittlerweile am Straßenrand, zwei Reifen im plattgedrückten, schneebedeckten Gras. Der Schneefall, der einige Kilometer zuvor eingesetzt hatte, war glücklicherweise vorüber, aber kalt war es noch immer. Während Matt und Elena am Fahrbahnrand entlang nach vorne liefen, wiesen ihnen Hunderte Scheinwerfer den

Weg. Unterwegs kamen ihnen Menschen entgegen, die ebenfalls neugierig nach vorn gelaufen waren und nun wieder zurückkamen. »Den werden sie durchschneiden müssen«, hörten sie einen Mann raunen, der am Fenster eines Lieferwagens stehen geblieben war.

»Was ist passiert?«, fragte Elena.

»Lauf einfach um die Kurve und schau selbst«, erwiderte der Mann. »Ich will dir nicht die Überraschung verderben.«

Sie begannen zu rennen. Glück flog dicht über ihren Köpfen. Hinter der Kurve standen fünf Streifenwagen der Polizei und sorgten mit ihrer blau-roten Lichtershow für die Beleuchtung eines bizarren Schauplatzes. Ein riesiger Metallpfeiler lag quer in der engen Talschlucht. Beim Anblick des mit großen Scheiben und Antennen gespickten Pfahls musste Matt unweigerlich an eine Invasion vom Mars denken.

»Das ist ein Sendemast«, sagte er staunend. »Das Riesending ist umgekippt und den Hang runtergerutscht. Wie zur Hölle kann *so* was passieren?«

»Als ob das Hochland nicht will, dass wir zu Tima gelangen«, murmelte Elena schaudernd.

»Jetzt wissen wir zumindest, weshalb wir keine Telefonverbindung haben«, sagte Matt.

»Aber … Es sieht aus, als ob es gerade erst passiert ist!«, meinte Elena.

»Das ist schon der dritte, der heute abgestürzt ist«, sagte eine Frau mit Dufflecoat und Wollmütze, die in der Nähe stand. »Das waren bestimmt Terroristen.«

Während Matt und Elena zum Land Rover zurückliefen, fuhren zwei Feuerwehrautos an ihnen vorbei. Vermutlich sollte die Feuerwehr eine Schneise in die Mittelleitplanke der Fahrbahnen schneiden, damit die im Stau steckenden Autos wenden, auf der Gegenspur zurückfahren und sich von der blockierten Stelle entfernen konnten.

Elena hatte sich wieder auf den Beifahrersitz gesetzt. »Wie sollen wir denn jetzt weiterfahren? Mittlerweile funktioniert ja nicht einmal mehr das Navi!«

»Wir suchen eine Tankstelle und kaufen uns dort eine Straßenkarte«, entgegnete Matt. »Es muss doch noch eine andere Möglichkeit geben, dort hinzukommen.«

Eine geschlagene Stunde brauchten sie, nur um mit dem Auto bis zu der Stelle voranzukriechen, an der die Leitplanke durchtrennt worden war, und dort zu wenden. Eine weitere halbe Stunde verging, bis sie eine Tankstelle gefunden hatten – eine kleine Zapfstation mit angeschlossenem Lädchen am Rand eines dicht bewaldeten Tals. Sie stellten sich an der Kasse an, um eine Straßenkarte von Schottland zu kaufen. Matt machte sich inzwischen ernsthaft Sorgen wegen ihrer Finanzen. Er hatte nur noch einen Zehner und etwas Kleingeld in der Hosentasche. Einen Mordshunger hatte er außerdem. Ihm war klar, dass auch Elena Kohldampf haben musste – ihren letzten Proviant hatten sie schon vor Stunden gegessen –, aber das restliche Geld würden sie vielleicht für Benzin brauchen. Der Tank des Land Rover war nur noch ein Viertel voll. Diese Reise hätte sechs Stunden dauern sollen, und jetzt waren sie schon mehr als doppelt so lange unterwegs.

Der Mann, der vor ihnen in der Schlange stand, verdarb Matt vollends die Laune. Er beschwerte sich laut über einen Kaffeeautomaten, der anscheinend nicht das herausgerückt hatte, was er hatte haben wollen.

»Einen GROSSEN Cappuccino habe ich bezahlt – und bekommen hab ich DAS hier!« Der Mann trug einen Anzug und hatte eine Rolex-Uhr von der Größe einer Untertasse am Handgelenk. Er knallte seinen Getränkebecher auf den Verkaufstresen, woraufhin gut ein Drittel der Flüssigkeit herausschwappte und sich auf der Theke verteilte. »So Leute wie ihr kriegt es nicht mal hin, einen Kaffeeautomaten aufzufüllen, was?«

Matt biss die Zähne zusammen. *So Leute wie ihr.* Seine Mutter hatte sich einmal etwas Ähnliches anhören müssen – von einem Typen, der meinte, sie anpflaumen zu müssen, nur weil sie als Polin in England lebte. Der junge, asiatisch aussehende Mann hinter der Theke erinnerte Matt an Ahmed aus der Schule.

»Bitte entschuldigen Sie, Sir«, sagte der junge Angestellte jetzt. Er blieb höflich, obwohl er diesem Kunden sicher am liebsten eine Ohrfeige verpasst hätte. »Wahrscheinlich ist der Kaffee ausgegangen. Wegen der Straßensperrung waren gerade ungewöhnlich viele Leute bei uns.«

»Sparen Sie sich Ihre Ausreden und sagen Sie mir lieber, was Sie zu tun gedenken!«, forderte der Mann.

In diesem Moment erschien ein zweiter, älterer Mann hinter dem Verkaufstresen. »Gibt es ein Problem, Junge?«, fragte er mit Blick auf die immer länger werdende Schlange.

»Der Kaffeeautomat ist leer, Vater. Ich muss dem Kunden hier sein Geld zurückerstatten«, sagte der junge Verkäufer.

Aus irgendeinem Grund brachte diese kurze Unterhaltung den Rolex-Mann noch mehr in Rage. »Das war ja klar!«, schrie er plötzlich. »Jetzt nuschelt ihr einfach in eurer eigenen Sprache weiter, damit der Kunde blöd dasteht!«

Matt konnte sich nicht länger beherrschen. Er tippte dem Mann auf die Schulter und sagte: »Hören Sie, Mister, beruhigen Sie sich mal. Wir *alle* hier sind müde. Alles, was er gesagt hat, war, dass der Kaffeeautomat nicht mehr funktioniert und Sie Ihr Geld zurückbekommen.«

Der Mann fuhr herum und starrte Matt hasserfüllt an. »Oha!

Ach, wirklich? Und *du* hast das natürlich verstanden, ja? Weil du fließend Bongo-Bongo kannst, oder was?«

Matt runzelte wütend die Stirn. »Falls Sie *Punjabi* meinen – ja, das spreche ich zufällig.«

Die Angestellten hinter der Kasse wechselten erschrocken zurück ins Englische. »Bitte, Sir«, sagte der ältere. »Wir erstatten Ihnen selbstverständlich den vollen Betrag zurück.«

»Nein, nein – wartet!«, schrie der Mann höhnisch. »Dieser junge Kerl hier denkt, er kann eure Sprache. Los – beweis es! Sprich mit den beiden! Es geht doch nichts über Multikulti!«

Matt lächelte, wandte sich an die verwirrt dreinblickenden Verkäufer und sagte: »Es tut mir leid, dass Sie sich mit Vollpfosten wie dem hier herumschlagen müssen.« Er freute sich über ihre überraschten Gesichter – und darüber, dass dem Rolex-Mann die Kinnlade herunterfiel, als er mühelos Punjabi sprach. »Wenn Sie wollen, kann ich dafür sorgen, dass sich ein paar Krähenschnäbel seinen Kopf vornehmen.«

»Er macht keine Witze«, fiel Elena auf Punjabi ein, woraufhin es dem erstaunten Anzugträger endgültig den Atem verschlug. »Und wir sind so müde, dass uns gerade völlig egal ist, was richtig und was falsch ist. Mal sehen, vielleicht jage ich dem Mann noch eine Horde Ratten die Hosenbeine hoch.«

Die beiden Angestellten lachten johlend – genau wie einige der Leute, die in der Schlange vor der Kasse warteten. Es war unwahrscheinlich, dass einer der anderen Kunden sie verstanden hatte, aber die Menschen waren fasziniert und amüsierten sich köstlich darüber, dass zwei höfliche Teenager einen Erwachsenen bloßstellten, der sich vollkommen danebenbenommen hatte.

»Hier ist Ihr Geld, Sir«, sagte der jüngere Mann und händigte dem Anzugträger einige Münzen aus. »Kann ich sonst noch etwas für Sie tun?«

Der Mann antwortete nicht. Er nahm das Geld entgegen, ließ sein Getränk auf dem Tresen stehen und stürmte aus dem Laden. Matt und Elena kauften die Straßenkarte und tauschten belustigte Blicke mit den beiden Verkäufern.

»Zwei junge weiße Engländer, die Punjabi sprechen – das ist aber ungewöhnlich«, sagte der ältere Mann strahlend. »Wo habt ihr das gelernt?«

»In Indien«, log Matt schulterzuckend. »Während unseres Auslandsjahres sind wir quer durch Indien gereist und haben vor Ort immer wieder gearbeitet.«

Auf dem Vorhof der Tankstelle sahen sie, dass der Rolex-Mann noch nicht weggefahren war. Er stand neben der offenen Tür seines Audis, der nur ein paar Schritte von ihrem gestohlenen Land Rover entfernt parkte, hielt sein Handy ans Ohr und fluchte. Matt vermutete, dass auch er keinen Empfang hatte. Auf dem Armaturenbrett des Audis sah er etwas Glänzendes aus Leder liegen. Kaum hatte Matt diese Beobachtung gemacht, als plötzlich ein buntes Federchaos entstand und der Mann lauthals zu fluchen begann.

»Meine Brieftasche!!!«, schrie er. »Der verdammte Vogel hat mir die Brieftasche geklaut!«

Matt und Elena stiegen wieder aus und sahen entsetzt dabei zu, wie ein dunkel gefiedertes Etwas über den Vorhof flog und zwischen den Bäumen verschwand. Elena warf Matt einen Blick über die Kühlerhaube zu. »*Glück*?!«, formte sie erschrocken mit dem Mund. Matt nickte und biss sich auf die Lippe.

Der Rolex-Mann war unterdessen über den Vorhof gerannt, starrte in die tintenschwarze Dunkelheit des Waldes ringsum und brüllte vor Wut.

»Wenigstens hat's den Richtigen erwischt«, sagte Matt, während er sich wieder in den Land Rover setzte und das Schiebedach öffnete. Sie waren bereits einige Meter über den Tankstellenparkplatz gerollt, als die Brieftasche auf dem Rücksitz landete, dicht gefolgt von Glück.

»Du Dieb!«, schimpfte Elena lachend mit dem Vogel.

Fünf Minuten später hielten sie bei einem kleinen Lokal neben der Straße und erforschten die Brieftasche. Sie fanden heraus, dass der Mann Ryan Snell hieß, Vermögensberater war und 230 Pfund in bar dabeihatte. Außerdem einige Kreditkarten. »Wir können ihm die Brieftasche zurückgeben«, sagte Elena und las die Adresse auf seiner Visitenkarte. »Canary Wharf – das ist doch dieses neue Bankenviertel in London. Schicken wir sie einfach dorthin.«

»Ja, wenn wir mal nichts Besseres zu tun haben«, erwiderte Matt und zog die Geldscheine heraus.

»Matt – natürlich müssen wir sie zurückgeben!«, rief Elena. »Und *das da* … ist nicht unser Geld.«

»Stimmt. Es gehört Glück. Sie hat die Brieftasche gefunden. Und sie hat nichts dagegen, wenn wir das Geld für sie ausgeben, stimmt's, Glück?«

»Nichts dagegen«, sagte das Starenweibchen.

Elena blieb stur. »Aber das ist nicht in Ordnung. Wir sind keine Diebe. Egal, wie unhöflich er auch war – ich will ihm nichts klauen.«

»Dann sieh's doch als eine Art Leihgabe«, schlug Matt seufzend vor. »Wir haben seine Adresse. Wir leihen uns ein bisschen was von dem Geld und schicken es ihm zusammen mit der Brieftasche in ein paar Tagen zurück. Er wird's überleben.«

Elena sah immer noch schuldbewusst aus.

»Echt jetzt – du bist viel, viel zu brav«, spottete Matt. Er rieb sich mit den Händen über das müde Gesicht. »Hör mal: Wir müssen uns jetzt dringend irgendwo reinsetzen, was Warmes zu Abend essen und einen Plan austüfteln – das weißt du doch selbst. Wer ist dir wichtiger? Der Rolex-Typ oder Tima?«

18

Jamie kam sich vor wie in einem Märchen, als er Tima, angeführt von Hamish, den Pfad zum Ballachry-Wasserfall hinabkommen sah. Mit ihrer Webpelz-Kappe, ihren Handschuhen und den teuren Stiefeln sah sie aus wie das Mädchen aus *Die Schneekönigin*.

Er stand da, eingewickelt in seinen dicken Wintermantel, und fand irgendwann die Sprache wieder. »Ich fass es nicht, dass wir tatsächlich um Mitternacht hier draußen stehen!«

»Mitternacht ist eigentlich ein bisschen früh für mich«, erwiderte Tima und leuchtete ihm mit ihrer Taschenlampe ins Gesicht. »Ich stehe normalerweise erst ein, zwei Stunden später auf. Hey – was ist denn mit deinem Kopf passiert?«

Er strich über den Verband an seiner linken Schläfe. »Oh, das … Hab einen Schlag abbekommen. Bin auf's Gesicht gefallen und muss dabei einen Felsen geküsst haben.«

»Wer hat dich geschlagen?«, fragte sie. »Oder *was*?«

»Ich glaube, es war irgendein Typ. Ich konnte ihn fluchen hören … In einer fremden Sprache zwar, aber fluchen ist fluchen. Und dann – wumm!«

»Aber wo warst du denn überhaupt? Nein – das kannst du mir gleich erzählen. Lass uns erst mal loslaufen.« Sie klopfte Hamish sanft auf den Hals. »Er will uns unbedingt zurück zum Tatort bringen. Ist das weit?«

»Nein, nicht weit. Und da hochzuklettern, ist auch nicht allzu schwierig, solange es nicht wieder schneit.«

Während sie Hamish durchs Tal folgten, erzählte Jamie ihr alles, an das er sich erinnern konnte. Ein heller Dreiviertelmond stand am Himmel und half ihnen sehr – Timas dünner Taschenlampenstrahl tanzte nur in unmittelbarer Umgebung und bewahrte sie vor Stolperfallen wie großen Steinen, tiefen Kuhlen oder hubbeligem Heidekraut. Dennoch fiel Jamie dreimal auf die Nase.

»Bist du auch ganz bestimmt wieder in Ordnung?«, fragte sie nach dem dritten Mal. »Ich meine ... vielleicht hast du doch eine Gehirnerschütterung.«

»Tima ... Erstens: Es ist dunkel. Und zweitens: Ich bin nun mal ich. Nicht umsonst werde ich in der Schule Torkler genannt.«

Sie kicherte mitfühlend. »Du torkelst doch gar nicht. Aber der Name ist ziemlich witzig.«

»Könnte schlimmer sein«, sagte er. Obwohl ihm die Angst im Nacken saß, wärmte ihn das schöne Gefühl, sich so ungezwungen mit jemandem unterhalten zu können. Tatsächlich hatte er noch nie zuvor so flüssige Gespräche geführt.

»Sag mal – diese verängstigten Hirsche, die euch von der Straße abgebracht haben ...« Tima keuchte ein wenig, als der Anstieg immer steiler wurde, und hielt sich mit beiden Händen an Heidekrautbüscheln fest. »Glaubst du, dass die Herde vor dem Ding davongerannt ist, dem du auch begegnet bist?«

»Es hat ganz danach ausgesehen.« Jamie musste an die rollenden Augen und die donnernden Hufe denken. Er bemühte sich sehr, mit Tima mitzuhalten, die sich so flink und geschmeidig wie eine Wildkatze bewegte. Sich darauf zu konzentrieren, dass seine widerspenstigen Beine taten, was sie sollten, lenkte ihn zumindest von seiner Angst ab – der Angst vor dem, was sie auf dem Bergrücken finden könnten.

»War es dort?«, fragte Tima, als Hamish plötzlich vorauslief und auf den schräg abfallenden Kamm zusprang. Dünne Finger aus vereistem Schnee zogen sich über den abgeflachten Gipfel nach unten und liefen in der schattenhaften Heide in Fels und Geröll aus. Der

Border Collie war an einem einzelnen, im Mondlicht weiß glänzenden Felsen angekommen und blieb stehen. Dann drehte er sich zu ihnen um und legte den Schwanz flach an. Jamie musste kein Nachtflüsterer sein, um zu begreifen, dass Hamish Angst hatte. Genau wie er selbst.

Ein paar Sekunden später hatten auch sie die Stelle erreicht. Jamie erkannte die flache Erdmulde wieder, wo der Felsen vor den fortwährenden kalten Windstößen schützte.

Jamie stand da und sah sich um. Hier war nichts. Hamish drehte sich einmal um die eigene Achse und ließ sein Hinterteil ins Gras plumpsen.

»Hier lag er!«, sagte Jamie frustriert und mit schriller Stimme. »Genau hier!«

Er schlug die Hände vors Gesicht und murmelte: »Es sei denn, Onkel Fraser hat recht und ich habe mir wirklich nur den Kopf aufgeschlagen und das alles geträumt!«

Tima hatte sich neben Hamish gekniet und suchte mit der Taschenlampe das struppige Gras und Heidekraut ab. »Nein«, sagte sie und tastete auf dem Boden herum. »Das glaube ich nicht.« Sie hob ihre Hand und roch daran. »Yepp. Das ist Blut. Aber das tote Tier ist verschwunden ... genau wie die durchlöcherte Kuh. Jemand ist hergekommen und hat es weggebracht.« Sie stand auf, lief hinüber zu der Felswand und ließ die Finger darübergleiten. »Das hier lässt sich allerdings nicht so leicht erklären.« Jamie musste ihr zustimmen. Der Fels wirkte sehr massiv und wies nicht den kleinsten Riss auf.

Aber irgendetwas hat Unruhe verursacht«, fuhr Tima fort. »Die Insekten, die hier gelebt haben ... Sie sind alle verschwunden.« Sie schloss die Augen. »Ja, genau hier, um diese Stelle herum, ist alles wie leergefegt.«

Jamie hatte nicht den leisesten Schimmer, welche Art von Insekten man überhaupt auf einem Felsbrocken finden sollte. *Er* zumindest hatte noch nie welche gesehen.

»Sie sind winzig«, erklärte Tima, als ob sie nun auch *seine* Gedanken lesen konnte. »Milben und Zecken und Mückenlarven. Du bräuchtest schon ein Vergrößerungsglas und eine Taschenlampe, um sie erkennen zu können. Ich weiß auch nur, dass sie gerade *nicht* hier sind, weil ... Na ja, ich weiß es einfach.«

Hamish ließ ein heißeres Winseln hören und stand auf. Er sah genauso bestürzt aus wie Jamie.

»Er weiß, dass etwas Merkwürdiges vor sich geht«, erklärte Tima. »Er hat nicht gesehen, was du gesehen hast, aber ... er nimmt etwas wahr. Er ist – nein, warte, da kommt jemand.«

Sie fuhren herum, als plötzlich eine große, dunkle Gestalt am Rande der Erdmulde aufragte. Jamie schnappte nach Luft. Vor dem Mondlicht waren die Umrisse eines Hirsches zu erkennen, der zu ihnen hinabsah.

»Oh ... Hallo ...«, murmelte Tima. »Bist du gekommen, um uns zu helfen?«

Der Hirsch kam zu ihnen nach unten, Atemwölkchen stiegen aus seinen weiten schwarzen Nüstern auf. Er schien keinerlei Angst vor ihnen zu haben, obwohl Hamish normalerweise eine ganze Herde in die Flucht geschlagen hätte. Heute dagegen sah es so aus, als würden Hirsch und Hund miteinander *kommunizieren*. Der Border Collie stand vollkommen still da und blickte den Hirsch stumm an. Das Wildtier beugte den Kopf, bis sich Hirsch- und Hundenase berührten. Dann erhob es sich, drehte sich um, senkte, das Geweih nach vorne gerichtet, erneut den Kopf und rannte direkt auf den Felsen zu. Tima konnte gerade noch rechtzeitig zur Seite springen. »Hör auf!«, schrie sie, als der Hirsch gegen die Steinwand krachte. »Du wirst dich verletzen!«

Doch der Hirsch hörte nicht auf. Er setzte zurück, nur um anschließend erneut mit gesenktem Kopf und vorgeschobenem Geweih auf den Felsen zuzurennen. Erneut prallte er hart dagegen, seine kräftigen Schultern wurden ordentlich durchgerüttelt.

Und dann … gab der Fels nach.

Der Hirsch zog sich zurück, schüttelte den Kopf und ließ dabei kleine Steinchen vom Geweih regnen.

Verwundert starrte Jamie nach vorne. Im Felsen klaffte jetzt ein großes Loch, und durch das Loch hindurch war – wenn er seinem Verstand noch trauen konnte – ein Lichtschein zu sehen.

19

Das Licht hatte einen warmen, goldenen Farbton. Tima ging näher heran, kniete sich hin und untersuchte das Loch, indem sie mit den Fingern vorsichtig über den Rand fuhr. Das Gestein bröckelte sofort unter ihrer Hand weg, bis eine kreisrunde Form entstanden war. Jamie ließ sich neben Tima sinken und schaute gebannt in den Felsen. »Siehst du das?«

Sie nickte. »Ich sehe es.«

Hinter dem Loch befand sich ein kreisrunder Tunnel, der ihnen, wenn sie knieten, etwa bis zur Schulter reichte. Die Felswand hatte an dieser Stelle offensichtlich nur aus einer dünnen Granitschicht bestanden. »Das sieht aus wie ... wie das Werk einer Falltürspinne«, murmelte Tima.

Jamie warf ihr einen besorgten Blick zu.

»Damit meine ich nicht, dass es *tatsächlich* eine Riesenspinne war, die diesen Tunnel gegraben hat.« Sie klopfte Jamie beschwichtigend auf die Schulter. »Eine Falltürspinne geht aber genauso vor. Sie buddelt einen Tunnel und baut danach eine dünne Falltür aus Erde und Seide, die sie über den Eingang zieht. Allerdings lässt sie ein paar Seidenfäden oben unter der Abdeckung heraushängen, und wenn eine Fliege oder ein Käfer über die Fäden krabbelt, stößt sie die Falltür auf, zieht ihr Essen in den Tunnel hinein und klappt die Tür wieder zu.« Jamie schauderte sichtlich. »Das ist brillant«, fügte Tima hinzu. »Es sei denn, man selbst ist die Beute.« Sie kam sich etwas dumm vor, als sie sich verstohlen nach Seidenfäden umsah, tat es aber trotzdem. Nein. Keine Fäden. »Was auch immer diesen Tunnel gegraben hat, es hat auch eine dünne Abdeckung hergestellt, um das Loch zu verdecken. Ganz schön clever.«

»Das, was ich gestern gesehen habe«, erklärte Jamie, »sah nicht besonders clever aus, sondern besonders gefährlich.«

»Okay. Beschreib es mir doch mal.«

»Ich konnte es nicht genau erkennen. Aber es war rund und hatte jede Menge Zähne, die sich gedreht haben – einige im Uhrzeigersinn, einige gegen den Uhrzeigersinn. Es sah aus wie ... ich weiß nicht ... wie eine Maschine, und dann auch wieder *nicht*. Und es hat gedampft, glaub ich. Als ob es atmen würde.

»Hat es Geräusche von sich gegeben?«

»Ja ... glaube schon ... es dampfte, wie gesagt, irgendwie laut und knirschte. Aber als ich es gesehen habe, herrschte in meinem Kopf ohnehin ein Riesenlärm – Paniklärm, wegen des toten Hirschs. Ich bin mir also nicht sicher.« Jamie sah zu dem anderen Hirsch hoch, der jetzt ein wenig abseits der Erdmulde stand und zu ihnen hinunterblickte. »Vielleicht kann *er* dir ja mehr darüber erzählen.«

»Nicht wirklich. Er ist genauso verängstigt, wie du es gewesen bist. Er hat seinen Freund sterben sehen. Aber was ich von ihm wahrnehme, scheint dasselbe zu sein, was du beobachtet hast – irgendetwas Rotierendes und Glänzendes und Furchteinflößendes.«

»Was sollen wir denn jetzt machen?« Jamie fuhr mit der Hand am Rand des Tunnels entlang und biss sich auf die Lippe.

»Das fragst du noch?« Tima zwinkerte ihm zu. »Wir gehen natürlich da rein.«

»Du willst *da* reinkriechen?«, hakte Jamie entgeistert nach.

»Na ja, von *wollen* kann keine Rede sein. Ich glaube nur, dass wir nicht mehr herausfinden können, solange wir hier draußen bleiben.« Sie wandte sich an den Hirsch. »Kannst du von da drinnen irgendetwas hören? Oder nimmst du etwas wahr?«

Der Hirsch legte den Kopf schief, senkte ihn etwas und richtete alle Aufmerksamkeit auf den Tunnel. Dann richtete er sich wieder auf und schüttelte kurz das Geweih aus.

»Hamish?«, wandte Tima sich an den Hund, der nun ebenfalls den Kopf neigte und angestrengt lauschte. Kurz darauf legte er sich wieder auf den Boden und blickte Tima ruhig an.

»Gut«, sagte Tima. »Es scheint nichts in der Nähe zu sein. Hör mal, Jamie, wir müssen ja nicht kilometerweit hineinkrabbeln. Nur ein kleines Stück, um uns das Ganze mal genauer anzusehen. Ich gehe zuerst.«

»Nein!«, protestierte Jamie. »Es ist gefährlich – lass mich zuerst gehen!«

Sie drückte seinen Arm und sagte zu Hamish: »Bleib du hier. Wenn wir bis Sonnenaufgang nicht wieder draußen sind, holst du Hilfe. In Ordnung?« Hamish blieb leise winselnd im Gras liegen, während der Hirsch sich umdrehte und so lautlos verschwand, wie er aufgetaucht war. »Komm, Jamie«, sagte sie dann.

Der Tunnel entpuppte sich als eine Art steinerner Trichter. Er weitete sich nach innen hin, bis sie aufrecht darin stehen konnten und über ihren Köpfen noch etwa ein Meter Platz war. Der Boden war beinahe eben, die glatten Felswände und die Decke jedoch waren gewölbt. Das goldene Leuchten war irgendwo weiter vorne und warf ein dämmriges Licht auf Jamies Gesicht, während er Tima unbeholfen durch den Tunnel folgte. Tima untersuchte die Felsen um sie herum mithilfe ihrer Taschenlampe. Das Gestein war nicht einfach nur schwarz und grau, wie sie erwartet hatte. Es war durchzogen von langen, sich kräuselnden Streifen, deren Färbung von Lachsrosa bis ins dunkle Kastanienbraun reichte. Im Schimmer der glatten, gewölbten Felsen sah das alles sehr hübsch aus.

»Schau dir das an!«, sagte sie staunend zu Jamie, der sie mittlerweile eingeholt hatte. Er keuchte und war immer noch aufgebracht.

»Du hättest mich zuerst gehen lassen sollen!«, grummelte er. »Ich bin älter als du! Und ein Junge!«

»Hmmm. Alters- und Geschlechterdiskriminierung …«, sagte sie. »Ist das im schottischen Hochland so üblich?«

Als sie dafür einen finsteren Blick von ihm erntete, gab sie nach. »Dass du zuerst gehen wolltest, ist sehr anständig von dir, aber mir geht's gut. Und ganz ehrlich: Uns könnte ja nicht nur etwas von vorne angreifen, sondern auch von hinten. Egal – sieh dir das mal an!« Sie richtete den dünnen Lichtkegel der Taschenlampe auf den Steinbogen über ihren Köpfen.

»Aye, das ist Jaspis«, erklärte Jamie unbeeindruckt. »Sie verkaufen es hier in den Andenkenläden.«

»Jaspis?«, wiederholte Tima. »Es ist wunderschön. Bestehen die schottischen Berge aus Jaspis?«

»Zum Großteil bestehen sie aus Granit«, erklärte Jamie. »Aber es gibt auch Schichten aus anderem Gestein und Mineralen. Hier in der Region gibt es viel Jaspis. Drüben auf den Inseln findet man häufig grünen Marmor, auf Harris Saphir … und in anderen Gegenden Schottlands Quarz und Amethyst, sogar Gold.«

»Wow. Das wusste ich gar nicht.«

Jamie verdrehte die Augen und murmelte. »Ich glaube, hier gibt es etwas, dass noch viel *wowiger* ist.«

»Ja, los«, sagte Tima und lief weiter. Der Tunnel hatte eine leichte Biegung gemacht, und als sie jetzt nach hinten und an Jamie vorbeisah, war der nachtschwarze Kreis, durch den sie hineingeklettert waren, schon nicht mehr zu sehen. In Tima krampfte sich alles zusammen. Wie tief waren sie schon in den Berg eingedrungen? Und wie weit nach unten? Im Tunnel nämlich ging es eindeutig abwärts.

Sie blieb stehen und lauschte. Nein. Nichts. Kein Geräusch außer Jamies leicht angestrengtem Atem. Hier gab es auch keine Insekten oder Spinnen, die sie hätte fragen können, denn es war ja kein auf natürliche Weise entstandener Raum. Vielleicht hatte sich an dieser Stelle nur Stunden zuvor noch massives Gestein befunden. Jetzt war hier nichts als Luft. Sie atmete lange und tief ein und nahm erst in diesem Augenblick bewusst wahr, dass sie überhaupt atmen *konnte*. Sie hatte schon gehört, dass Menschen in Minen erstickt waren, weil sich beim Bergbau Untertage gefährliche Gase angesammelt hatten. Wäre Matt jetzt bei ihnen, hätte er Glück ganz genau beobachten müssen, um sicherzugehen, dass es ihr gut ging. Vögel und andere Tiere reagierten schneller als Menschen auf gefährliche Gase. Vielleicht hätte sie Hamish doch bitten sollen, mit ihnen in den Berg zu kommen …

»Weshalb gehst du nicht weiter?«, flüsterte Jamie. Sein Wispern wurde matt von den Felsen zurückgeworfen.

»Ich prüfe nur die Luftqualität. Kannst du frei atmen?«

Er atmete ein paar Mal stoßweise ein und nickte. »Denke schon. Riechst du Gas oder so was?«

»Nein«, sagte sie. »Kein Gas. Aber … da ist irgendwas.« Ja, diese Felsen waren vor Kurzem erst durchbohrt worden – natürlich roch es auch danach. Doch Tima nahm nicht nur einen intensiven mineralischen Geruch wahr, sondern auch noch etwas anderes, das sie nicht einordnen konnte. »Egal. Uns geht es ja gut. Lass uns weitergehen und schauen, was dort hinter der Kurve ist.«

Was dort hinter der Kurve lag, raubte ihnen fast den Atem. Das goldene Licht drang aus einer riesigen Höhle. Tima blieb wie angewurzelt stehen, sah sich verwundert um und nahm kaum wahr, dass Jamie sie einholte und einen kurzen, erstaunten Schrei ausstieß. Im Frühsommer war sie schon einmal in einer Höhle gewesen, doch die war mit *dieser* hier überhaupt nicht zu vergleichen. Die gewaltige kuppelförmige Decke war hoch wie ein Haus, und die Höhle selbst beinahe kreisrund und geräumig genug, um drei oder vier Häusern Platz zu bieten. Anders als die Tunnel, sah diese Höhle mit ihren unregelmäßig gewellten Wänden, den zahlreichen dunklen Felsspalten und den kegelförmigen Gebilden an der Decke sehr natürlich aus. Das weiche goldene Leuchten kam aus einem einzelnen Papierbehälter, der wie ein gigantisches Wespennest von einem kurzen, dicken Stalaktiten hoch über ihren Köpfen herabhing. Die ganze Höhle erinnerte Tima an eine Londoner U-Bahn-Station … ohne U-Bahnen, Fahrgäste und Gleise. Obwohl … Jetzt, da sie den Boden genauer betrachtete, konnte sie tatsächlich so etwas wie Fahrspuren oder zumindest Rillen erkennen. Über den felsigen Untergrund liefen flache Rillen, die sich zwischen den einzelnen Tunneln kreuzten.

Tima lief tiefer in die Höhle hinein und sah sich um. Da es recht warm war, nahm sie ihre Mütze ab und zog die Handschuhe aus.

»Wo führen all diese Tunnel hin?«, fragte Jamie, der sich ebenfalls von Mütze und Handschuhen befreite.

»Vielleicht sind die Berge voll davon«, sagte Tima, deren Stimme jetzt, da sie in der großen Höhle standen, halblaut von den Felswänden widerhallte. Instinktiv suchte ihr sechster Sinn nach Insekten und Spinnen. Über ihnen, in den dunklen Felsritzen, gab es ein paar von ihnen. Große Höhlenspinnen und Milben zumeist; zu weit entfernt, um eine Unterhaltung in Gang zu bringen.

»Was ist das?« Jamie zeigte auf einen etwa schulterhohen Haufen Felsbrocken in der Mitte der Höhle. Irgendetwas ragte oben aus dem Steinhaufen heraus.

»Das ist … ein Bein«, erwiderte Tima. Ihre Nase zuckte. Dieser andere Geruch, den sie wahrgenommen hatte … Es schien, als hätten sie die Ursache dafür gefunden.

»Komm mir nicht nach«, sagte Jamie, bevor er sich die Nase zuhielt und zu dem Geröllhaufen ging. Tima sah ihn traurig und angeekelt das Gesicht verziehen. »Es ist der Hirsch«, sagte er. »Oder ein Teil von ihm. Und …« Jetzt hielt er sich mit beiden Händen Mund und Nase zu und ging in die Hocke, um zwischen den Gesteinsbrocken durchzuschauen. »Ja. Die Kuh ist auch hier.«

Auch Tima hielt sich die Nase zu und lief einmal um den Geröllhaufen herum. Jamie hatte recht. Und obwohl die beiden Tierkadaver steif und kalt waren, war der Gestank richtig übel.

»Sieht aus, als ob sie jemand begraben hat«, sagte Jamie irritiert. »Oder es zumindest versucht hat.«

Auf den Kadavern befanden sich keine Insekten. Nichts, mit dem Tima sich hätte austauschen können. »Komm weiter«, sagte sie schaudernd zu Jamie. »Sehen wir uns noch etwas weiter um.«

Sie liefen zu dem Tunnel zu ihrer linken Seite. »Warte!«, rief Tima, drehte um und rannte zurück zur Höhle. Sie klemmte einen ihrer Handschuhe hinter einen großen Stein, der am Eingang jenes Tunnels lag, durch den sie in den Berg gekommen waren. »Damit wir den Rückweg wiederfinden«, erklärte sie. Dann folgte sie Jamie.

Der nächste Tunnel sah genauso aus wie der Eingangstunnel, doch hier war die rosarote Musterung der Felsen hier und da von gelben Streifen unterbrochen. »Das ist auch Jaspis«, sagte Jamie, als Tima stehen blieb und mit den Fingern darüberstrich. »Es gibt roten *und* gelben Jaspis.«

Sie liefen weiter. Der Weg stieg leicht an und verlief nach rechts. Die Luft schien immer noch gut zu sein, aber Tima konnte nicht abschätzen, wie lang der Tunnel war. Vielleicht sollten sie jetzt vernünftig sein und wieder umkehren, zurück nach draußen, zum Berghang, und von dort aus zu Jamies Haus laufen. Dort könnten sie seinen Onkel bitten, mitzukommen und sich all das selbst anzusehen. Dass sie eine Nachtflüsterin war, bedeutete ja nicht, dass sie keinen Erwachsenen um Hilfe bitten durfte. Außerdem hatte Jamie das Ganze hier ins Rollen gebracht. Sie könnte es also genauso gut Jamie und seinem Onkel überlassen, die Sache weiter zu untersuchen. Sie selbst könnte unterdessen zur Ferien-Lodge zurückkehren, sich bis zum Frühstück vielleicht noch eine Stunde aufs Ohr legen und sich dann wie üblich zu den Musicalproben fahren lassen.

In diesem Moment fing es an.

Es begann mit einem Kitzeln unter ihren Füßen, ein Kitzeln, das sie durch die dicken Sohlen ihrer Winterstiefel hindurch wahrnahm. Sie drehte sich um, sah zu Jamie und bemerkte den Funken Angst in seinen Augen im selben Moment, in dem die Panik ihr wie ein Nadelstich in den Bauch fuhr. Das Kitzeln unter ihren Füßen steigerte sich zu einer Erschütterung, aus der Erschütterung wurde ein hörbares Rumpeln. Die Quelle des Ganzen lag nicht vor, sondern hinter ihnen.

»Das ist eins von diesen Dingern!«, keuchte Jamie. Das blanke Entsetzen stand ihm ins Gesicht geschrieben. »Es kommt auf uns zu!«

Tima nahm Jamie bei der Hand und lief mit ihm tiefer in den Tunnel hinein. Sie bereute bitterlich, dass sie so dumm gewesen war. Einfach draufloszulaufen, ohne zu wissen, ob es sich um eine Sackgasse handelte oder wohin der Tunnel überhaupt führte … Und nun nahm das, was auch immer diesen Tunnel fabriziert hatte, denselben Weg wie sie. Es war direkt hinter ihnen! Was würde es tun, wenn es sie entdeckte? Anhalten und sich höflich wieder zurückziehen? Unerwünschte Bilder der Kuh und des Hirsches schossen ihr durch den Kopf – dieses Tunnelwesen würde wohl kaum in der Stimmung für ein Päuschen sein. Und weshalb sollte es auch? Es konnte schließlich Gestein zermahlen! Ein Lebewesen – ein Mensch – wäre nichts als ein Klümpchen Butter, das ihm im Weg läge.

Der Tunnel begann zu klingen und zu dröhnen, und als Tima erschrocken nach hinten blickte, blies ihr ein warmer Luftstoß die Haare ins Gesicht. Was kam von dort, um sie zu töten? Das warme, goldene Leuchten war verschwunden und von einem weißen runden Strahlen ersetzt worden, das sich etwa in der Mitte der rastlosen Teile befand. Genau wie Jamie gesagt hatte, handelte es sich um riesige rotierende Kiefer, die sich ringweise und rasend schnell in entgegengesetzte Richtungen drehten. Ebenfalls in der Mitte, direkt unterhalb des weißen Lichts, ragten die kleineren Kreise kegelförmig hervor. Dieses auf sie zurasende Schicksalswesen hatte beinahe etwas Schönes – Faszinierendes – an sich.

Tima wurden vor lauter Panik die Knie weich. Es gab keinen Ausweg. Diesmal gab es kein Entrinnen. Ihre Superkräfte als Nachtflüsterin waren hier, tief in den Eingeweiden der schottischen Berge, vollkommen nutzlos. Keine ihrer erstaunlichen Fähigkeiten waren an diesem Ort irgendetwas wert. Sie würde sterben und, schlimmer noch, Jamie würde mit ihr sterben – und das war ganz allein *ihre* Schuld.

Die kreisenden Kiefer waren jetzt nur noch ein paar Meter entfernt. Tima spürte bereits die dampfende Wärme all der schwirrenden, geschäftig und erbarmungslos arbeitenden Ringe.

»Tut mir leid, Jamie«, schluchzte sie. »Es tut mir so leid.«

20

»Ich rufe Mum an«, sagte Elena, sobald sie ihre *Fish and Chips* gegessen hatte. Jetzt, da sie satt war, fiel es ihr leichter, geradeaus zu denken. Sie wusste, dass sie ihre Mutter nicht mehr länger in Sorge lassen durfte. Sie musste zu Hause anrufen. Dummerweise war es schon sehr spät, aber das Restaurant war voller Autofahrer, die wegen des umgekippten Sendemastes stundenlang im Stau gestanden hatten. Es sah nicht danach aus, als ob dieses Lokal bald schließen würde.

Sie holte ihr Handy hervor und las die Nachrichten, die sie bekommen hatte, bevor sie nach Schottland gekommen und der Empfang unterbrochen worden war.

> Hab deinen Zettel gefunden.
> Mach mir keine Gedanken, versprochen.
> Aber wer ist der Freund und wo bist du?
> Ich muss in der Schule Bescheid geben.
> Kuss

Elena hasste es, ihre Mutter anzulügen, und versuchte, es immer zu vermeiden. Ihre Mum vertraute ihr. Manchmal war es beinahe so, als ob Elena die Mutter wäre. Da Mum aufgrund der Tabletten, die sie nehmen musste, oft etwas neben sich stand, konnte auch ihr Zeitgefühl durcheinandergeraten – was für ihre Tochter bisweilen sehr hilfreich war …

Elenas letzte SMS lag bereits Stunden zurück. Heute Morgen, noch vor der Panne auf der Autobahn, hatte sie ihrer Mutter geantwortet:

> Sag in der Schule bitte, dass ich
> heut zu Hause bleibe. Erzähl ihnen,
> ich hab Grippe oder so. Mir geht's gut –
> Matt ist bei mir. Wir machen uns
> Sorgen um Tima. Sind auf dem Weg
> zu ihr, um mit ihr zu reden. Ich sag
> dir Bescheid, wenn ich auf dem
> Rückweg bin. Hdl

Und Mum hatte zurückgeschrieben:

> Okay. Mach ich. Meld dich
> bald wieder, sonst hab ich Angst
> um dich. Hdl

Elena seufzte und rieb sich übers Gesicht. Selbst wenn Mum heute etwas benommen gewesen war und nicht bemerkt hatte, wie schnell die Zeit verging – mittlerweile würde sie sich bestimmt Sorgen machen. »Ich frage mal, ob ich das Festnetztelefon benutzen darf«, sagte sie und stand auf.

Matt nickte. »Pass nur auf, dass … Sag nicht, wo wir sind. Erzähl ihr nicht zu viel. Und …« Er wirkte verlegen. »Vielleicht kannst du sie bitten, meine … Nein. Vergiss es.«

»Sie kann deine Mum anrufen – ist doch kein Problem!«

»Und ob das ein Problem ist«, raunte er. »Tut sie das, weiß mein Vater, dass du bei mir bist. Und wenn ich zurück bin und es Ärger gibt … steckst du auch mit drin. Ist schon gut. Mach dir keinen Kopf.«

Elena nickte seufzend. Sie verstand ihn, aber er tat ihr auch leid. Es war ungerecht, dass Matt die Konsequenzen ihres abgedrehten Abenteuers ganz allein tragen sollte.

Am Ende, nachdem Elena dem Restaurantbesitzer etwas Kleingeld gegeben hatte (er müsse eine Nutzungsgebühr verlangen, sagte er, weil sein Festnetztelefon aufgrund des fehlenden Handyempfangs pausenlos von Gästen genutzt würde), musste Elena ihrer Mutter doch nicht Rede und Antwort stehen, denn Mum war gar nicht ans Telefon gegangen. Vermutlich schlief sie bereits. Elena hinterließ ihr eine Nachricht auf dem Anrufbeantworter: »Mum – tut mir leid, dass ich mich nicht früher gemeldet habe. Ich bin auf dem Land, und hier gibt es Probleme mit dem Mobilfunk, deshalb rufe ich vom Festnetz aus an. Aber mir geht's gut. Mach dir bitte keine Sorgen, okay? Ich verspreche dir, dass das alles hier für einen guten Zweck ist. Wenn ich wieder zu Hause bin, werde ich versuchen, es dir zu erklären. Hab dich lieb …«

Sie legte auf und spürte zugleich Erleichterung und ein schlechtes Gewissen. Es wäre schön gewesen, in all dieser Verrücktheit Mums Stimme zu hören. Aber es wäre auch wirklich schwer gewesen, ihr zu erklären, was vor sich ging. In Wahrheit war es doch so, dass sie selbst nicht wusste, was vor sich ging. Genauso wenig wie Matt. Alles, was sie wussten, war, dass im Schottischen Hochland seltsame Dinge geschahen und Tima sich mittendrin befand. Und dass sie wegen … *irgendetwas* … in großer Gefahr schwebte.

Elena musste zugeben, dass das ziemlich lahm klang … selbst wenn man bedachte, dass sie von Steinadlern und Eichhörnchen gewarnt worden waren und der umgestürzte Sendemast ihnen wie ein Vorbote des Schicksals den Weg versperrt hatte.

Sie schloss die Augen und dachte über den Strahl nach. In – sie sah kurz auf die Uhr – sieben Minuten würde er durch ihr Zimmer fallen. Elena wünschte sich, sie wäre zu Hause und könnte ihn spüren, sich nur für ein paar Sekunden an seiner wundervollen, ruhigen, erhebenden Melodie festhalten. Vielleicht würde ihr das die schreckliche kreisende Angst vom Herzen nehmen.

21

Tima wusste gar nichts mehr, nicht einmal, wer sie war. Ihr Ende war nah. Alles, was ihr jetzt noch blieb, während ihre Beine unter ihr nachgaben, war die Hoffnung darauf, dass es schnell gehen würde.

Ein verzweifelter Blick über die rechte Schulter zeigte ihr den Todesboten – den kreisenden, glänzenden, mitleidlosen Killer. Jede Sekunde erwartete sie den Angriff seiner Kiefer.

Dann wurde sie heftig zur Seite geworfen.

Es dauerte einige Sekunden, bis sie begriff, dass sie noch immer am Leben war. Jemand keuchte ihr ins Gesicht, zitterte und schluckte hörbar. Tima blinzelte und hielt sich im selben Moment die Ohren zu, während die Höhlenraupe – wie sie das Ding in Gedanken nannte – mit einem alles durchdringenden Zischen, Heulen und Rumpeln an ihr vorbeischoss. Erst als der Lärm abebbte, das goldene Leuchten wieder durch den Tunnel drang und über Jamies weit aufgerissene Augen fiel, begann sie langsam zu akzeptieren, dass ihr Tod tatsächlich noch einmal aufgeschoben worden war.

Völlig verblüfft starrte Tima ihren Retter an, der an der hinteren Wand ihrer kleinen Felsnische kauerte.

»Wie … wie hast du die Nische gefunden?«, stotterte sie geschockt und mit hoher, dünner Stimme.

»Weiß nicht«, keuchte Jamie. »Hab sie beim Vorbeirennen kurz aus den Augenwinkeln gesehen.«

»Wow. Blitzschnell reagiert!«, sagte Tima erstaunt. Ihr Herz kehrte von Presslufthammergeschwindigkeit langsam wieder auf Normalniveau zurück. »Danke. Du hast mir gerade das Leben gerettet!«

Jamie hörte Tima kaum zu. Er drehte sich um und tastete sich an den Wänden der Nische entlang. Sie war nur einige Meter lang und gekrümmt wie das Innere einer Schöpfkelle. Ihre Haare streiften die niedrige Decke. Die Nische sah zu perfekt aus, um auf natürlichem Weg entstanden zu sein. »Das ist eine Sackgasse«, sagte Jamie, während er auf den Felsen klopfte. Siehst du … hier gibt es nur Granit. Vielleicht ist dieses Ding ja scharf auf Jaspis. Es hat sich hier reingefressen, den Granit probiert, der ihm nicht geschmeckt hat, ist gleich wieder zurückgewichen und hat die Richtung gewechselt.«

»Du glaubst, es frisst Steine?«, sagte Tima. »Vielleicht fräst es sich auch bloß durch die Felsen? Oder baut Gestein ab? Und was ist es überhaupt? Es sieht aus wie eine Art Höhlenraupe. Klar, es ist eine Maschine, aber … aber irgendwie besitzt es auch *Ausstrahlung*. Es hat etwas *Tierhaftes* an sich – das konnte ich spüren.«

»Es ist ein Stollenwurm. Halb Tier – halb Maschine.«

Tima fuhr erschrocken zusammen, beide drehten sich um. Vor ihrem lebensrettenden Zufluchtsort stand ein Mann und blockierte den Ausgang. Er war nicht viel größer als Jamie, aber stämmig und muskulös. Tima konnte nur seine Umrisse erkennen, nicht sein Gesicht, nahm aber den Geruch von Fell, Leder und Schweiß wahr.

»Wer sind Sie?«, fragte Jamie, der hinter Tima aus dem Dunkel der Nische getreten war.

Der Mann sah Tima an. »Was hat er gesagt?« Er sprach in harschem Ton und mit einem Akzent, den sie nicht einordnen konnte.

»Er will wissen, wer Sie sind«, sagte Tima und schluckte. »Genau wie ich. Und ich will wissen, was Sie hier mit dieser … zähnekreisenden Höhlenraupe veranstalten.«

»Stollenwurm«, wiederholte der Mann. »Er baut Minerale ab.«

»Und tötet Tiere!«, ergänzte Jamie.

»Was hat er gesagt? Das klingt komisch«, sagte der Mann. »Ist der nicht ganz richtig im Kopf?«

»Doch«, fauchte Tima. »Er ist richtiger im Kopf als jeder andere, den ich kenne.«

Der Mann zuckte mit den Schultern. Als Timas Augen sich an die Dunkelheit gewöhnt hatten, sah sie, das der Fremde eine breite, runde Nase und schmale Augen hatte, die zwischen seinem Rauschebart und den wuscheligen Haaren fast untergingen. In Verbindung mit dem Gesteinsabbau, der hier anscheinend vor sich ging, musste sie unweigerlich an die Sieben Zwerge aus dem Märchen denken. Nur dass der Mann nicht ganz so klein war.

Tima ließ nicht locker. »Wer sind Sie?«

Der Mann seufzte. »Ich hatte mir schon gedacht, dass der Junge Ärger machen würde. Deshalb wollte ich ablenken.«

»Ach ja? Indem Sie mich bewusstlos schlagen?!« Jamie stützte sich an der Felswand ab und starrte den Mann an.

»Was hat er ... Ach, vergiss es!« Der Fremde verdrehte die Augen. »Ich dachte, es hilft, ihn k.o. zu schlagen, damit seine Leute ihn von hier wegbringen und seinen Erzählungen nicht glauben. Ich habe die Kuh und den Hirsch reingeholt und die Durchbrüche im Fels wieder versiegelt. Aber ich seh schon – es hat nicht funktioniert.« Er schüttelte den Kopf. »Was soll ich denn jetzt mit euch machen?«

»Lassen Sie uns einfach gehen«, sagte Tima halblaut und in zuckersüßem Tonfall. »Bitte entschuldigen Sie, dass wir Ihnen in den Bergwerksbetrieb reingepfuscht haben. Ich bin sicher, das geht hier alles mit rechten Dingen zu ... Sie haben bestimmt eine behördliche Genehmigung und alle erforderlichen Formulare ausgefüllt, stimmt's?« Sie hörte selbst, wie verzweifelt sie klang. Bestand auch nur die geringste Chance, dass der Mann mitspielen würde?

Der Fremde schnaubte, dann lachte er. »Ja – ganz genau. Alle

Formulare sind ausgefüllt.« Er lachte und lachte, in immer höheren Tonlagen, bis er völlig irre klang. Plötzlich hörte das Gelächter auf. »Ständig stirbt irgendwo ein Tier«, sagte er leise. »Sie gehen im Eifer des Gefechts drauf. Nicht absichtlich, es passiert einfach. Manchmal sind die Würmer zu schnell unterwegs und durchstoßen mit ihren Fühlern die Erdoberfläche. Und wenn dann gerade etwas draußen herumsteht und nicht schnell genug zur Seite springt ...«

»Von welchem Planeten stammen Sie?«, fragte Tima. Sie hatte es nicht sarkastisch gemeint, sondern war mittlerweile tatsächlich davon überzeugt, dass sie mit einem Außerirdischen sprach. Zum einen hörte sie es an seiner Stimme, seinem Akzent. Zum anderen gehörte ein Steine fressender Cyborg-Wurm sicher nicht zur Standardausrüstung britischer Bergwerke.

Der Mann starrte sie an und gab keine Antwort. Stattdessen pfiff er leise, woraufhin es irgendwo in der Ferne zu rumpeln begann.

»Was war das? Was haben Sie vor?« Tima hörte selbst, wie panisch sie klang. Ruhe. Sie musste Ruhe bewahren.

»Ich kann euch nicht gehen lassen. Nicht, nachdem ihr die Stollenwürmer gesehen habt«, sagte der Bergarbeiter und schob sie zurück in die Felsnische. »Ihr werdet es weitererzählen.«

»Das werden wir nicht!«, sagte Tima, die sich mit Händen und Füßen wehrte. »Versprochen, das werden wir nicht!«

»*Der* vielleicht nicht«, sagte der Mann und zeigte mit seinem Wurstfinger auf Jamie. »Und wenn er's tut, wird ihn eh keiner verstehen oder ihm glauben. Aber *du*. Du bist mir ein bisschen zu clever. Woher weißt du, dass ich ... von woanders komme?«

Tima schloss kurz die Augen. Warum nur hatte sie ihn nach seinem Planeten gefragt? »Das wusste ich gar nicht ... Ehrlich«, erwiderte sie. »Das ist doch nur so eine Redensart.«

Der Bergarbeiter wirkte nicht überzeugt. Das Rumpeln wurde lauter.

»Er kommt zurück!«, schrie Jamie und klammerte sich an Timas Arm fest. »Er hat ihn zurückgeholt! Jetzt wird er uns schnappen!«

»Tun Sie das nicht!«, bat Tima ihn. »Töten Sie uns nicht! Sie wissen, dass es falsch ist. Das wissen Sie doch …«

Doch das Rumpeln wurde immer lauter, und der Mann blieb, wo er war. Er fuhr sich mit seiner grauen Zunge über die Unterlippe und starrte sie aus zusammengekniffenen Augen an. Tima sprang ihn an und versuchte, sich an ihm vorbeizukämpfen. Jamie tat es ihr gleich – doch der Bergarbeiter war fast genauso starr wir der Fels um sie herum. Er stieß sie einfach mit seinen riesigen, fleischigen Händen zurück, während das Rumpeln, Schwirren und Dampfen weiter anschwoll. Hinter ihm im Tunnel leuchtete jetzt das weiße Licht des Wurmauges auf. Der Lichtstrahl tanzte umher, bis er sie, nur noch eine Armlänge vom Rücken des Bergarbeiters entfernt, ins Visier nahm. Der Mann trat zur Seite und machte dem Wurm Platz. Wieder ließ er einen Pfiff ertönen.

Der Stollenwurm ließ die kaleidoskopartigen Kiefer kreisen.

22

Schon zum zweiten Mal innerhalb von Minuten sah Jamie dem Tod entgegen. Schwirrende, dampfende, mahlende Metallkiefer rasten auf ihn zu. Und auf Tima. Das Letzte, was er jemals empfinden sollte, würde also – abgesehen vom blanken, allumfassenden Horror – Schuld sein. Schuld, weil er sie mit hineingezogen hatte. Tima hatte nicht verdient, auf diese Weise zu sterben.

Er warf sich vor sie – als ob das irgendetwas geholfen hätte. Dann schloss er die Augen und wartete auf das Ende.

Von einer Sekunde auf die andere hörte das Schwirren und Mahlen auf. Es dampfte nur noch etwas. Das Ende war nicht gekommen. Vorsichtig öffnete Jamie ein Auge und blickte in das weiße, grelle Licht des Stollenwurms, das nur eine Handbreit von seinem Gesicht entfernt war. Das Wesen schien angehalten zu haben. Nun hörte auch das Dampfen auf, und bald darauf war kein Laut mehr zu hören – bis auf das abgehackte Atmen zweier Kinder, die in einer winzigen Luftblase inmitten von Granit festsaßen. Das weiße Licht wurde etwas matter.

»Er … Er ist stehen geblieben«, murmelte Jamie.

Tima quetschte sich an Jamie vorbei und näherte sich dem Gesicht – wenn man es überhaupt so nennen konnte – des nun reglos daliegenden Stollenwurms. »Er tut, was man ihm sagt«, erwiderte sie und legte ihre Finger vorsichtig auf die Augenlampe. »Ich glaube nicht, dass der Mann uns umbringen wollte. Er wollte nur, dass wir bleiben, wo wir sind.« Sie sah sich in ihrem Felsengefängnis um. »Wir sind eingeschlossen.«

»Hey!«, brüllte Jamie. »Lassen Sie uns RAUS!«

Doch statt einer Antwort waren nur die Schritte des Bergarbeiters zu hören, der in seinen schweren Stiefeln von ihnen fort den Tunnel hinunterstapfte.

»Wie lange soll das gehen?«, murmelte Jamie und sank zu Boden. Er fühlte sich plötzlich völlig erschöpft und sah auf die Uhr. Es war kurz nach 3 Uhr morgens. In ein paar Stunden würde es hell werden. Würde Hamish nach Hause laufen und Onkel Fraser und Grandpa holen? Verzweifelt hoffte Jamie, dass der Border Collie sich nicht dazu entschieden hatte, ihnen in den Tunnel zu folgen. Die Vorstellung, dass Hamish einem Stollenwurm begegnen könnte, war zu viel für ihn. Hoffentlich hatte er Timas Anweisungen in fließendem Hündisch verstanden und würde genau das tun, worum sie ihn gebeten hatte – Hilfe holen, wenn sie bis zum Morgengrauen nicht zurück sein würden.

Tima hatte die Stirn gegen das weiße Licht in der Mitte der Kiefer gelehnt. »Das ist gefährlich«, sagte Jamie. »Er könnte jeden Augenblick wieder loslegen.«

»Nein«, erwiderte sie. »Das wird er nicht.«

»Woher willst du das *wissen*?«, sagte Jamie. »Er könnte jederzeit beschließen, seine Aufgabe zu Ende zu bringen! Oder diesem Bergarbeiter-Arsch fällt ein, dass er uns eh nie wieder rauslassen kann und es deshalb einfacher für ihn ist, uns schreddern zu lassen.«

»Der Mann könnte uns töten lassen, ja. Aber dieses Wesen hier würde so etwas nicht von sich aus machen. Es will das nicht.«

Jamie sah sie staunend an. »*Sprichst* du etwa mit ihm?«

»So was in der Art. Es ist zum Teil auch ein Tier. Und mit Tieren kann ich nun mal sprechen.«

»Okay …« Jamie hatte seine Zweifel. Zwar hatte er mittlerweile begriffen, dass Tima sich mit Hamish und mit dem Hirsch verständigen konnte, aber … mit diesem anscheinend außerirdischen, Steine fressenden *Cyborg-Wurm*? »Was sagt er denn?«

Tima seufzte. »Er will uns nicht töten. Er will gar nichts töten. Er ist kein Fleischfresser.«

»Vor ein paar Sekunden sah es aber ganz danach aus, als ob er uns töten wollte.«

»Ja«, sagte Tima, »aber er hat uns nur den Weg nach draußen versperrt – weil der Mann es ihm befohlen hatte. Der Stollenwurm ist auch nicht glücklich darüber.«

»Dann kann er uns den Weg doch jetzt wieder freigeben!« In Jamie keimte Hoffnung auf.

Tima seufzte. »Vielleicht. Aber der Roboterteil in ihm ist darauf programmiert, dem Bergarbeiter zu gehorchen. Ich glaube kaum, dass der lebendige Teil in ihm sich dem verweigern kann. In Wahrheit ist der Stollenwurm nämlich genauso gefangen wie wir.«

»Das war's dann wohl.« Jamie ließ sich nach hinten gegen die Wand fallen. »Wir sind alle gefangen und können rein gar nichts dagegen tun.«

»Das würde ich so nicht sagen.« Tima hob den Arm und las etwas Kleines, Dunkles aus dem fingerbreiten Spalt zwischen dem Wurm und der Decke ihrer Felsnische auf. Dann setzte sie sich neben Jamie und ließ das Etwas über ihre Hand krabbeln. Es war eine Spinne, nicht größer als ein Fünfcentstück. Ihr dunkelbrauner und orangefarbener Hinterleib war bauchig und glänzte. Ihre Beine liefen spitz zu und hatten braune und orangefarbene Streifen. »Sie ist eine Höhlenkreuzspinne«, sagte Tima leise, während es sich das Tierchen in ihrer Handfläche bequem machte.

»Woher weißt du, dass es ein Weibchen ist?«, fragte Jamie und starrte die Spinne an.

»Ich *weiß* es einfach. Aber selbst wenn du nicht ihre Sprache sprichst, kannst du es an den Tastern erkennen – diesen winzigen fühlerartigen Dingern neben den Mundwerkzeugen. Die Taster der

Männchen sind dicker, sie sehen aus wie Boxhandschuhe. Die der Weibchen sind sehr viel dünner.«

»Okay.« Er wusste nicht, was er sonst dazu sagen sollte. Eine Spinne leistete ihnen Gesellschaft. Yippie-Yeah.

»Kannst du eine Botschaft überbringen?«, fragte Tima die Spinne. »An irgendetwas, das außerhalb der Höhle unterwegs ist? Einer Fliege möglicherweise? Falls du überhaupt etwas weitersagen kannst ...«

Jamie machte ein Geräusch, das halb wie Lachen, halb wie ein Schluchzen klang. Nach allem, was sie gerade durchgemacht hatten, war es schwer zu akzeptieren, dass Tima allen Ernstes eine Spinne um Hilfe bat. Sie sagte auch nichts weiter, sondern sah das Tier stattdessen gut eine Minute lang an. Und die Spinne sah Tima an. Hier und da bewegte sie ihre Taster, blieb aber ansonsten sehr ruhig auf ihrer Hand sitzen. *Unterhielten* sich die beiden auf irgendeine Art und Weise – oder las Tima »nur« ihre Gedanken?

Schließlich stand Tima auf, hielt ihre gekrümmte Handfläche vorsichtig an die Wand und ließ die Spinne hinunterklettern. Im nächsten Moment war das Tierchen auch schon hinauf in die Felsspalte gekrabbelt und nicht mehr zu sehen.

»Und das war's? Das ist dein Plan?« Jamie konnte den sarkastischen Unterton in seiner Stimme nicht vermeiden.

Tima sah ihn an. »Hast du einen besseren?«

23

Die alternative Route zur Ferienanlage Seeblick verlief über eine Landstraße voller Windungen und haarnadeldünnen Kurven, die sich – bergauf und bergab – durchs Hochland wand.

»Zuerst müssen wir noch mal tanken«, sagte Matt und hielt an einer weiteren 24-Stunden-Tankstelle, nicht weit von der Route entfernt, die Elena mit der Taschenlampe auf der Karte anstrahlte.

Er füllte den Tank und genoss es ohne Reue, 60 Pfund in bar aus der Brieftasche des Rolex-Mannes dafür hinzublättern. Elena dagegen sah etwas schuldbewusst drein. »Ich schicke ihm die Brieftasche gleich morgen zurück«, murmelte sie.

In der Schlange vor der Kasse sah Matt eine Auslage mit fest zusammengerollten Schlafsäcken. Er nahm sich zwei davon heraus, während Elena Wasser und etwas zu essen holen ging. Ihm war, als würde diese Reise durch die Nacht niemals enden, und es würde deshalb besser sein, wenn sie auf alles vorbereitet waren. Spontan kaufte Matt noch ein dünnes, starkes Abschleppseil.

Der Großteil der Autofahrer schien die Autobahn zurück nach Stirling zu nehmen. Matt und Elena aber bogen wieder in nordwestlicher Richtung auf die schmale Bergstraße ab und fanden sich bald hoch oben im Gebirge wieder. Hier war kein anderes Auto mehr zu sehen.

Elena leuchtete wieder mit der Taschenlampe auf die Karte und murmelte: »Wir könnten in einer Stunde dort sein, wenn alles glattläuft. Aber auf diesen Straßen hier weiß man nie. Sie schlängeln sich dermaßen, dass …« Sie brach unvermittelt ab, als Matt das

Lenkrad fest umklammerte, scharf die Luft einsog und abrupt die Fahrgeschwindigkeit drosselte.

»Was war das?«, flüsterte Elena.

Matt, alle Sinne in Alarmbereitschaft, fuhr mittlerweile nur noch Schritttempo.

»Irgendein Rumpeln«, erwiderte er. »Der Wagen hat irgendwie … gebebt.«

»Vielleicht ist es eine Windböe gewesen.«

Das hätte auch Matt gerne geglaubt, aber so hatte es sich nicht angefühlt. Hinter dem Fahrersitz saß das Starenweibchen und zitterte vor Angst. »Was ist los, Glück?«, fragte er. »Weißt du etwas, das wir nicht wissen?«

»Nicht«, wiederholte Glück.

»*Was* nicht?«

Ein neuer Schwall Schneeregen klatschte gegen die Windschutzscheibe und flimmerte vor den Scheinwerfern. »Whoa!«, rief Elena plötzlich, und Matt stieg gerade noch rechtzeitig auf die Bremse. Fast wäre der Wagen mit einem Hirsch zusammengestoßen. Das Tier stand mit erhobenem Geweih wie eine Statue mitten auf der Straße.

Mit klopfendem Herzen stellte Matt den Motor ab. »Könnte es seine Herde gewesen sein? Das Rumpeln, meine ich.«

Elena schüttelte den Kopf. »Nein. Er ist allein hier. Warte …«

Sie löste den Gurt und stieg aus dem Wagen. Matt folgte ihr. Er schaute noch einmal zurück für den Fall, dass sich Autoscheinwerfer näherten, doch auf der Straße hinter ihnen blieb alles dunkel. In diesem Augenblick fiel ihm ein unebener Feldweg auf, der von der Straße rechts abging und zu einem relativ flachen, felsigen Gelände führte, an dessen Rand ein hoher Stapel Holz lagerte.

Elena stand dem Hirsch mittlerweile Nase an Nase gegenüber. Das Tier blies ihr seine warmen Atemwölkchen ins Gesicht. »Wir müssen von der Straße runter und eine Weile hierbleiben«, sagte Elena. Sie hob die Hand und streichelte die pelzige Hirschwange. »Mindestens bis Sonnenaufgang. Er sagt, es ist gerade nicht sicher genug, weiterzufahren.«

»Okay, da drüben läuft ein Weg lang. Lass uns dort reinfahren«, schlug Matt vor. Sie stiegen wieder ins Auto. Matt startete den Motor und bog auf den holprigen Pfad ab. Weiter hinten stellte er den Land Rover neben dem Holzstapel ab, allerdings nicht zu dicht, denn er wollte vermeiden, dass eine Holzlawine auf den Wagen niederging. Und als ein weiteres merkwürdiges Rumpeln das Auto erschütterte, wusste er, dass es die richtige Entscheidung gewesen war.

»Ist schon gut«, sagte Elena. Sie hatte das Autofenster heruntergelassen, um Kontakt mit dem Hirsch aufzunehmen, der ihnen bis hierhin gefolgt war. »Wir rühren uns nicht von der Stelle, bis es wieder hell ist. Danke dir.«

»Weiß er, wohin wir fahren?«, wollte Matt wissen.

»Ich glaub schon«, erwiderte Elena. »Und ich denke, er weiß auch, wieso. Aber er lässt uns jetzt erst mal nicht weiterfahren … nicht vor Sonnenaufgang. Also komm … Lass uns schlafen gehen.«

Matt starrte sie an. »Bis zum Sonnenaufgang sind es noch mindestens drei Stunden. Seit wann schlafen wir um diese Uhrzeit?«

Elena zuckte mit den Schultern. »Wir sind weit weg von Thornleigh … vielleicht *können* wir hier ja schlafen. Roll die Schlafsäcke aus.«

Und so schlüpften sie in ihre neuen, mobilen Betten, die überraschend warm waren. Matt zog den Reißverschluss von innen hoch und freute sich mächtig, dass er das Bargeld des Rolex-Mannes für etwas so Wertvolles ausgegeben hatte. Diesmal lag Elena auf der Rückbank, und er streckte sich, so gut es ging, über den beiden Vordersitzen aus, während Glück auf der Kopfstütze saß. Der Hirsch, der vor dem Auto stand und ihnen den Weg zur Straße versperrte, zupfte unterdessen gemächlich Grashalme ab. Die ganze Situation hätte sehr entspannend sein können, wäre da nicht unter ihnen im Berg dieses gelegentliche unerklärliche Rumpeln gewesen.

»Gibt es Vulkane im Schottischen Hochland?«, murmelte Matt.

»Eigentlich nicht«, sagte Elena vom Rücksitz aus. »Aber mittlerweile kann ich mir alles vorstellen …«

24

Als die Spinne fort war, überfiel Tima und Jamie die Erschöpfung. Nun gab es nichts mehr zu tun. Nach dem Bergarbeiter zu rufen, hatte keinen Sinn. Mit dem Stollenwurm zu reden auch nicht, obwohl Tima sich ein-, zweimal fragte, ob er sich für sie bewegen würde, wenn sie nur die richtige Methode fand, ihn darum zu bitten. Doch es war nun mal ein außerirdisches Wesen. Alles, was sie wirklich von dem Tier in dem roboterhaften Außenskelett erspüren konnte, war, dass es Befehle ausführte – ob sie ihm nun gefielen oder nicht. Es war gezüchtet worden, um das zu tun, was auch immer man ihm auftrug. Ja, letztendlich *existierte* es nur aus diesem einen Grund.

Schließlich ließ Tima sich neben Jamie auf den Boden sinken, und beide fielen in einen unruhigen Schlaf. Bis das Beben einsetzte.

Tima stand panisch auf. Zuerst dachte sie, dass der Stollenwurm sich wieder in Bewegung gesetzt hatte, um sie doch noch zu Mus zu zermalmen. Doch das Wesen befand sich immer noch am selben Ort wie zuvor, reglos, das weiße Licht heruntergedimmt, als wäre es in den Stand-by-Modus versetzt worden. Die Erschütterung spielte sich unter ihnen und um sie herum ab – im Gestein selbst!

»Genau das ist passiert, als ich die Kuh gefunden habe!«, rief Jamie, der ebenfalls aufgesprungen war und sich mit den Händen an der Felswand hinter ihm abstützte.

»Und als Mum aufgewacht ist«, hauchte Tima. Ihr Herz raste wieder, als sich die Erschütterung unter ihren Füßen fortsetzte. »Es ist ein *Erdbeben*! Wie viele waren das jetzt schon? Mindestens drei in drei Tagen! Das ist einfach nicht normal in diesem Land. Das kann nicht sein.«

Jamie sah zu dem Stollenwurm hinüber. »Bist *du* dafür verantwortlich?«, fragte er. »Gibt es mehrere von euch? Fresst ihr euch kreuz und quer durch die Berge, bis sie wegen der ganzen Stollen in sich zusammenbrechen?«

Das Wesen antwortete nicht, doch Tima nickte. »Das ist es. Das muss es sein. Wir haben keine Ahnung, wie viele von diesen Dingern in den Bergen unterwegs sind. Es könnten Dutzende sein … Hunderte. Und wenn die sich alle durch die Felsen mampfen und überall Hohlräume hinterlassen …«

Das Beben ließ nach, aber ein hohes Summen ließ sie vermuten, dass der Bereich um sie herum noch unter Spannung stand. Tima schloss die Augen und rief sich die große Höhle ins Gedächtnis, die sie zuerst betreten hatten. All diese Spuren, die von einem Tunnel zum nächsten liefen. Die Höhle war groß genug, dass mehrere Stollenwürmer sie durchqueren konnten. Doch was war mit dem Gestein geschehen, das die Wesen mit ihren fürchterlichen Kiefern zermahlen hatten? Es konnte doch nicht einfach in ihre riesigen, schlauchartigen Mägen gerutscht sein und sich dort in Luft aufgelöst haben. Das war physikalisch unmöglich. Es musste irgendwelche Hinterlassenschaften geben … Haufenweise kiesartigen Stollenwurmkot.

»Was *macht* ihr mit dem ganzen Gestein?«, fragte sie das Wesen. »Wo bringt ihr es hin?«

Statt einer Antwort wurde plötzlich das Lichtauge strahlend hell und blendete sie. Der Wurm gab ein unheimliches Jaulen von sich. Die glänzenden Zähne begannen, sich zu drehen. Tima schrie entsetzt auf und warf sich nach hinten gegen die Wand, an der bereits Jamie kauerte, die Hände über den Augen.

Erst eine plötzliche Luftbewegung machte ihr klar, dass der Stollenwurm gar nicht auf sie zukam. Er wand sich um den Eingang ihrer winzigen Kammer und zog sich nach hinten in den Tunnel zurück. Nach einigen Metern blieb er stehen, stieß einen tiefen Dampfseufzer aus und verstummte wieder. Als Tima aus der Felsnische nach draußen spähte, blickte sie in die Augen des Bergarbeiters. Sie spielte kurz mit dem Gedanken, sich an ihm vorbeizuquetschen und davonzurennen, verwarf die Idee jedoch sofort wieder. *Ihr* würde die Flucht vielleicht gelingen, Jamie nicht. Er konnte nicht so schnell laufen wie sie – und Tima würde ihn nicht zurücklassen.

Stattdessen zeigte sie auf den Stollenwurm und fragte: »Wie viele von denen lassen Sie hier unten arbeiten?«

Der Mann antwortete ihr nicht. Er ließ eine große braune Tasche aus einem grob gewebten Stoff auf den Boden fallen und holte eine verbeulte Metallflasche heraus, sowie etwas, das in ein helles Tuch eingewickelt war. Dann setzte er sich im Schneidersitz hin und schlug das Tuch auseinander. Apfelgroße, braune Brocken kamen zum Vorschein, bei denen es sich um Brot oder Fleischklöße oder auch Kartoffeln handeln konnte – was davon es war, war schwer zu sagen.

»Da ihr hier nicht wegkommt«, sagte der Mann, »könnt ihr genauso gut etwas essen.«

Tima sah zu Jamie, woraufhin sie sich dem Mann gegenüber auf den Boden setzten. Bei allem, was er vielleicht noch im Schilde führte, dachte Tima, schien er sie zumindest nicht töten zu wollen.

Jetzt zog der Fremde zwei verbeulte Metallbecher aus der Tasche, goss etwas Wasser aus der Flasche hinein und reichte ihnen je einen davon.

»Danke«, sagte Jamie, als er seinen Becher mit zittriger Hand entgegennahm. Die andere Hand – seine linke – schien sich eingerollt zu haben wie eine Kralle; sie klebte ihm regelrecht vor der Brust und zuckte hin und wieder. Tima konnte deutlich sehen, dass Jamies Beweglichkeit und Koordination unter all der Anspannung und Müdigkeit litt. Als er sein Wasser trank, tropfte es ihm auf der linken Seite wieder aus dem Mund und lief am Kinn herab.

»Alles in Ordnung?«, fragte sie und drückte seinen Arm.

Jamie nickte. »Ich ... verkrampf nur immer ein bisschen, wenn ich ... Angst habe.«

»Sag ihm, dass er auch etwas essen soll«, wies der Bergarbeiter Tima an. »Sonst wird er lange hungrig bleiben müssen.«

Tima hob das runde, braune Ding auf. Es war schwerer, als es aussah. »Was ist das?«

»Das ist Fleischbrot«, erwiderte der Mann. »Es schmeckt gut. Wenn ihr es nicht wollt, ess ich es selber.«

Jamie nahm eines der Fleischbrote und roch daran, bevor er hineinbiss. »Ist ganz okay«, sagte er nach ein paar Bissen. »Wie ein Riesendonut aus Frikadellenteig.«

Tima nahm einen Bissen von ihrem eigenen Brot und hatte es – zu ihrem eigenen Erstaunen – in Sekundenschnelle verputzt. Erst jetzt begriff sie, wie hungrig sie gewesen war. Sie spülte alles mit dem Wasser hinunter, das leicht rußig schmeckte.

Danach sagte sie: »Erzählen Sie uns, was Sie hier machen? Da Sie uns ja nicht umbringen werden, können Sie es uns jetzt auch erzählen.«

»Vielleicht bringe ich euch ja noch um«, erwiderte der Mann, während er geräuschvoll an seinem Fleischbrot herumkaute. »Hab mich noch nicht entschieden.«

Tima schluckte und versuchte, cool zu bleiben. »Sie werden uns nicht töten. Sie sind kein Mörder.«

»Woher willst du das wissen? Ich werde gesucht.« Dann fügte er, nicht ohne Stolz, hinzu: »Auf mich wurde ein hohes Kopfgeld ausgesetzt.«

»Wie haben Sie denn all diese Stollenwürmer hier herunterbekommen?«, fragte Tima. »Ohne dass es jemand mitgekriegt hat?«

Er grinste. »Du hast schon richtig gelegen: Ich stamme tatsächlich von einem anderen Planeten. Wir sind von einem Ort außerhalb eurer Galaxie hierhergekommen – durch einen Korridor.«

»Durch einen Korridor?« Tima hatte natürlich schon von diesen Korridoren gehört, doch das würde sie ihn nicht wissen lassen.

»Ihr von der Erde würdet es vermutlich Wurmloch nennen«, erklärte der Außerirdische. »Aber es ist kein Loch – es ist ein Korridor. So etwas lässt sich nur erschaffen, wenn man genau weiß, wie's geht.« Er grinste mit vollem Mund, tippte sich an die Nase und ergänzte: »Und ich weiß es.«

»Wie heißen Sie?«, fragte Jamie.

»Was hat er gesagt?« Der Bergarbeiter verzog irritiert das Gesicht.

»Er will wissen, wie Sie heißen«, erklärte Tima. »Sein Name ist Jamie und ich bin Tima.« Sie hoffte, dass der Mann jetzt, da er ihre Namen kannte, davon absah, sie umzubringen.

»Vardof.«

»Und Sie machen das beruflich?«, fragte Tima weiter. »Bergbau mit Stollenwürmern?«

Er lachte hämisch. »Nein. Ich bin ein Reisender. Ein Kaufmann. Ein –«

»– Pirat?«, warf Tima ein.

Er kräuselte die Lippen und schüttelte den Kopf. »Freischaffender«, korrigierte er sie. »Ein Abenteurer. Ein risikofreudiger Käufer, Verkäufer, Händler …«

»Oh. Wir dachten, Sie sind Bergarbeiter«, sagte Tima mit einem Blick auf den Stollenwurm, der hinter ihnen in den Stand-by-Modus gefallen war. Weiter unten im Tunnel war ein ähnliches Licht zu erkennen. Sie vermutete, dass es ein weiterer Wurm war, der den Ausgang bewachte.

»Im Moment bin ich das auch«, erwiderte er. »Aber sobald ich alles habe, was ich brauche, werde ich wieder Handel treiben. Und ich werde ein Vermögen machen.« Er grinste und kaute geräuschvoll. »Ich bin auf dieses Frachtraumschiff gestoßen, das auf Bergbau spezialisiert war und einfach so im All herumtrieb. Voller Stollenwürmer und ohne Ziel. Da hab ich es mir geschnappt.«

»Was ist mit der Crew passiert?«, wollte Tima wissen.

»Die meisten Crew-Mitglieder sind tot«, erwiderte Vardof aufgekratzt und nahm einen ordentlichen Schluck aus der Flasche. (Tima beschloss, sich kein Wasser nachschenken zu lassen.) »Sie haben sich ein Weltraum-Virus eingefangen,«

»Die *meisten* sind tot? Was ist mit den anderen?«, hakte Tima nach.

»Die tragen das Virus auch in sich. Ich musste sie in Quarantäne schicken«, antwortete der Mann.

»In Quarantäne?«, fuhr Tima fort. »Wo haben Sie sie hingebracht?«

»Ach, du weißt schon ... nach draußen.«

»Nach draußen ins Weltall?« Tima schluckte. Ihre Annahme, dass dieser Mann kein Mörder war, bekam einen Dämpfer.

»Das war das Beste für sie.« Er griff nach einem weiteren Fleischbrot. »Es ging ihnen schlecht. Ich hab ihnen einen Gefallen getan.«

Tima hatte sofort die Bilder dazu im Kopf – kranke Crew-Mitglieder, die im luftleeren All wegdrifteten, nach Atem rangen, spürten, wie ihr Blut zu kochen begann, implodierten. Sie schauderte. Wie aus einem Akt des Mitgefühls heraus zitterten auch die Felsen erneut einige Sekunden lang.

Tima ergriff wieder das Wort. »Diese Erdbeben ... Wir vermuten, dass sie durch Ihre Stollenwürmer ausgelöst werden.«

»Erdbeben gibt es auf jedem Planeten. Das ist ganz normal«, sagte Vardof bestimmt. Dann wickelte er die restlichen Fleischbrote ein und schob sie zurück in die Tasche.

»In dieser Gegend ist das ganz und gar nicht normal«, erwiderte Tima. »Schottland ist keine Erdbebenregion. Was machen Sie, um die Berge zu schützen, die Sie untertunneln? Wie viele Stollenwürmer arbeiten da draußen für Sie? Und was passiert mit all dem Gestein?«

»Das bringe ich natürlich durch den Korridor von hier weg«, erklärte Vardof. »Wenn die Würmer die Stollen gegraben haben und vollgefressen sind, bringe ich sie dorthin und zack – auf die andere Seite des Korridors. Da laden sie das Gestein ab, und ich bringe sie wieder durch den Korridor hindurch hierher. Ich lebe auf einem abgelegenen karneolischen Mond. Da stört mich niemand. Hab den Schlüssel für den kleftonischen Korridor von einem targanischen Dealer bekommen und meinen eigenen Korridor daran angeschlossen.« Offensichtlich mächtig stolz auf seine Machenschaften, strahlte er Tima an.

»Haben Sie früher schon mal im Bergbau gearbeitet?«, fragte Tima.

»Ich hab dir doch schon gesagt, dass ich Abenteurer bin. Ich nutze meine Chancen.« Er lachte wieder beunruhigend schrill. »Ist die Gelegenheit günstig, greife ich zu, verdiene Geld mit der Sache und lass sie anschließend wieder sein.«

»Das heißt … Sie verstehen überhaupt nichts vom Bergbau«, schlussfolgerte Tima.

»Ich *muss* nichts von Bergbau verstehen«, erwiderte Vardof. »Die Stollenwürmer wissen Bescheid. Ich musste nur lernen, wie man sie in Gang bringt. Ich muss ihnen sagen, was ich will. Ich muss sie zurückbringen und entladen. Und nichts anderes.«

Unter ihnen begann es wieder zu rumpeln. Vardof, der gerade Flasche und Becher einpackte, wurde zur Seite geworfen.

»Die Erdbeben beunruhigen Sie also überhaupt nicht?«, fragte Tima. »Und Sie halten es auch für unnötig, irgendwas – Sie wissen schon: Grubenstempel, Stützbalken oder so – in den Höhlen und Stollen aufzustellen, damit sie nicht in sich zusammenbrechen?«

»Das ist doch massives Felsgestein!«, sagte Vardof und klopfte gegen die gekrümmte Felswand. »Das bröckelt schon nicht.«

»Und das wissen Sie genau? Sind Sie Geologe und haben das Gestein hier untersucht?«

»Hör mal – bist du meine Mutter oder was? Ich weiß, was ich wissen muss.« Der Mann stand auf und warf sich die Tasche über die Schulter. »Und alles andere wissen die Stollenwürmer.«

»Lassen Sie uns jetzt gehen?«, fragte Jamie, indem er so deutlich wie möglich sprach.

Dieses Mal hatte Vardof den Inhalt verstanden. »Tut mir leid, Junge. Ihr werdet nirgendwohin gehen. Nicht, bevor ich diesen Gebirgszug ausgehöhlt und meinen Korridor geschlossen habe.«

Tima schluckte wieder. »Wie lange wird das dauern?«

Er verzog das Gesicht und zählte an seinen Fingern ab. »Zwei oder drei Wochen sollten reichen«, sagte er. »Dann lasse ich euch beide gehen. Wahrscheinlich. Hab mich noch nicht entschieden. Also nur vielleicht. Wenn ich euch dann immer noch mag. Aber ich könnte euch auch töten. Mal sehen, wie es läuft …«

25

»Wie dicht sind wir dran?«, fragte Matt. »Glück sagt, dass wir anhalten müssen.«

Elena warf einen Blick auf die Karte. »Wir halten gleich an – es sind noch etwa 20 Minuten bis dorthin.« Mittlerweile war es fast 8 Uhr, ein strahlend heller Morgen war angebrochen, und seit zehn Minuten waren sie wieder unterwegs. Sie hatten tatsächlich etwas schlafen können, und als sie wach geworden waren, war ihr Beschützer mit dem Geweih verschwunden. »Wir müssen uns noch überlegen, was wir Timas Eltern sagen«, fuhr Elena fort. »Für den Fall, dass wir bei denen an die Tür klopfen und hören, dass Tima wie jeden anderen Tag auch in Edinburgh ist und quietschfidel für ihr Musical probt.«

»Wir werden nicht bei denen klopfen«, sagte Matt. »Wir suchen uns ein offen stehendes Fenster und schicken Glück vor. Oder wir nehmen Kontakt zu irgendwelchen Spinnen und Käfern auf und hören mal, was die uns zu berichten haben. Auf Timas Eltern treffen wir erst, wenn es sich absolut nicht mehr vermeiden lässt. Wenn die uns erst mal gesehen haben, werden sie uns nämlich eine Flut von Fragen stellen und nie wieder stoppen.«

»Stoppen«, sagte Glück.

»Wir könnten ihnen erzählen, dass wie einen Schulausflug machen … dass unser Bus ganz in der Nähe steht und … Nein. Das würden sie uns bestimmt nicht glauben.« Elena seufzte. »Wie könnten wir ihnen sonst noch erklären, dass wir hier sind? Vielleicht sagen wir, dass wir zum Spaß per Anhalter gefahren sind und der LKW zufällig ganz in der Nähe auf einem Rastplatz stehen blieb.«

»Stehen«, sagte Glück.

»Wir werden ihnen nicht begegnen«, beharrte Matt und betätigte die Gangschaltung, weil sie eine steile, enge Kurve erreichten. Dahinter ging es in ein idyllisches Tal mit einem tosenden Fluss und einem glänzenden See hinunter. »Wir werden Tima durch unsere *Nachtflüsterer-Tricks* aufspüren – oder gar nicht. Wir müssen –«

»STEHEN!«, kreischte Glück. Matt schrie erschrocken auf und stieg genau in dem Augenblick auf die Bremse, als vor ihnen zwei riesige Raubvögel dicht über die Motorhaube glitten.

Auch Elena schrie. Der Schock, als der Gurt sich über ihrem Oberkörper festzog und sie im Sitz zurückgeworfen wurde, war zu groß gewesen.

»Verdammte Sch…! Ihr schon wieder!«, murmelte Matt, als einer der Steinadler seinen Schnabel mit Wucht gegen die Windschutzscheibe schlug. Dann packte der Vogel die Scheibenwischer mit seinen Krallen, während die mächtigen Flügel das Gleichgewicht zu halten versuchten, und starrte Matt durch die Glasscheibe hindurch an. Unterdessen kreiste der zweite Steinadler dicht über dem Land Rover und stieß einen solchen Schrei aus, dass sich Elenas Nackenhaare aufstellten.

»Fahr zurück!«, flüsterte sie atemlos. »SOFORT!«

Doch Matt hatte ohnehin schon den Rückwärtsgang eingelegt. Als das Fahrzeug mit alarmierender Geschwindigkeit nach hinten ratterte, erhob sich der Raubvogel in die Luft. Selbst über den dröhnenden Motor hinweg, der damit kämpfte, das Auto im Rückwärtsgang bergauf zu treiben, konnte Elena es *spüren*: Die Bergstraße unter ihnen *bewegte* sich. Das war kein entferntes Rumpeln mehr, nein. Die Straße zitterte und wogte tatsächlich, als ob sie statt auf dem harten Asphalt auf einem gigantischen, wackligen Gummilaufband fahren würden. Elena bekam die Halteschlaufe oberhalb des Fensters zu fassen und klammerte sich daran, während der Land Rover bockte und ins Schlingern geriet. Während Matt verbissen nach hinten in Fahrtrichtung schaute, konnte Elena den Blick nicht von der Strecke vor ihnen lassen. Die nackte Angst saß ihr im Nacken.

Als der Riss erschien, konnte sie es zunächst nicht glauben. Die Straße tat sich auf! Eine ganz normale britische Landstraße platzte vor ihnen auf wie ein Hefeteig im Ofen. »MATT!«, brüllte sie. »MATT! SIEH DIR DAS AN!«

Matt riss die Handbremse hoch, und während das Auto schlitternd zum Stehen kam, starrten er und Elena durch die Frontscheibe auf die unglaubliche Szene vor ihnen. Der Spalt, der sich über die Straße zog, war mindestens einen Meter breit. Er vibrierte, krümmte sich und schickte eine Staubwolke in die Luft. Mit den unzähligen feineren Rissen, die sich von ihm aus verästelten, sah es so aus, als hätte ein Blitz in der Fahrbahn eingeschlagen. Weiter unten am Berg entdeckte Elena eine Hirschherde, die aufgebracht von links nach rechts rannte. Der See im Tal war jetzt stark bewegt, auf dem Wasser tanzten zahllose raue Wellen. Das Beben nahm kein Ende.

»Wir müssen umkehren und den Weg zurückfahren, auf dem wir gekommen sind!«, keuchte sie, die Hände noch immer an der Halteschlaufe.

Matt schüttelte sich, um aus seiner Erstarrung zu erwachen. Er wendete in drei Zügen und fuhr zurück. Weit kam er nicht. Wieder stießen die Steinadler tief herab und schrien gellend auf, sodass er erneut auf die Bremse stieg. Glück verlor auf der Kopfstütze den Halt und flatterte verzweifelt auf. »Ich glaub's nicht«, murmelte Matt.

Auch Elena starrte entgeistert nach vorne. Das Beben hatte aufgehört, aber … vier Meter weiter, und sie wären in die Tiefe gestürzt. Die Straße war nicht nur aufgerissen – sie war vollständig zerstört. Ein Spalt von der Breite des Land Rover klaffte vor ihnen im Asphalt. Rötlichgrauer Staub stob auf und Lawinen aus kleinen

Steinchen, Kies und Erde quollen über den Rand. Der gezackte Riss lief links von ihnen den Berg hinauf und zwischen den massiven Felsen spitz zu. Wie weit er sich auf der rechten Seite ins Tal hinunterzog, konnten sie nicht erkennen.

»Raus!«, sagte Matt. »Wir müssen raus. Nimm dein ganzes Zeug mit. Wir müssen zu Fuß weiter.«

Zitternd vor Angst und immer noch unter Schock, griff Elena nach ihrem warmen Mantel, ihrem Rucksack und den Handschuhen. »Welchen Weg sollen wir nehmen?«, fragte sie mit hoher, schriller Stimme. Hier und da nahm sie unter ihren Füßen weitere Stöße und Vibrationen wahr, doch das Hauptbeben schien abzuebben.

»Ins Tal runter«, erwiderte Matt. Er warf sich den Mantel über und zog die Wollmütze über den Kopf. »Zu den Häusern.« Er zeigte auf eine Handvoll Gebäude am anderen Ende des Sees. »Das könnte Timas Ferienanlage sein.«

»Glaub ich nicht«, entgegnete Elena. »Von hier aus sind es laut Karte noch einige Kilometer bis dorthin. Aber wir müssen sowieso durchs Tal, also können wir genauso gut erst zu den Häusern hinüberlaufen, die auf dem Weg liegen.« Was sie *nicht* sagte, war, dass sie sich in diesem Augenblick danach sehnte, in der Nähe anderer Menschen zu sein. Hier draußen in der Abgeschiedenheit der Berge fürchtete sie, dass sich jeden Moment der Boden unter ihnen weiter auftun und sie verschlucken würde ... Dann würde niemals jemand erfahren, wo sie geblieben waren.

Matt nahm Elenas Hand. Er war aschfahl im Gesicht, presste jedoch die Lippen zusammen und atmete tief durch die Nase ein, um sich zu beruhigen. »Komm«, sagte er und warf sich seinen Rucksack über die Schulter. »Bleib dicht bei mir. Und beeil dich. Wir schaffen das schon.« Dann sah er zu seinem Starenweibchen auf, das Schleifen über ihnen flog und genauso orientierungslos wirkte wie sie. »Bleib da oben!«, rief er Glück zu. »Und folg uns.«

Während sie den Hang hinunterstolperten und sich dabei gegenseitig mehr oder weniger geschickt unterstützten, waren noch einige weitere Beben zu spüren. Gerade trampelten sie noch widerspenstiges Heidekraut nieder, im nächsten Moment rutschten sie auch schon über lose Kiesel, schlitterten über Felsen oder stapften durch kleine Schneefelder. Hinter ihnen zog sich die Erdspalte, die mittlerweile so breit wie ein Reisebus war, acht oder zehn Meter ins Tal hinunter. Noch immer stiegen Staubblasen auf, noch immer spritzte Kies heraus. Elena warf einen Blick zurück. Sie konnte nur erahnen, was sich weiter unten im Berg tat, während der Klumpen Straßenbelag sich überschlug, in sich zusammenbrach und mit losem Gestein und den aufgebrochenen Gesteinsschichten tief unten kämpfte. Elena wäre nicht überrascht gewesen, wenn Lava in dampfenden orangefarbenen Fontänen herausgeschossen wäre.

Das kann nicht sein, sagte sie sich. *Das ist kein Vulkan, sondern ein Berg in Schottland!*

Glück hielt sich einen oder zwei Meter über Matt in der Luft, viel weiter oben zogen die Adler weite Kreise und stießen immer wieder Schreie aus. Elena jagten sie einen Schauer über den Rücken. »Was sagen sie dir, Matt? Ich denke, ich weiß es, aber –«

»Lauf weiter«, brummte Matt. »Lauf einfach weiter. Es ist noch nicht vorbei.«

26

»Vardof – sperren Sie uns bitte nicht wieder in dieses kleine dunkle Loch!«, flehte Tima. »Bitte! Ich möchte so gern mehr über Ihre Arbeit erfahren. Wissen Sie ... das ist toll. So was habe ich noch nie zuvor gesehen. Mich interessieren vor allem die Stollenwürmer – wie sie arbeiten. Wir ... wir könnten Ihnen vielleicht helfen. Ihnen dabei helfen, schneller fertig zu werden! Wir können zupacken, und wir begreifen schnell.«

Vardof warf einen skeptischen Blick in Jamies Richtung.

»Er ist sehr viel kräftiger, als er aussieht«, sagte Tima. »Er lebt auf einer Farm. Im Hochland.«

»Hmm«, sagte Vardof, während er sich mit seinem schmutzigen Fingernagel Fleischbrotkrümel aus den Zähnen kratzte. »Ich brauche keine Hilfe. Es wäre sehr viel einfacher, wenn ich euch töten würde.« Er steckte die Hand in eine seiner Ledertaschen und drückte auf etwas, woraufhin das Auge des Stollenwurms aufleuchtete und die Kiefer mit einem dampfenden Pfeifen zu kreisen begannen.

»Bitte!« Tima schrie auf, als der Wurm langsam vorwärtsrollte. »Bitte töten Sie uns nicht. Das wollen Sie doch gar nicht. Ich meine ... Sie hätten uns doch kein Brot und kein Wasser gegeben, wenn Sie uns eigentlich umbringen wollten, oder? Sie mögen uns doch. Stimmt's?!«

Vardof fuhr herum. Seine Augen unter den struppigen dunklen Brauen blickten sie finster an. »Ich mag euch nicht. Ihr seid ganz unterhaltsam, das ist alles. Kann ganz schön langweilig werden, so allein hier unten. Das bedeutet aber nicht, dass ich euch nicht töten werde, wenn ihr mir zu sehr zur Last fallt. Also haltet jetzt besser den Mund und verschwindet wieder in eurer Felsnische.«

Tima baute sich vor ihm auf und sah ihn an. In ihren großen braunen Augen standen Tränen. »Vardof … Wir können nicht in dieses winzige Loch zurück. Das *können* wir nicht. Bitte zwingen Sie uns nicht dazu.«

Der Bergarbeiter drückte wieder auf das, was auch immer sich dort in seiner Tasche befand. Der Stollenwurm hielt inne. »In Ordnung«, sagte er. »Ich hole einen zweiten Wurm her, damit er den Stollen weiter unten bewacht. Ihr könnt also nirgendwohin, habt aber mehr Platz.« Er lachte kurz und harsch auf. »Die Nische könnt ihr ja als Klo benutzen.«

Jamie schluckte. Dieses Klo würde er höchstwahrscheinlich bald aufsuchen müssen. Seine Eingeweide zitterten mit den Felsen um die Wette. Die Erschütterungen folgten nun fast im Minutentakt. Das war definitiv nicht normal … auch nicht inmitten eines Berges.

»In Ordnung«, sagte Tima und lächelte zögerlich. »Danke. Danke, dass Sie uns etwas mehr Platz geben.«

Vardof drehte ihnen den Rücken zu und stapfte den Tunnel hinunter. Tima lief ihm hinterher, Jamie folgte ihr. »Vardof … wie viele Stollenwürmer arbeiten hier unten?«, rief sie dem Mann nach. »Drei oder vier?«

Lachend drehte Vardof sich zu ihnen um. »Vier?«

Tima nickte.

»Wohl eher 94!«, gluckste er.

Schockiert und voller Angst drehte Tima sich zu Jamie um. Dann wandte sie sich mit beherrschter Stimme wieder an Vardof. »Wollen Sie damit sagen, dass in diesen Bergen an die hundert Stollenwürmer graben?«

Er nickte. »So ungefähr, ja. Man braucht viele dieser Dinger. Sie arbeiten sich schnell durch den Felsen, aber ich will keinen blöden Kies – ich will das wertvolle Zeug. Von dem, was hinten aus den Würmer rauskommt, kann ich gerade mal um die zehn Prozent verwerten.«

»Wie weit haben sich die Stollenwürmer denn schon durchs Gebirge gefressen?«, wollte Tima wissen.

»Ach, etliche Kilometer. Wir sind schon ein gutes Stück vorangekommen«, erwiderte Vardof. »Zur Korridorhöhle zurück ist es ein langer Weg.«

Jamie schluckte. In Gedanken stellte er sich den Brawder's Pass vor – die vertrauten Berge, die er immer als seine Heimat betrachtet hatte –, von Tausenden Tunneln durchlöchert wie Honigwaben. Kein Wunder, dass das Gebirge bebte. Kein Wunder.

»Aber was ist mit –?«, begann Tima, doch Vardof hatte sich schon wieder umgedreht, winkte barsch ab und stapfte davon. Ihm war nicht mehr danach, ausgefragt zu werden.

Schweigend folgten sie ihm einige Meter bis zu der Abzweigung, von der aus man in die riesige Höhle gelangte, die sie zuvor durchquert hatten. Ein dampfendes Pfeifen war zu hören, und einige Sekunden lang konnte Jamie den Stollenwurm in voller Länge betrachten. Er beschrieb einen engen Kreis und kam herangerollt, um ihnen den Ausweg zu versperren. Das Wesen war fünf oder sechs Meter lang und seine glänzende, silbrig-rosafarbene Haut war in Ringsegmente unterteilt, die sich bei der Fortbewegung auseinander- und wieder zusammenzogen. Er hatte auch viele winzige Füße wie ein Tausendfüßer. Wären da nicht die kreisrunden Metallreifen gewesen, die jedes Segment umschlossen und seinem glatten Körper ein stählernes Außenskelett gaben – man hätte ihn tatsächlich für einen Tausendfüßer halten können. Andererseits hatten auch die kreisenden Kiefer nichts Tausendfüßerartiges an sich. Schwer zu sagen, ob sie zum natürlichen oder zum roboterhaften Teil des Wesens gehörten. Die Zähne wirkten zwar wie aus Metall, sahen jedoch alle so unterschiedlich aus, als wären sie in diesen Kiefern gewachsen und nicht maschinell gefertigt worden.

Als der Wurm ihnen sein Furcht einflößendes Gesicht zuwandte, blickte Jamie zu Tima. Unter dem Wesen quoll Dampf hervor, und noch immer stieß es dieses irre Pfeifen aus. Sowohl Jamie als auch Tima spielten mit dem Gedanken, davonzurennen, an einer Seite des Wurms vorbeizurasen, bevor er sie wieder einschließen konnte.

Doch selbst wenn Tima die Flucht gelingen sollte – Jamie wusste, dass es bei ihm anders sein würde. Seine linke Körperhälfte war mittlerweile zusammengeschrumpelt wie alte, lieblos geformte Knete, und er lief wie eine einbeinige Puppe. Außerdem würde Tima ihn niemals zurücklassen, nur um sich selbst in Sicherheit zu bringen. Fast wünschte er sich, sie würde es tun … Und doch … Allein der Gedanke, ohne sie in diesem Tunnel zurückzubleiben, war unerträglich.

Der Stollenwurm versiegelte den Ausgang. Glücklicherweise wurde gleich darauf das Licht seiner Augenlampe schwächer, und die Kiefer stellten das Kreisen ein. Tima ließ sich unmittelbar neben dem Cyborg-Wurm an der Stollenwand nach unten sinken, legte die Ellbogen auf die Knie und vergrub den Kopf in den Händen.

»Es könnte gefährlich sein, ihm so nahe zu kommen«, warnte Jamie sie. »Was, wenn er sich plötzlich in Gang setzt? Was, wenn er gerade entschieden hat, sich zu bewegen?«

»Der bewegt sich erst wieder, wenn Vardof es ihm befiehlt«, erwiderte Tima seufzend. »Und falls er das tut … wenn er sich entschließt, dass wir ihm lebend zu viel Ärger bereiten könnten – tja, dann sind wir sowieso geliefert. Selbst wenn wir in die Felsnische fliehen würden, könnte der Wurm sich hinter uns hineinbohren. Ein Befehl von Vardof würde genügen.«

Der Boden bebte wieder. Auch Jamie ließ sich an der Felswand hinuntergleiten und sank neben Tima auf den Boden. »Tut mir leid, dass ich dich da mit reingerissen habe«, stammelte er.

»Nein, mir tut es leid«, sagte Tima. »Es war meine eigene blöde Idee, nachts herumzurennen, um etwas herauszufinden. Du selbst wärst niemals so leichtsinnig gewesen.«

Jetzt bebte der Boden noch etwas stärker.

»Ich weihe dann mal das Klo ein«, erklärte Jamie.

27

Als sie sich dem Dorf näherten, hörte die Erde endlich auf zu beben. Matt ließ Elenas Hand los. Jetzt schien es nicht mehr sehr wahrscheinlich, dass plötzlich der Boden unter ihnen wegbrach. Auch das Wasser des Loch Braw war ruhiger geworden, die rauen, gezackten Wellen hatten sich gelegt. Matt sah, dass einige Menschen der Siedlung sich im Freien aufhielten, in Grüppchen umherstanden und hinauf ins Gebirge starrten.

Vielleicht war nun alles vorbei. Vielleicht würden sie nun aufatmen können.

Plötzlich fiel ihm auf, dass die Leute in ihre Richtung blickten und ein oder zwei von ihnen mit dem Finger auf sie zeigten.

»Sie können die Vögel sehen«, sagte Elena. »Sie fragen sich wahrscheinlich, weshalb wir von zwei Steinadlern ins Tal begleitet werden.«

Matt sah nach oben. Im selben Augenblick zeigte sich ein zaghaftes Lächeln auf seinem Gesicht, das in der letzten Viertelstunde zu einer ängstlichen Maske erstarrt war. Die Greifvögel boten einen imposanten Anblick – sie gehörten zu den größten frei lebenden Raubtieren Großbritanniens. Selbst hier oben im Hochland bekam man sie nur selten zu Gesicht. Es war etwas Besonderes – etwas, auf das jeder Tourist in Schottland hoffte. In diesem Augenblick bemerkte Matt, dass die alten Holz- und Steinhäuser des Dorfes ebenfalls ziemlich touristisch wirkten. Auf einem der Zäune, die den schmalen Zickzackweg den Hang hinunter begrenzten, war ein Schild angebracht. Darauf stand: »Hochland-Ferien in Glen Cawb – Holz-Lodges und Cottages zu vermieten«.

Es wäre besser, wenn die Adler sie nun verlassen würden, dachte

Matt. Dass Glück auf seiner Schulter saß, würde ihn schon in Erklärungsnot bringen – aber angeben zu müssen, warum zwei riesige Raubvögel hinter ihnen herflogen, wäre noch einmal eine sehr viel kniffligere Aufgabe. Er blickte nach oben und sandte ihnen seine Botschaft: *Alles in Ordnung – danke! Uns geht es jetzt gut.*

Doch die Steinadler zogen unbeirrt weiter ihre Kreise. Matt schüttelte den Kopf. Es stand nicht in seiner Macht, etwas dagegen zu unternehmen.

»Whoa, hey, da oben!«, rief ihnen jemand von unten zu. »Geht es euch gut? Seid ihr verletzt?«

»Nein«, rief Elena zurück. »Uns geht's gut … aber wir mussten ins Tal laufen. Die Straße oben hat tiefe Risse.«

Sie erreichten eine kleine Traube besorgt dreinblickender Menschen. Ein oder zwei von ihnen hatten Hunde dabei. Die Frau, die ihnen zugerufen hatte – eine mollige ältere Dame, unter deren pelzgefütterter Kapuze sich graue Locken kringelten –, stellte sich vor: »Ich bin Agnes. Das hier ist meine Ferienanlage. Seid ihr tüchtig durchgerüttelt worden? Ihr Armen müsst euch ja fürchterlich erschreckt haben!«

»Ja«, keuchte Elena und lächelte ein wenig. »Das haben wir. Unser Wagen wäre fast in eine Erdspalte gestürzt. Gab es hier schon öfter Erdbeben?«

»Ach, wo denkst du hin! Nein!«, erwiderte Agnes. »Das ist ein Jahrtausendereignis! In den Nachrichten überschlagen sich die Meldungen. Der See hat gezittert. So etwas habe ich *im Leben* noch nicht gesehen. Aber jetzt sieht es ja so aus, als ob für die nächsten tausend Jahre wieder Ruhe herrscht.« Sie blickte sich um und lächelte ihren Feriengästen, die etwas erleichtert wirkten, aufmunternd zu. Die Hälfte von ihnen hatte die Handys gezückt und suchte nach einem Signal. Vermutlich wollten sie die soeben erstellten Erdbeben-Videos verschicken.

»Ich glaube nicht, dass Sie Empfang haben«, sagte Matt zu den Leuten. »Einer der Sendemaste lag quer über der A 84. Und anscheinend sind noch mehr davon umgestürzt.« Er drehte sich zum Loch Braw um. Die Wasseroberfläche war glatt, aber an einer Ecke zogen ein paar lange, gerade Wellen über den See. Es sah nicht richtig aus. Es fühlte sich nicht richtig an. Nichts fühlte sich richtig an. Immerhin: Das Erdbeben hatte aufgehört. Vielleicht spürte er auch nur eine Art emotionales »Nachbeben« in seinem Inneren. Vielleicht brauchte er einfach nur …

»Eine Tasse Tee?«, fragte Agnes. »Kommt in meine Lodge. Ihr seht völlig erschöpft aus. Wo sind denn eure Eltern? Sind sie beim Auto geblieben?«

»Nein«, erwiderte Matt. »Wir sind allein. Ich bin gefahren. Ich bin 17. Ich weiß, ich seh nicht so aus, aber …«

»Ist ja auch egal«, sagte Agnes. »Kommt doch rein.«

Elena und Matt sahen sich an. Sollten Sie eine Pause einlegen und Tee trinken gehen? Nach ihrem Erdbeben-Trauma war Agnes' Einladung ein verlockendes Angebot. In diesem Moment ließ ein braun-weiß gefleckter Hund seinen Besitzer stehen, kam zu ihnen herübergelaufen und stromerte um Elenas Beine. Elena ging sofort in die Hocke, um das Tier zu streicheln und sich mit ihm zu unterhalten.

»Dein Vögelchen kannst du ruhig mit reinbringen«, sagte Agnes. »Nicht, dass ich etwas dagegen hätte.«

»Nicht«, sagte Glück. »Dagegen.«

»Hört euch bloß mal dieses Tierchen an!«, rief Agnes lachend. »Was ist das? Ein Star?«

»Ja«, sagte Matt und strich Glück, die auf seiner Schulter saß, über den Kopf. »Sie plappern alles nach, genau wie Papageien.«

»Nicht. Dagegen«, sagte Glück, als ob sie ihm widersprechen wollte. Das kleine Starenweibchen zitterte vor Aufregung.

Glück, sind wir hier sicher?, sandte er ihr zu.

Noch bevor er Glücks Antwort empfangen konnte, rief Elena seinen Namen und richtete sich auf. Ihr Gesicht war eine einzige Sorgenfalte. »Dieser Hund ist nicht glücklich. Ganz und gar nicht glücklich.«

»Ich habe Shortbread im Ofen, das sollte jede Minute fertig sein«, verkündete Agnes, während sie die Stufen zur Lodge hinaufstieg und ihnen lebhaft Zeichen gab, ihr zu folgen.

»Komm schon«, sagte Matt. »Lass uns drinnen weiterreden.« Er lief auf die Lodge zu.

Der Hund bellte durchdringend. Matt sah nach hinten. Sein Schwanz hing dicht über dem Boden, und er hatte die Ohren angelegt. »Was ist denn, Junge?«, rief sein Besitzer, ein Mann mittleren Alters mit einer Sherlock-Holmes-Mütze. »Die Erschütterungen haben dich ganz schön erschreckt, was?« Er lief zu seinem Hund, nahm ihn am Halsband und wollte ihn zur Nachbar-Lodge führen, doch das Tier kauerte sich auf den Boden und weigerte sich, mitzugehen.

»Nicht«, sagte Glück. Über ihr waren zwei schrille Schreie zu hören.

»Jetzt schaut euch *das* an!« Der Hundebesitzer hatte aufgesehen und die beiden Steinadler entdeckt, die über Agnes' Lodge kreisten.

»MATT!«, schrie Elena mit weit aufgerissenen Augen.

Matt fuhr herum und brüllte in Richtung Lodge: »AGNES! NICHT REINGEHEN! KOMMEN SIE RAUS!«

Dieses Mal war kein warnendes Rumpeln zu hören und keine Vibration zu spüren, die das Ganze angekündigt hätten. Dieses Mal ertönte sofort ein Donnerhallen, als ob eine Herde Bisons durch das kleine Dorf trampelte. Elena schrie und packte Matt am Arm. Die Fenster an der Vorderseite der Lodge barsten und zersplitterten, die Rahmen bogen und verdrehten sich, das Dach klappte nach oben auf, und Dachziegel schossen durch die Luft. Schließlich stürzte das gesamte Gebäude in sich zusammen, verschwand in der Erde und riss die Nachbar-Lodge mit sich in die Tiefe.

Sie hatten Agnes nicht einmal mehr schreien gehört.

28

»Du musst dich entspannen«, sagte Tima.

»Entspannen?«, wiederholte Jamie. »Ist das dein Ernst?«

»Ja. Du bist total überdreht.« Sie machte sich zunehmend Sorgen um ihn. Jamie hatte nicht mehr viel gesagt. Mit geschlossenen Augen lehnte er an der Tunnelwand, an einer Stelle, die von beiden Stollenwürmern gleich weit entfernt war. In der Stand-by-Beleuchtung ihrer Furcht einflößenden Gesichter sah er sehr blass aus, und gelegentlich zuckte sein Mund auf der linken Seite, als ob jemand mit einem unsichtbaren Faden daran ziehen würde.

»Entspannen«, wiederholte Jamie und legte den Kopf schief. »Wir sind tief unten in einem Berg, werden von zwei unbarmherzigen Killermaschinen bewacht, die uns jeden Augenblick zu Mus zermahlen könnten, bleiben nur am Leben, solange ein außerirdischer Pirat uns unterhaltsam findet und … und das alles im Epizentrum eines nicht enden wollenden Erdbebens. Ideale Bedingungen also, um sich so richtig entspannen zu können!«

»Tja«, meinte Tima. »Wenn man es *so* sieht …«

Er lachte traurig.

»Kopf hoch«, sagte Tima. »Da ist ja immer noch die Spinne.«

»O ja. Die Spinne.« Jamie rieb sich mit der guten Hand über das Gesicht.

»Sie wird eine Botschaft nach draußen bringen«, fügte Tima hinzu.

»Ja, zu all den anderen Spinnen. Und was werden sie dann tun? Ein riesiges Spinnennetz weben, um die Stollenwürmer darin zu fangen? Ist das der Plan?«

Tima seufzte. »Ich schätze, Sarkasmus ist immer noch besser, als Trübsal zu blasen.«

»Ich bin nicht sarkastisch«, sagte Jamie. »Na gut, ja, bin ich. Aber du siehst doch selbst, dass wir ganz schön in der Klemme stecken.«

»Ach, ich hab schon tiefer in der Klemme gesteckt.«

»Wirklich?«

»Ja. Zumindest hängt nicht das Wohl des Planeten von dem ab, was ich als Nächstes tue. Und die Spinne wird meine Botschaft nach draußen tragen.« Sie warf einen Blick auf die Zeitanzeige ihres Handys. Es war 8:43 Uhr. »Ich wette, Hilfe ist schon unterwegs.«

Jamie zog sein Handy heraus. Als das Verbindungssignal ausblieb, schüttelte er den Kopf. »Du hast wahrscheinlich auch keinen Empfang, oder?«

»Nein«, erwiderte Tima. Sie war umhergelaufen und hatte ihr Handy hochgehalten, obwohl sie wusste, dass es sinnlos war. Wie sollten sie hier auch Empfang haben – 50, 70, 90, ja vielleicht Hunderte von Metern tief unter der Erde, inmitten von hartem Gestein? Im Laufe der letzten Stunden hatte sie es sogar einmal gewagt, sich dicht vor den schlafenden Stollenwurm zu stellen und das Handy unmittelbar vor sein Gesicht zu halten, nur für den Fall, dass sein Metall oder die elektrische Energie das Signal befeuern könnten. Fehlanzeige.

Sie versuchte, nicht an Mum und Dad zu denken. Sie wusste, dass die beiden krank waren vor Sorge. Mittlerweile mussten sie entdeckt haben, dass Tima nicht mehr da war. Sie fragten sich bestimmt, was geschehen war. Hatten sie eine Verbindung zwischen Timas nächtlichem Verschwinden und dem Jungen gezogen, mit dem sie gestern zusammen am See gewesen war? Hatten sie vielleicht sogar Jamies Onkel kontaktiert und erfahren, dass auch Jamie vermisst wurde? Führte Hamish sie möglicherweise gerade zu dem Loch im Berg?

Wieder bebte der Boden unter ihren Füßen. Jamie, noch immer sichtlich panisch, schloss die Augen und kniff die Lippen zusammen. Wieder verspürte Tima Schuldgefühle. Wenn sie etwas umsichtiger gehandelt und nicht sofort »Los geht's« geschrien hätte, wäre Jamie jetzt zu Hause in Sicherheit, vielleicht auch in der Schule. Ihre Fähigkeiten als Nachtflüsterin hatten sie viel zu selbstsicher werden lassen, töricht letzten Endes, das wurde ihr jetzt klar. Es stimmte: Zusammen mit Elena und Matt hatte sie einige furchterregende Feinde besiegt, aber trotz allem waren Nachtflüsterer in Wirklichkeit keine *Superhelden*. Seit dieser zufällige interdimensionale Strahl vor sieben Monaten zum ersten Mal durch ihre Zimmer gefallen war, konnten sie einfach nur auf einer völlig neuen Ebene kommunizieren. Sie hätte wegen der Spinne eigentlich zuversichtlich bleiben und Aufbruchstimmung verbreiten müssen … In Wahrheit aber schwand ihre Hoffnung dahin.

In diesem Moment kitzelte sie etwas im Gesicht. Tima begriff, dass eine Freundin angekommen war. Die Motte war kaum größer als Timas Daumen, auf dem sie sich gerade niederließ. Mit ihren winzigen Füßchen klammerte sie sich an der Haut fest und bewegte gemächlich die hellbraunen Flügel mit den dunkelbraunen Streifen.

»Was teilt sie dir mit?«, fragte Jamie, der herübergekommen war, um das zarte Insekt in Augenschein zu nehmen.

Tima hielt das Tierchen dicht vor ihr Gesicht und konzentrierte sich. »Sie sagt … *wow*!« Tima blinzelte und schüttelte verblüfft den Kopf. »Sie sagt, meine Freunde sind ganz in der Nähe. … Sie sind nicht weit weg von uns.« Immer noch verwundert, zwinkerte sie Jamie zu. »Die beiden sind den ganzen Weg von England hier raufgekommen!« Tima schluckte. »Aber sie stecken in Schwierigkeiten.«

»Was für Schwierigkeiten?«

Bevor Tima etwas erwidern konnte, kam es zu einer weiteren

starken Erschütterung, und nur einige Meter von ihnen entfernt rieselten Steinchen aus einem Riss in der glatten Stollendecke.

»*Diese* Art Schwierigkeiten«, sagte Tima. »Die Motte sagt auch, dass wir nicht einfach nur herumsitzen und warten sollen. Wir müssen hier raus.«

»Toller Rat! Und hat die Motte auch hilfreiche Tipps auf Lager, wie wir das anstellen sollen?«

Tima schloss die Augen, um sich noch stärker konzentrieren zu können. »Vielleicht«, murmelte sie. Die Motte ließ sie an einer Art Motten-Navi teilhaben. In lebhaften Grün- und Schwarztönen sah Tima eine grobkörnige dreidimensionale Abbildung ihres steinigen Gefängnisses. Deutlich nahm sie wahr, wie das Insekt sich in der Dunkelheit und ohne Mondlicht orientierte – es nutzte magnetische Felder. Die Motte zeigte Tima die Stellen des Tunnels, an denen sie ungehindert fliegen konnte, die Umrisse der Felsen, ja sogar die kegelförmigen Gesichter der reglosen Würmer auf beiden Seiten. Offensichtlich existierte kein Fluchtweg innerhalb dieses Stollenabschnitts, aber an einem Ende ihres Gefängnisses – dem Ende, von dem aus man zurück zur großen Höhle gelangte – konnte sie oberhalb des Wurmkopfes einen Hohlraum erkennen. Eine natürliche Luftblase im Gestein bedeutete, dass dieser Tunnel nicht makellos schlauchförmig war. Sie lief ein paar Schritte nach vorne, die Augen nach oben gerichtet, und entdeckte schließlich die dunkle Aushöhlung an der Decke. Sie befand sich tatsächlich über der matt leuchtenden Augenlampe des Stollenwurms.

Theoretisch könnte sie am Gesicht des Wurms hinaufklettern, um oberhalb seines Kopfes zu der Ausbuchtung zu gelangen. Theoretisch. Doch es zu versuchen, wäre Wahnsinn. Und selbst, wenn sie es wagen sollte, bot die Luftblase in der Decke keinen Weg nach draußen. Sie würde also nur auf dem Stollenwurm herumkriechen und in einer Sackgasse landen. Es sei denn … *nein* … der Raum oberhalb des Wurmrückens war mehr als eine Luftblase. Es war … eine Art Sockel, von dem aus man in einen Hohlraum oberhalb eines Felsvorsprungs gelangte. Das Wasser, das durch die natürlichen Höhlen floss, hatte im Laufe von Millionen von Jahren Passagen geformt und enge, schräge Schlote. Dieser spezielle Schlot führte zunächst in höher gelegene Höhlen und dann irgendwann durch einen engen Felsspalt nach draußen. Auf diesem Weg war die Motte zu ihnen gelangt. Unglücklicherweise musste man Mottengröße haben, um ihn als Fluchtweg zu nutzen, und dennoch – er konnte hilfreich sein.

»Werden wir auch beide in den Hohlraum passen?«, murmelte sie.

Wenn ihr euch kleinmacht, teilte ihr die Motte mit.

Und was dann? Was hätten sie mit einem Aufstieg erreicht? Vielleicht nur, dass sie außer Gefahr wären, falls die Stollenwürmer sich plötzlich wieder nach vorne bewegen würden. Immerhin. Sie hielt die Motte nach oben, die langsam ihre Flügel bewegte und sich bereit für den Abflug machte. Tima drehte sich zu Jamie um und fragte: »Bist du mutig?«

»Was glaubst du wohl? Du kannst dir ja mal anschauen, was ich eben in dieser Felsnische abgeladen habe. Obwohl … Besser nicht.«

Sie grinste und nickte, woraufhin ihre kleine Freundin davonflog.

»Warum hast du mich gefragt, wie mutig ich bin?«, presste Jamie hervor. »An was denkst du?«

Die Motte schwirrte nach oben und verschwand in den Schatten direkt oberhalb des Wurmkopfes. Tima trat näher an das Wesen heran, um es sich genau anzusehen. Die Ringe aus Metallzähnen waren vollständig zur Ruhe gekommen und brummten nicht einmal mehr. Wenn die dämmrig leuchtende Lampe nicht gewesen wäre, hätte man das Wesen auch für eine Steinfigur halten können.

In der Mitte, direkt unterhalb des Lichtauges, ragten die Zahnkreise kegelförmig hervor. Das Ganze erinnerte Tima an das untere Ende einer Schraube. Mit dieser Art Spitze bohrte sich der Stollenwurm vermutlich in die Felsen, bevor die nachfolgenden Zähne den Rest erledigten. Dass die Mitte derart hervorstand, bedeutete aber auch, dass man an dem Wurmgesicht hinaufklettern konnte, möglicherweise bis zu der dunklen Aushöhlung oberhalb des Kopfes. Doch was, wenn der Stollenwurm etwas dagegen hatte? Was, wenn er beschloss, sich in Bewegung zu setzen und sie beide zu Hackfleisch zu verarbeiten? Würde er so etwas auch von sich aus tun, ohne dass Vardof ihm den Befehl gegeben hatte? Traf der Stollenwurm überhaupt jemals eigene Entscheidungen?

»Jamie«, sagte Tima. »Glaubst du, du könntest da raufklettern?«

Jamie stand hinter ihr, blickte das außerirdische Wesen an und sah nicht glücklich aus. »Weshalb sollte ich das wollen?«

»Weil oben in der Tunneldecke ein Hohlraum im Felsen ist, direkt über dem Kopf. Da sind wir sicher.«

Jamie sah nicht überzeugt aus. »Scheint mir nicht sicher zu sein.«

»Vielleicht ist es nicht sicher, aber diese kleine Motte ist von draußen den ganzen Weg durch dieses Loch zu uns hereingeflogen, nur um uns zu sagen, dass wir da raufklettern sollen.«

Jamies Gesicht hellte sich auf. »Können wir durch diesen Hohlraum entkommen?«

»Nein«, erwiderte Tima. »Dafür ist die Ausbuchtung nach oben hin zu schmal. Aber da drin wären wir sicherer als hier unten. Nur für den Fall, dass die Stollenwürmer wieder in Bewegung gesetzt werden.«

»Okay. Aber woher wissen wir, dass der hier nicht loslegt, sobald wir auf ihn draufklettern? Wenn *mir* jemand übers Gesicht kletterte, würde ich demjenigen sofort zeigen, wo der Hammer hängt.«

»Wir wissen es eben *nicht*«, erwiderte Tima seufzend. »Aber willst du wirklich hier herumsitzen und warten, bis wir tatsächlich zu Hackfleisch verarbeitet werden? Oder bis das Erdbeben noch ein bisschen näher kommt und wir unter herabstürzenden Felsbrocken begraben werden?« In diesem Augenblick wurde der Stollen von einem weiteren ausgedehnten Beben erschüttert und ließ als Antwort auf Timas Frage eine Ladung Kies hinter ihnen zu Boden rieseln.

Jamie schüttelte den Kopf. »In Ordnung«, sagte er und schluckte. »Ich werde raufklettern. Bleib du zurück. Mach dich bereit, davonzurennen, wenn der Stollenwurm mich zermalmen sollte. Geh zurück in die Felsnische. Und sorry schon mal für den Gestank dort ...«

Tima umarmte ihn. »Nein, der Plan sieht anders aus. Ich werde versuchen, mit ihm zu reden, während du an ihm hochkletterst. Ich rühre mich nicht von der Stelle.« Sie legte die Handflächen auf das Lichtauge, begann, langsam ein- und auszuatmen, und bemühte sich auch sonst darum, vollkommene Ruhe auszustrahlen.

»Scheint mir keine allzu gute Idee zu sein ...«, raunte Jamie.

»Hast du eine bessere?«, fragte Tima. »Na, also. Und jetzt shhh ... Gib mir ein paar Sekunden, und wenn ich die linke Hand hebe, kletterst du los!«

Als sie die Augen schloss, sich seitwärts über den Kegel aus Zähnen beugte und die Stirn gegen das darüberliegende dämmrige Licht legte, begriff Tima, dass sie noch nie so sehr auf ihre Fähigkeiten als Nachtflüsterin hatte setzen müssen. Dies hier war ein außerirdisches Wesen, eine einfache Lebensform – halb Tier, halb Maschine. Sie hatte keine Ahnung, ob es sie wirklich verstehen würde, auch wenn ihr Instinkt – ganz vage – andeutete, dass es eventuell möglich wäre ... Vielleicht war das aber auch nur Wunschdenken. Wenn sie falsch lag, spielte sie hier einfach ein Glücksspiel, das schreckliche Folgen haben konnte.

Bist du da drin?, sandte sie aus.

Nichts.

Bist du da? Kannst du mich spüren? Kannst du mich hören?

Nichts.

Tima musste plötzlich an den Strahl denken ... diesen herrlichen goldenen Strom aus Licht und Musik, der ihr Leben durcheinandergebracht und alles verändert hatte. Dieses Wesen hier war durch eine Höhle in ihre Welt gereist, eine Höhle, die dieser Strahl täglich passierte. Hatte der Stollenwurm die Gegenwart des Strahls gespürt? Hatte er die Musik und das Licht auf dieselbe Weise genossen wie sie, Elena und Matt?

Hast du den Strahl wahrgenommen?, fragte sie.

Und es kam nicht *nichts*. Sie spürte eine winzige Regung im Kopf des Wesens. Es war ein Aufflimmern von etwas, das ihm bekannt war.

Der Strahl ist wunderschön, nicht wahr?, sagte sie.

Einige Sekunden lang nichts ... Und dann ... *Ja.*

Tima bekam Gänsehaut am ganzen Körper. Sie hatte ihn erreicht. Sie hatte den Stollenwurm tatsächlich erreicht!

Willst du den Strahl noch einmal wahrnehmen? Ich schon. Ich liebe ihn.

Wieder eine Pause. Doch keine allzu lange.

Ja.

Erlaubst du uns, dass wir über dich klettern?

Ein sehr schwaches, zustimmendes Summen.

Wäre es in Ordnung für dich? Dürfen wir an dir hinaufklettern? Uns in Sicherheit bringen?

Ein erneutes Summen, das über das Licht in ihre Stirn drang. *Ja.*

Sie hob ihre linke Hand. *Danke schön*, sagte sie, während Jamie zu klettern begann.

29

Elenas Welt fiel auseinander. Buchstäblich. Als der Boden nur einige Schritte von ihr entfernt nachgab, konnte sie nicht mehr anders – sie schrie. Ein riesiger Krater hatte sich vor ihr aufgetan und innerhalb von Sekunden zwei der Ferien-Lodges geschluckt.

Über ihnen kreisten die Steinadler und schrien mit ihr. Die Menschen, die sich gerade etwas entspannt hatten, gerieten erneut in Panik. Der Untergrund bebte und schlingerte, und Staubwolken stiegen auf. Niemand wusste, in welche Richtung er laufen sollte. Wieder wurde die Oberfläche des Sees zu einer bewegten Masse aus schimmernden grauen Stacheln, während das aufgewühlte Wasser nach oben schoss und wieder hinunterplatschte.

»AGNES!«

Matt klammerte sich an einen dicken Zaunpfahl, um sich auf diese Weise über die gerade entstandene Felsklippe zu beugen.

»Glück!«, brüllte er. »Kannst du sie sehen? Kannst du nach unten fliegen und nachschauen, wo Agnes ist?«

Sofort flog Glück über den zerklüfteten Felsspalt nach unten. Auch die beiden Steinadler stürzten herab und folgten ihr – das Starenweibchen hatte ein beeindruckendes Team hinter sich. Elena ging auf die Knie und kroch auf allen vieren zu Matt hinüber, wobei sie das Ruckeln und die Erschütterungen der Erde anging wie ein Kleinkind auf einer Hüpfburg. In zwei oder drei Metern Tiefe war das Dach der Lodge zu erkennen, das im 45-Grad-Winkel zur Seite gekippt war. Die hölzernen Trägerbalken, die Holzverkleidung und die Dielen ragten in alle Himmelsrichtungen, und die einzig sichtbaren Fenster waren zerborsten und dunkel – an einem von ihnen baumelte noch ein heller Vorhang mit Schottenmuster.

Ängstlich sah Elena sich um. Die Nachbar-Lodge hatte es ähnlich schlimm erwischt, sie lag links von ihr, weiter unten am zerstörten Berghang, zerdrückt wie ein Miniaturhaus aus Streichhölzern. Hinter Elena und noch weiter bergab waren zwei weitere Häuser teilweise zusammengebrochen und mehrere Meter in Richtung des gebeutelten Sees gerutscht. Und über ihr schwankte ein Telefonmast von einer Seite zur anderen; seine Drähte waren gerissen und schlugen gegen den Pfosten. Als Elena den Mast entdeckte, warf sie sich sofort nach hinten und öffnete den Mund, um Matt eine Warnung zuzubrüllen – doch es war schon zu spät. Elena konnte nur noch einen wirren Schrei ausstoßen, weil im selben Moment der schwere Holzpfahl umkippte und geradewegs auf Matt hinabstürzte.

Doch Matt wurde nicht getroffen.

Wie aus dem Nichts war ein Hirsch vor ihn gesprungen und stieß den Telefonmast mit einem Streifhieb seines Geweihs von sich. Elena hielt den Atem an, sie hatte Angst, dass der Mast den Hirsch erschlagen würde. Doch der Holzpfahl landete im Krater, und das Tier musste sich anschließend nur einen der Drähte vom Kopf schütteln.

Matt starrte den Hirsch an. »Danke«, raunte er. »Danke!«

Elena kroch auf ihn zu und stand dann vorsichtig auf, um die Arme um den dicken, roten, samtweichen Hals des Tieres zu legen. Es war derselbe Hirsch, der einige Stunden zuvor über sie gewacht hatte. »*Vielen Dank*«, hauchte sie. Und obwohl der Boden unter ihren Füßen noch immer erzitterte, spürte sie hier, mit der Wange am Fell des Wildtieres, urplötzlich eine große Kraft.

»Er hat dafür gesorgt, dass wir da runter können«, sagte sie zu Matt.

Der Telefonmast lag in einer v-förmigen Felsformation. Das obere Ende war nach unten in den Krater gekippt und steckte inmitten des Bauschutts fest. Auf diese Weise bildete der Mast nun eine schräg verlaufende Brücke, die an Geröll, Glas und zersplittertem Holz vorbei hinab in die aufgerissene Erde führte.

»*Du* wirst nicht da runtersteigen!«, brummte Matt. »Dort ist es nicht sicher.«

»Es ist *nirgends* sicher!«, entgegnete Elena. »Und du hast hier nicht allein zu bestimmen. Wir müssen Agnes da rausholen … falls sie … falls sie überhaupt noch …«

»Sie lebt«, sagte Matt, als Glück aus den Ruinen schoss und die beiden Adler hinter ihr energisch mit den Flügeln schlugen, um wieder hochzukommen – sie waren wirklich nicht für diese Art des Fliegens geeignet. »AGNES!«, schrie Matt. »AAAGNES!«

Ein paar Sekunden lang war aus der Tiefe nichts als dumpfes Grollen und ein Hagel aus losen Steinchen und Kies zu vernehmen. Dann endlich hörten die Erschütterungen auf, und sie nahmen ein schwaches Weinen wahr.

»Alles in Ordnung, Agnes?«, brüllte Elena. »Sind Sie verletzt?«

»Ging mir schon besser …«, rief Agnes trocken zurück. »Ich glaube, ich hab mir das Bein gebrochen.«

»Wo sind Sie?«, schrie Matt.

»Ich weiß nicht.« Agnes Stimme zitterte ein wenig. »Früher war das mal die Küche … aber ich glaub, jetzt ist es eher der Flur.«

»Halten Sie durch! Wir kommen!« Matt drehte sich zu Elena um. »Was für ein praktischer Spontankauf«, sagte er, während er das Abschleppseil aus dem Rucksack holte. Danach förderte er noch eine Stirnlampe mit Gummiband zutage, zog sie sich über die Mütze und rückte sie zurecht. »Ich seil mich ab.«

»Warte«, sagte Elena. »Matt – das ist einfach zu gefährlich.«

»Wir haben keine Zeit, uns darüber zu streiten. Ich brauche euch beide hier oben.« Er nickte in Richtung Hirsch. »Ihr werdet das Seil festhalten müssen – und ruhig, falls die Erde noch mal bebt.«

Seufzend stimmte Elena zu. Sie verständigte sich kurz mit dem Tier, legte das eine Ende des Seils um die Flanke des Hirschs und band es vor seiner starken, breiten Brust zusammen. Dann nahm sie das Seil ein Stück weiter vorne selbst auf, wickelte es sich fest um die Ellenbogen und hielt es zusätzlich mit den Fäusten umklammert, um den Hirsch zu unterstützen. Matt knüpfte sich das andere Seilende um die Taille und kletterte über den Kraterrand auf dem Telefonmast hinunter.

Der hölzerne Pfahl hatte sich praktischerweise in den Felsen verkeilt und bewegte sich nicht. Entlang des Mastes waren Metallsprossen in etwa einem Meter Abstand voneinander angebracht. Vermutlich waren sie dazu gedacht gewesen, dass Techniker für Reparatur- und Wartungsarbeiten bis zu den Drähten hinaufklettern konnten. Jetzt nutzte Matt die Sprossen, um zu den Trümmern der Lodge hinabzusteigen. Die Eingangstür war rautenförmig zerdrückt worden, doch dahinter befand sich noch immer eine steile, nach hinten geneigte Passage, vermutlich der Flur. Matt erreichte das Ende des Mastes, stellte einen seiner schweren Stiefel auf die Trümmer, die zwar splitterten, federten und aneinander vorbeischrammten, aber immerhin nicht weiter in sich zusammenbrachen.

Wieder rief er nach Agnes, die ihm jetzt mit ruhiger, kräftiger Stimme antwortete, obgleich sie vor Angst ganz außer sich sein musste. Vorsichtig trat Matt vor den zerquetschten Türrahmen, kletterte die Schräge hinauf und war verschwunden. Elena schluckte. Es war furchtbar, nicht sehen zu können, was unten vor sich ging. Einige Sekunden später drang Matts Stimme gedämpft nach oben. »Wir haben ein Problem!«

Elena blickte sich um. Sie fragte sich, ob ihnen jemand zu Hilfe kommen könnte, doch es sah ganz danach aus, als ob die anderen Leute entweder zu panisch oder von etwas anderem abgelenkt waren. Es hing also alles an ihr … und dem Hirsch. »Was sollen wir tun?«, schrie sie nach unten.

»Agnes steckt unter einem Stück Holz fest«, erwiderte Matt. »… einem großen Balken. War wohl ein Teil der Dachsparren. Der Balken lässt sich nicht anheben, ich schaff das nicht. Deshalb binde ich jetzt das Seil daran fest, und du und der Hirsch … ihr müsst kräftig ziehen, okay?«

»Aber … was ist mit dir? Wenn du nicht mehr am Seil hängst, dann –«

»Keine Diskussion!«, brüllte Matt. »Ich mach das jetzt.«

Elena spürte, wie das Seil angezogen wurde, sich drehte und hin und her schwang. Sie atmete tief ein und aus. Matt tat genau das, was auch sie getan hätte, wenn sie dort unten gewesen wäre. Sie musste ihm vertrauen.

»Okay! JETZT ZIEHT!«

Elena und der Hirsch liefen rückwärts, bis das Seil straff gezogen war. Dann bewegten sie sich immer weiter nach hinten, bis es so fest gespannt war, dass es zu vibrieren begann. Es schien gegen etwas sehr Festes zu drücken – vielleicht hing es auch an einem Felsvorsprung fest.

»Wir kommen nicht weiter!«, schrie sie. »Das Seil muss sich irgendwo verhakt haben.«

»Nein, alles gut. Ihr haltet den Balken hoch. Bleibt so!«, brüllte Matt, hörbar angestrengt. »Ich versuche, Agnes unter dem Holz vorzuziehen. Bleibt … genau … so!«

Elena und der Hirsch lehnten sich nach hinten und verankerten Füße und Hufe im sandigen, aufgewühlten Untergrund. Elena betete, dass es kein weiteres Beben geben würde. Falls doch, würde sie vielleicht den Halt verlieren, und eine komplette Wand oder Decke könnte Agnes oder, noch schlimmer, Matt unter sich begraben. Auch der Hirsch war äußerst angespannt. Er wollte bei seiner Herde sein. Es musste ihn große Überwindung gekostet haben, seine eigenen Artgenossen zurückzulassen, um Elena und Matt noch einmal zu Hilfe zu kommen – und sie hatte ihn nicht einmal darum bitten müssen. Das straff gezogene Seil schnitt ihr in Handflächen und Fingerknöchel und ließ ihre Finger blau anlaufen. Sie fragte sich, ob der Hirsch das Seil rechtzeitig auffangen könnte, wenn sie einen ihrer Finger befreite, aber dann wagte sie es doch nicht – es konnte in einer Katastrophe enden. Sie hoffte nur, dass ihre Hände überhaupt noch zu gebrauchen waren, wenn dieser Albtraum zu Ende ging. *Falls* er zu Ende ging.

Dann ertönte ein weiterer Schrei.

»Festhalten!«, rief Matt. »Wenn ihr jetzt loslasst, kracht das Ganze runter. Und unter dem Holz geht's richtig tief nach unten. Haltet noch kurz durch, bis wir so weit sind.«

Elena biss die Zähne zusammen, der Schmerz trieb ihr Tränen über die Wangen. Sie hätte sich das Seil niemals um die Armbeugen schlingen dürfen. Der Hirsch, der ihre Qualen spürte, stupste tröstend mit der Schnauze gegen ihren Hinterkopf, wodurch ihr erst recht die Tränen kamen. Plötzlich sah sie, dass noch mehr Helfer gekommen waren. Der Hund und sein Besitzer hatten sich aus dem allgemeinen Chaos entfernt und standen am Rand des Erdbebenkraters. Jetzt legte der Mann sich bäuchlings vor den Kraterrand, streckte den Arm nach unten und half Agnes, die vor Schmerzen stöhnte, langsam am Telefonmast nach oben zu klettern. Dabei redete er ihr gut zu, und sein Hund bellte ermutigend.

»Seid ihr draußen?«, schrie Elena mit Panik in der Stimme.

»FAST!«, antwortete Matt. »Haltet noch ein paar Sekunden durch. Ihr schafft das!«

Agnes kroch aus dem Krater und taumelte direkt in die Arme

des Hundebesitzers. Dann tauchte, glücklicherweise, auch Matts Kopf aus der Tiefe auf. Er kletterte über den Kraterrand und ließ sich, die rechte Hand auf den linken Arm gedrückt, japsend ins Gras sinken. »Ihr könnt jetzt loslassen«, ächzte er.

Elena und der Hirsch bewegten sich etwas nach vorne, das Abschleppseil wurde schlaffer und hing durch. Schnell befreite sie den Hirsch von dem Seil. Und dann, als sie gerade kurz davor war, aufzuatmen, war im Krater erneut ein gewaltiger Krach zu vernehmen, und das Seil, das sie immer noch um die Ellbogen gewickelt hatte, riss sie schlagartig nach vorne. Elena fiel, mit dem Gesicht voran, der Länge nach zu Boden. Und während sie verzweifelt versuchte, sich das Seil von den Armen zu zerren, zog es sie weiter unerbittlich auf den Abgrund zu. Matt schrie erschrocken auf, doch er konnte ihr nicht mehr helfen. Elena würde hinabstürzen.

Ein Donnern von Hufen, dann ein noch schwereres Dröhnen, als sich der Hirsch vor ihr auf den Boden warf und mit seinem Körpergewicht verhinderte, dass sie noch weiter nach vorne gerissen wurde. Derartig geschützt und aufgefangen, gelang es ihr schließlich, sich von dem Seil zu befreien. »Ist gut«, japste sie. »Du kannst loslassen!« Der Hirsch hob seinen Brustkorb und ließ das Seil unter sich hindurchgleiten. Unter lautem Gerumpel und weiterem Kies- und Steinhagel verschwand es im Krater.

Flink kam das Tier wieder auf die Beine und wich vom Abgrund zurück. Es warf den Kopf hin und her und rollte ängstlich mit den Augen. Elena lief zu ihm und klopfte ihm mit der verletzten Hand sanft auf den Hals. »Danke schön. Du warst wahnsinnig mutig«, murmelte sie, den Tränen nah. »Du musst jetzt zu deiner Herde zurückkehren. Sie brauchen dich.«

Doch der Hirsch blieb, wo er war.

»Geht es Agnes gut?«, fragte Elena.

Matt hatte sich inzwischen aufgesetzt. Er sah mitgenommen aus, genauso mitgenommen, wie sie sich fühlte. Noch immer hielt er sich den linken Arm, und zwischen seinen Fingern sickerte Blut hervor.

»Was ist passiert?«, fragte sie und lief zu ihm.

Er schüttelte den Kopf. »Halb so wild. Ich bin nur an einem Nagel hängen geblieben, der aus einem kaputten Holzbrett ragte. Alles gut.«

»Nichts ist gut«, widersprach Elena. »Ich werd dir einen Verband anlegen.«

»Jetzt nicht. Wir müssen erst irgendwohin, wo es sicherer ist.«

»Wo zum Teufel soll es denn bitte sicherer sein?«, quiekte Elena.

»Geht es dir gut, Junge?«, fragte Agnes, die sich auf den Hundebesitzer gestützt hatte und die Belastbarkeit ihres Beines erprobte. Ihr Haar war voller Staub und Kies, auf ihrer Wange zeichnete sich ein Bluterguss ab, und ihr Mantel war völlig zerrissen. Trotz allem wirkte sie sehr gefasst.

»Mir geht's gut«, sagte Matt. »Und Ihnen?«

»Ach, ich werd's überleben«, sagte sie. »Mein Bein hat was abbekommen, aber gebrochen scheint es nicht zu sein. Es ist nur grün und blau, und vielleicht habe ich mir auch den Knöchel verstaucht. Hat jemand den Notruf gewählt? Schicken sie Hubschrauber her?«

»Aye«, sagte der Hundebesitzer. »Mein Sohn hat ein Satellitentelefon. Hilfe ist schon unterwegs.«

»Ist noch jemand unter Trümmern eingeklemmt?«, fragte Elena, während sie vorsichtig die zerschrammten Finger bewegte. Jetzt, da das Blut darin langsam wieder pulsierte, schmerzten sie noch stärker als zuvor.

»Nein, wir sind vollzählig«, erwiderte der Mann. »Wir waren alle im Freien, als die Erde zu beben begann. Das muss man sich mal vorstellen! Ein Erdbeben – hier in Schottland! Ich fasse es nicht!

Was geht da bloß vor sich? Das ist absolut untypisch für diese Gegend!«

Matt sah zu Elena hinüber. »Es war ja auch kein normales Beben«, sagte er leise, während Glück sich auf seiner Wollmütze niederließ, um Matts schmerzende Schulter zu schonen.

Sie kam zu ihm, zog den Rucksack ab und holte einen Verband aus ihrem Erste-Hilfe-Set. »Was hast du da unten gesehen?«

»Auf einer Seite war der Fußboden weggebrochen ... Wir hingen über einer Art ... Tunnel. Rund wie ein U-Bahn-Schacht. Ich habe mit der Taschenlampe nach unten geleuchtet. Die Tunnelwände waren aalglatt, so, als wäre er mit einem riesigen Bohrer geschaffen worden. Mit einer Art Maschine ... Der ist jedenfalls nicht auf natürliche Weise entstanden.«

»Ein riesiger Bohrer ... der sich sehr schnell dreht ...?«, hakte Elena nach. Sie schob Matt den zerrissenen Ärmel zurück und legte ihm ein Stück Mull und einen Verband über die tiefe Wunde, die der Nagel gerissen hatte. »Ein rotierender, kreisender Bohrer?«

»Ja. Genau.« Erschöpft schloss Matt die Augen

»Und was machen wir jetzt?« Elena klebte den Verband mit Heftpflaster fest und setzte sich zurück auf die Fersen.

Matt blickte an ihr vorbei in Richtung Hirsch.

»Das solltest du besser *ihn* fragen.«

Elena schaute nach oben, wo die Adler noch immer bedächtig ihre Kreise zogen. »Und *sie*. Sie werden uns weiter leiten, nicht wahr? Uns zu Tima führen.«

30

Die kreisrunden Kiefer des Stollenwurms bewegten sich nicht, während Jamie an ihnen hochkletterte. Tima sah, dass der Junge vor Angst zitterte, und sie konnte es ihm nicht verdenken. Es war, als würde man in einen Mixer steigen, dessen An/Aus-Schalter einen Wackelkontakt hatte. Jeden Augenblick könnten sie zu Mus zermahlen werden. Aber obwohl Jamies linke Körperhälfte krampfte und panische, ruckartige Bewegungen ausführte, brauchte er nur wenige Sekunden, um den Kopf des Stollenwurms zu erklimmen.

»Ist alles in Ordnung?«, rief Tima ihm zu.

»O ja, alles bestens«, rief er zurück. »Kaum hat man ein bisschen Todesangst, schon wird man zum Spitzensportler. Ein echter Geheimtipp – den muss ich unbedingt meinem Physiotherapeuten verraten!«

Als Nächstes stieg Tima hinauf, während Jamie sich oben an der glatten Metallhaube festhielt, die den Kopf des Stollenwurms bedeckte. Sie kroch zu ihm hinüber, vorsichtig, um sich nicht an der Felsendecke direkt über ihr zu stoßen. Hinter dem Wurmkopf konnte sie jetzt auch die Segmente seiner organischen Bestandteile erkennen … die Haut. Sie musste ihre Taschenlampe gar nicht erst hervorholen, denn der Wurm verfügte über sein eigenes Licht: Ein schwaches rosafarbenes Glühen durchzog seinen Körper und ließ ein Netz aus feinen, fadenähnlichen violetten Adern sichtbar werden.

»Er atmet«, flüsterte Jamie und deutete auf die Haut unter den Metallreifen, die sich immer wieder leicht hob und senkte.

Tima sah hinauf zu dem Felsvorsprung und dem dunklen Zwischenraum oberhalb davon. Es war genau so, wie die Motte es ihr in Gedanken beschrieben hatte. Sie mussten nur hinauffassen und sich hochziehen. Sie stupste Jamie an. »Los. Du zuerst.«

Jamie nickte und umklammerte die raue Kante des Felsvorsprungs. Als er die Knie über die Kante gehievt hatte, kletterte er die Schräge hinauf in die Finsternis. Tima wartete, bis Platz für sie war, und tat dann dasselbe wie er, wenn auch etwas flinker. Jamie ächzte vor Schmerz, als er mit dem Kopf gegen die Stelle stieß, an der die abgeschrägte Decke auf den Boden traf. Das war's. Mehr Platz hatten sie nicht. Tima zog die Beine unter den Körper, damit man sie unten, vom Tunnel aus, nicht sah.

Sie kauerte sich auf dem Vorsprung zusammen und murmelte: »Alles in –?«, bevor ihre Worte von einem dampfenden und pfeifenden Vibrieren verschluckt wurden. Erschrocken blickte Tima nach unten. Zog sich der Stollenwurm zurück? Kam Vardof in den Tunnel, um nach ihnen zu sehen?

Nein. Tima schüttelte den Kopf, erstaunt und kaum in der Lage zu begreifen, dass sich der Wurmrücken unter ihr in die entgegengesetzte Richtung bewegte, bis er vom Hohlraum aus nicht mehr zu sehen war. »Er ist nach *vorne*!«, japste sie. »Er nähert sich dem anderen Wurm. Das bedeutet, er hätte uns getötet! Er hätte uns tatsächlich *getötet*!«

Jamie antwortete nicht. Tima kramte ihre Taschenlampe hervor und erhellte die winzige Höhle. In der Ecke gegenüber von ihr hockte Jamie, sichtlich unbequem, den Kopf unter einen schroffen herausstehenden Felsen gezwängt. Er sah aus, als sei ihm übel. Tima wusste, warum. Hätte er auch nur eine Minute länger gezögert, an dem Wurmgesicht hochzuklettern, wären sie jetzt beide tot. Grausam ums Leben gekommen.

»Ich hätte nie gedacht, dass er das tun würde«, murmelte Tima kopfschüttelnd. »Wie *konnte* er nur?!«

Jamie legte ihr die Hand auf die Schulter. »Ssssssh! Hör doch mal!«

Als das Rumpeln leiser wurde, vernahmen sie plötzlich Stimmen. Nicht unter ihnen im Tunnel, sondern irgendwo darüber. Der schräge Schlot, in dem sie kauerten, bot ihnen zwar keinen Fluchtweg, aber es gab anscheinend einen Spalt, der breit und lang genug war, um Stimmen durchzulassen.

»… hast du das getan? Das war völlig unnötig!«

Die Stimme kam ihnen vertraut vor. Es war Vardof, und er klang verärgert. Aber mit wem sprach er da? Mit sich selbst? Tima musste an das schrille Gelächter des Mannes denken. Es würde sie nicht wundern, wenn dieser außerirdische Pirat nicht alle Tassen im Schrank hatte. In diesem Moment aber antwortete ihm ein anderer Mann mit tiefer, ruhiger Stimme: »So war es das Beste. Du bist einfach zu weich.«

»Das waren bloß Kinder«, knurrte Vardof.

»Wenn du sie hättest laufen lassen, wären sie heulend zu ihren Eltern gerannt«, erwiderte der Neuankömmling. »Und das hätte uns gerade noch gefehlt! Es wird Zeit, dass wir unsere Sachen zusammenpacken und von hier verschwinden.«

»Aber Raxus, ich hatte doch noch gar nicht richtig angefangen!«, jammerte Vardof. »Mit dem Mineralvorkommen hier im Gebirge könnte man ein Vermögen machen. Ein *Vermögen*! Jaspis, Marmor, Saphir, Amethyst, sogar Gold und Rubin! Bisher habe ich gerade mal Jaspis abgebaut.«

In diesem Moment kam es zu einem weiteren Beben. Jamie berührte Tima am Arm und zischte stirnrunzelnd: »Was sagen sie?«

»Sie streiten über unsere Ermordung«, flüsterte sie zurück. Erst durch Jamies Frage war sie sich bewusst geworden, dass sie einer Unterhaltung in einer brandneuen Sprache lauschte – einer Sprache, die aus einer anderen Galaxie stammte. »Vardof wollte nicht, dass ... Dieser neue Kerl, Raxus, wollte uns aus dem Weg haben. Und jetzt shhh – ich muss weiter zuhören.«

»– Erdbeben?!«, sagte Raxus. »Das hier ist keine Erdbebenregion.«

»Eigentlich nicht ...«, erwiderte Vardof.

Raxus fauchte wütend. »Du Idiot. Hast du etwa vergessen, die Stützpilze einzusetzen?«

»Stützpilze? Was für Stützpilze?«, fragte Vardof verblüfft.

Raxus stieß eine Reihe von Flüchen aus. Dann fuhr er fort, als würde er mit einem Kleinkind sprechen, das extrem schwer von Begriff war: »Die Stützpilze brauchst du, um die Hohlräume abzu*stützen*. Ansonsten fällt dir irgendwann der Berg AUF DEN KOPF!«

»Woher soll *ich* das wissen?«, jammerte Vardof. »Das hat mir niemand erklärt. Ich weiß ja nicht mal, wie diese Dinger aussehen. Im Frachtraumschiff lagen jedenfalls *keine* Pilze herum.«

Raxus seufzte schwer. »Das Zeug befindet sich im Vorratsschacht, in Behältern mit der Aufschrift STÜTZPILZE! Es ist ein Pulver. Die Behälter werden einfach an den Schwänzen der Stollenwürmer befestigt, und die verteilen das Pulver dann während des Bohrens in den neu geschaffenen Tunneln. Anschließend wachsen Stützpilze aus dem Pulver – blitzschnell, weil das bei denen nun mal so ist –, und das so geschaffene Netz aus Pilzen stützt die Stollen an den Schwachstellen ab.«

»Es gibt keine Schwachstellen«, sagte Vardof bestimmt. »Ich bin alle Gänge abgelaufen, und sie alle bestehen aus glattem, hartem Gestein.«

»Und weshalb ...« Raxus hielt kurz inne, weil es zu einer weiteren Erschütterung kam, »... bebt dann dieser Berg? Warum habe ich auf dem Weg zu dir drei eingestürzte Stollen auf der Route 58 entdeckt? Und wieso treibt ein ertrunkener Wurm in einer der tiefer gelegenen Höhlen auf der Route 203?«

»Ein *ertrunkener Wurm*?«, wiederholte Vardof fragend.

»Ja. Du hast einen verloren. Er hatte sich ins Wasser gebohrt – in einen der Seen hier. Deine Stollenwürmer brechen ziemlich oft durch die Felsen, hab ich recht? Wie viele haben sich versehentlich nach draußen gebohrt, seit du mit dem Mineralabbau begonnen hast? Und wie viele wurden dabei *beobachtet*?«

Vardof hustete. »Ich habe ja wohl nie behauptet, Bergbauexperte zu sein, sondern nur gesagt, dass ich klarkommen würde. Es ist das Risiko wert. Wir werden reich. Wir müssen nur noch die Stollenwürmer zurück zur Haupthöhle und durch den Korridor hindurchbringen.«

»Was das angeht, gibt es ein klitzekleines Problemchen«, sagte Raxus. »Du hast nicht auf den Meteorsturm-Kalender geschaut.«

»Meteorsturm-Kalender?«, fragte Vardof verunsichert. »Welcher Meteorsturm-Kalender?«

»Siehst du, kleiner Bruder«, fuhr Raxus fort, »da haben wir's wieder: Du schaust dir nie die Details an, sondern springst gleich mitten rein. Es gibt einen Grund, weshalb niemand außer dir auf diesem karneolischen Mond lebt. Hast du dich darüber nie gewundert, wo seine Atmosphäre doch ansonsten so lebensfreundlich ist?«

»Was meinst du?«, brummte Vardof mürrisch.

»Er liegt in einem Sturmgürtel«, erklärte Raxus. »Der Mond wird regelmäßig von Stürmen heimgesucht – *Meteorstürmen*. Und der nächste steht in 24 Stunden an – Erdenzeit. Das heißt ... Wenn wir bis dahin nicht alles, was an Mineralen dort ist, ins Raumschiff geladen haben und wieder von der Mondoberfläche verschwunden sind, wird es schlicht kein Raumschiff mehr geben, zu dem wir zurückkehren können. Nur einen Haufen platt gedrücktes Metall.«

»Waaarte!«, rief Vardof. »Es wird mich einen halben Tag kosten, all diese Würmer zurückzubringen! Mindestens!«

»Dazu wird es nicht mehr kommen«, sagte Raxus. »Wir brauchen die restlichen Stunden, um die Minerale einzuladen, die wir schon dahaben. Hast du vergessen, dass wir keine Crew haben, sondern nur zu zweit sind? Also: Wir nehmen mit, was auf dem Mond bereits zur Verfügung steht, und lassen die Stollenwürmer mit ihrer letzten Ladung auf der Erde.«

»Was? Wir sollen sie einfach *hierlassen*?«

»Ja. Lass sie frei. Die Würmer haben doch im Gebirge jede Menge zu fressen. Bis in alle Ewigkeit können die sich hier durchs Gestein bohren. Sie werden Junge bekommen und leben wie im Paradies – vorausgesetzt, sie überleben diese Erschütterungen, die sie selbst auslösen.«

»Aber was ist mit den Stützpilzen? Oben drüber wohnen Menschen …«

»Das ist nicht unser Problem, Bruderherz. Du bist wirklich ein Sensibelchen. Lass uns verschwinden.«

Vardof protestierte weiter, doch seine Stimme wurde schwächer und schwächer – die beiden schienen sich zu entfernen. Tima schaute zu Jamie, der fragend die Handflächen hob. Wie sollte sie ihm bloß beibringen, dass die Landschaft, in der er aufgewachsen war, so lange untertunnelt würde, bis die Berge in sich zusammenbrechen und höchstwahrscheinlich auch sein Zuhause schlucken würden …?

»Keine guten Neuigkeiten, was?«, meinte Jamie, als er Timas Gesichtsausdruck sah. »Was auch immer die beiden gesagt haben – es kann warten. Wir müssen zurück nach unten in den Tunnel, bevor die Stollenwürmer zurückkommen. Sie haben sich bergauf bewegt, was bedeutet, dass wir nicht mehr eingeschlossen sind. Wir können fliehen!«

Tima spürte, wie sie eine Welle aus Adrenalin durchfuhr. »Ja, du hast recht! Dann mal los!« Sie krabbelte bis zur Kante des Felsvorsprungs und hielt die Taschenlampe nach unten. Jetzt, da die Lichter der Stollenwürmer verschwunden waren, war es im Tunnel sehr viel dunkler. Nur ein schwaches Leuchten kam aus der Richtung, in die sie laufen mussten – aus der großen Höhle, in der sie einige Stunden zuvor gewesen waren. Direkt unter Tima ging es etwa drei Meter in die Tiefe.

»Schieb die Beine über den Rand und lass dich so weit wie möglich nach unten baumeln, bevor du loslässt«, erklärte sie Jamie. »Es ist zwar nicht allzu hoch, aber du landest auf hartem Gestein. Pass also auf, dass du beim Aufkommen die Knie beugst!«

Jamie verdrehte die Augen. »Nur weil ich mich wie ein Idiot anhöre, heißt das noch lange nicht, dass ich einer bin. Ich bin schon öfter irgendwo runtergesprungen.«

»Ist ja gut … Ich wollte nur sichergehen, dass du Bescheid weißt!«, murmelte Tima, schob sich über die Felskante und ließ sich fallen.

Jamie folgte ihr erstaunlich schnell. Sie hatte schon bemerkt, dass sich seine linke Körperhälfte nicht mehr ganz so zusammenkrümmte wie zuvor. Als sie den Tunnel durchquert hatten und die riesige Höhle erreichten, packte Jamie sie plötzlich am Arm, damit sie stehen blieb. Kurz darauf rollte ein donnernder, dampfender Stollenwurm über den weiten Höhlenboden an ihnen vorbei. Sie pressten sich rücklings gegen die Tunnelwand, bis er an ihnen vorbeigezogen war. Tima bezweifelte, dass der Wurm überhaupt auf sie reagiert hätte – diese einfachen Lebensformen schienen nur das zu tun, worauf sie programmiert wurden.

»Verrätst du mir jetzt die schlechten Neuigkeiten?«, keuchte Jamie, als der Wurm in einem anderen Stollen verschwand. Tima starrte auf ihre Füße. »Komm schon. Ich seh dir doch an, dass diese beiden Außerirdischen nichts Erfreuliches besprochen haben.« Seine dunkelgrünen Augen blickten ernst. So leicht würde er sich nicht abspeisen lassen. »Welche Hiobsbotschaft verheimlichst du mir?«

»Wir müssen etwas tun«, sagte Tima. »Sie verschwinden einfach. Sie verlassen diesen Planeten und kommen nie wieder zurück.«

»Aber das sind doch gute Neuigkeiten!«, sagte Jamie.

»Äh – nein. Denn sie lassen die Stollenwürmer zurück. Und die werden nicht aufhören. Niemals. Sie werden mehr und mehr Tunnel bohren … bis die Berge kollabieren.«

31

Ein Dröhnen in der Luft machte Matt klar, dass es höchste Zeit war, zu verschwinden. Eine halbe Stunde hatten sie im Dorf verloren, und als Agnes erst einmal gerettet war, hatten sämtliche Zeugen des Erdbebendramas ihnen viel zu viel Aufmerksamkeit geschenkt. Selbst jetzt, als der Rettungshubschrauber über das Tal flog, starrten die Menschen – erstaunt und fasziniert – auf den Hirsch und die Steinadler. Wildtiere verhielten sich bei Naturkatastrophen häufig merkwürdig, doch dass sie zwei Teenagern nicht von der Seite wichen, war doch zu seltsam. Normalerweise hätten sie längst ihren Artgenossen folgen müssen.

Als der Helikopter sich dem Dorf näherte und sein Abwind allen die Haare ins Gesicht blies, nahm Matt Elena beim Arm. Sie sah ihn an und nickte. Es war so weit. Da sich jetzt alles auf die Landung der Einsatzkräfte konzentrierte, würden die Leute womöglich nicht bemerken, dass sich die beiden Fremden mit einem offensichtlich zahmen und hilfsbereiten Hirsch sowie einer fliegenden Zweckgemeinschaft aus Steinadlern und Star davonmachten.

Innerhalb von Sekunden hatte der Hirsch die Führung ihrer kleinen Truppe übernommen und lief voran, während sie ihm bergauf und bergab zwischen Heidekrautgewächsen und Gesteinsanrissen folgten. Hoch über ihnen zogen die Raubvögel ihre Kreise und stießen hin und wieder Schreie aus, und Glück flatterte dicht neben Matt. Matt wusste – auch wenn er niemandem außer Elena und Tima hätte erklären können, woher –, dass die Steinadler den Weg für sie auskundschafteten und dem Hirsch, dem Starenweibchen und den beiden Nachtflüsterern mitteilten, welche Bereiche sie meiden sollten.

Und das war auch gut so. Schon kurz nach ihrem Aufbruch wurden sie abrupt auf einen höher gelegenen, schwer zu erklimmenden Bergrücken geführt, wo eine harte Schneekruste den Boden bedeckte. Als sie über eine Steinplatte kletterten, wagte Matt einen Blick hinunter ins Tal und sah, dass der eigentliche Weg, der weiter unten entlangführte, weggebrochen war. Ein Felsspalt von mindestens zwei Metern Breite hatte sich dort aufgetan, und noch immer stieg roter Staub empor – es war also gerade erst passiert. Matt spürte ein weiteres Zittern unter sich in der Erde und beschleunigte sein Tempo. Doch dann ließen die Erschütterungen nach, und der Untergrund, über den sie anschließend liefen, wirkte stabil. Schließlich erreichten sie sogar einen Streifen Asphalt – er gehörte zu derselben Straße, auf der sie weiter hinten, auf dem Bergkamm, mit dem Wagen gestrandet waren. Die Fahrbahn hier sah glatt und unbeschädigt aus ... Matt konnte nur hoffen, dass sie sich nicht plötzlich vor ihnen auftun und sie verschlingen würde.

»Dieses Ding«, keuchte Elena, als sie ihrem vierbeinigen Reiseführer über die Straße und den Hang hinauf folgten. »Dieses Ding, das der Hirsch gesehen hat ... Es ist so eine Art Maschine, oder?«

Matt nickte. Auch er hatte die flüchtigen Bilder empfangen. Was auch immer der Hirsch gesehen hatte – sobald er stehen blieb, um auf sie zu warten, tat er sein Bestes, um ihnen ein Bild davon zu vermitteln. Es waren kleine telepathische Blitze, die vom Hirsch zu ihnen übersprangen, begleitet von einem Gefühl der Angst und des Entsetzens. Matt sah jetzt die Herde vor sich, wie sie panisch davonsprang. Eins der Tiere blieb nach seinem Todeskampf am Hügel liegen, eine kreisrunde Wunde, die seinen Körper in zwei Hälften teilte. Matt sah auch das Loch in der Felswand, unmittelbar hinter dem toten Hirsch, und er erhaschte einen Blick auf das, was sich dort drinnen drehte und dampfte. Er war sich nicht sicher, ob er diesem Ding, das den kreisrunden Tod brachte, überhaupt jemals begegnen wollte.

Da Matt sich ohnehin von allen Seiten bedroht fühlte, hätte er beinahe laut aufgeschrien, als hinter dem Berggipfel etwas Rotierendes aufstieg. Der Hubschrauber war aus dem Nichts gekommen – leuchtend weiß, mit roten Blinklichtern und einer Beschriftung an der Seite: News-TV.

»Der ist vom Fernsehen!«, brüllte Elena und schlug, während ihr die Haare um den Kopf herumwirbelten, die Hände vors Gesicht.

Matt duckte sich unter einem struppigen Überhang aus Disteln. Er fluchte, holte Glück von seiner Mütze herunter und hielt sie eng an die Brust gedrückt. Während Elena sich blitzschnell neben sie hockte, rannte der Hirsch davon. Ein Blick durch die abgestorbenen braunen Disteldornen verriet Matt, dass der Kameramann sie tatsächlich filmte. Der Helikopter war so nah an den Berg herangeflogen, dass das widerspenstige Gras und die Heide platt geweht wurden.

»Verschwindet! VERSCHWINDET!«, brüllte Elena. Sie drehte sich zu dem hinter ihr kauernden Matt um. »Wir dürfen nicht zulassen, dass sie uns FILMEN! Wir werden überall in den Nachrichten sein! Was, wenn dein Dad das sieht?«

»SEID IHR ZWEI OKAY?« Der Helikopter hatte einen starken Lautsprecher, der die Geräusche der Rotorblätter mühelos übertönte.

Matt streckte die Hand nach oben und gab ihnen das »Daumen hoch«-Zeichen.

»HIER OBEN IST ES ZU RISKANT!«, fuhr die Lautsprecherstimme fort, die offensichtlich zu einer Frau gehörte. »IHR MÜSST EUCH ZU HAUSE IN SICHERHEIT BRINGEN!«

Matt formte mit Daumen und Zeigefinger einen Kreis – er hoffte, sie würden sein Handzeichen sehen und daraus schließen, dass es ihm und Elena gut ging und sie auf dem Heimweg waren. Er hoffte, dass sie einfach wegflogen. Doch der Hubschrauber schwebte weiter in der Luft, und die Linse der Fernsehkamera glänzte in den Sonnenstrahlen des späten Vormittags. Zoomte die Kamera an ihre Gesichter heran? Waren sie schon gefilmt worden, bevor sie in Deckung gegangen waren? Matt spielte gerade mit dem Gedanken, die immer noch kreisenden Adler darum zu bitten, die Leute abzulenken, als es erneut in der Erde grollte und weiter unten im Tal noch mehr roter Staub aufstob. »HAST DU DAS?«, fragte die Frau am Lautsprecher, woraufhin der Hubschrauber sich in der Luft drehte und das Fernsehteam Richtung Tal propellerte, um etwas Aufregenderes zu filmen.

Der Hirsch schien aus Angst vor dem Helikopter das Weite gesucht zu haben – aber sie würden nicht mehr lange weiterlaufen oder noch einmal die Richtung wechseln müssen. Elena stolperte voran, sie wirkte völlig erschöpft, und Matt wusste, dass er auch nicht viel besser aussah. Wehmütig dachte er an den Tee und das Shortbread, das die arme Agnes ihnen angeboten hatte, kurz bevor ihr Haus in einem Krater versunken war. Hier oben, auf den gottverlassenen, bebenden Gebirgszügen, war es schwer zu glauben, dass er jemals wieder an einem Tisch sitzen und eine Tasse Tee trinken würde.

Endlich erreichten sie einen Fleck unterhalb des Gipfels – eine flache Mulde inmitten des Heidekrauts und der Felsen, windgeschützt durch eine hohe Felswand an einer Seite. Matt konnte sich gut vorstellen, dass hier vor Kurzem eine Hirschherde gestanden und zufrieden das struppige Gras zwischen den Schneefeldern abgerupft hatte.

Elena lief an der Felswand entlang und legte immer wieder ihre Hände auf Hüfthöhe dagegen. »Es ist hier gewesen. Genau hier.«

»Ich kann es auch spüren«, sagte Matt.

»Ich kann es auch spüren«, echote Glück auf seiner Schulter.

»Aber wo ist der Eingang?«, fragte Elena und tastete sich weiter forschend an der steinernen Wand entlang. »Da ist nichts.«

Auch Matt legte die Hände auf das Gestein. Elena hatte recht. Es gab keinen Eingang. Er brüllte, zornig und frustriert, und sackte mit dem Rücken zur Felswand zusammen. Waren sie *dafür* wirklich den ganzen Weg von England hier heraufgekommen? Für *nichts*? Sie hätten Tima retten sollen, hatten aber keine Ahnung, wo sie war. Die ganze Anstrengung war umsonst gewesen. Er hatte einen Wagen gestohlen und ihn auf einer zerstörten Landstraße im Nirgendwo stehen lassen. Er hatte Elena mit hineingezogen und sie in unvorstellbare Gefahr gebracht. Jeden Moment könnte ein neues Erdbeben den Boden unter ihren Füßen aufreißen. Selbst wenn es ihnen irgendwie gelingen sollte, all dem zu entkommen, wären er und Elena heute Abend höchstwahrscheinlich in den Nachrichten zu sehen, in Nahaufnahme. Und unabhängig davon, ob es nun tatsächlich dazu kommen sollte oder nicht – sein Dad würde ihn garantiert ins Koma prügeln, wenn er ohne den Land Rover nach Hause kam.

Matt hob den Kopf und stieß eine Reihe von Flüchen aus, die in einem frustrierten Wutschrei gipfelten.

Einen Moment lang starrte Elena ihn schweigend an.

»Ja«, sagte sie schließlich. »Seh ich genauso.«

32

Jamie folgte dem Lichtkegel von Timas Taschenlampe. Sie liefen durch den Tunnel, durch den sie in den Berg hineingekommen waren. Zumindest hoffte Jamie, dass es derselbe Tunnel war. Er hoffte auch, dass am Ende des Tunnels kein Stollenwurm auf sie wartete, um Jagd auf sie zu machen. Entlang der Tunnelwand fanden sich immer wieder Durchgänge, die ihm beim ersten Mal nicht aufgefallen waren. Eine Weile hatte es nun schon keine Erschütterungen mehr gegeben, aber er war sich sicher, ein Pfeifen und Dröhnen zu hören, als sie an zwei der Öffnungen vorbeiliefen.

»Sind wir im richtigen Tunnel?«, keuchte er atemlos, dicht hinter Tima.

»Ja, bin mir sicher!«, kam es schnaufend zurück. »Hier: mein Handschuh.« Sie wedelte mit dem Handschuh, den sie im Vorbeilaufen hinter dem Felsen herausgezogen hatte.

»Aber sollten wir nicht langsam mal Licht sehen können? Tageslicht? Durch das Loch, durch das wir reingekommen sind?«

Tima wurde langsamer und sah nicht mehr ganz so selbstsicher aus. »Vielleicht … Glaub schon …«

Ein Pfeifen ließ beide zu Eis erstarren. Plötzlich tauchte ein Lichtstrahl auf, der wenige Meter hinter ihnen schräg in den Tunnel fiel. Ein Stollenwurm näherte sich. Erschrocken sahen sie sich an, dann rannten sie mit Hochdruck weiter. Das Dampfen und Pfeifen hinter ihnen schwoll an, und es wurde immer heller. Als Jamie über die Schulter zurückblickte, sah er jedoch, dass der aus einem der Durchgänge kommende Wurm in entgegengesetzte Richtung, zur Höhle hin, abbog. Beim Anblick des gekrümmten blassrosa Wurmendes, das sich jetzt immer weiter von ihnen entfernte, seufzte er erleichtert auf.

»Warte mal«, sagte Tima. »Was ist denn das da an der Rückseite?«

Jamie spähte nach vorne in den Lichtkegel, den Tima mit der Taschenlampe auf den kleiner werdenden Wurmschwanz warf. Am hinteren Ende des Wesens befand sich etwas glänzend Metallisches. Und etwa einen Meter darüber war ein … Querbalken angebracht, ebenfalls aus Metall. War das etwa eine Stange zum *Festhalten*?

»Sieht aus wie ein Führerstand«, murmelte Jamie. »Wie diese Platten, die früher hinten an den Dampflokomotiven oder Bussen hingen.«

»Ja, danach sieht es aus«, stimmte Tima zu. »Das würde ja bedeuten, dass man sich draufstellen und mitfahren kann.«

»Weshalb sollte man so etwas wollen?«

Tima zuckte mit den Schultern. »Spielt keine Rolle. Wir müssen zusehen, dass wir hier rauskommen. Und Hilfe holen.«

Sie drehten sich um und setzten ihren Weg durch den Stollen fort, wobei sie in jedem Seitendurchgang nach leuchtenden Wurmaugen Ausschau hielten und aufmerksam lauschten, ob nicht irgendwo ein warnendes Pfeifen oder Dampfen zu hören war.

»Jetzt sollten wir aber wirklich langsam Tageslicht sehen«, sagte Jamie. »Nie im Leben sind wir heute Nacht so weit heruntergelaufen. Wo ist bloß das Einstiegsloch? Bestimmt sind wir im falschen Tunnel.«

Tima ging auf die Knie. »Nein. Das ist der Tunnel. Wir sind eindeutig hier gewesen.« Sie hielt ein Stück Papier in die Höhe, ein Bonbonpapier. »Das hat in meiner Hosentasche gesteckt«, sagte sie.

Als sie das trichterförmige Ende des Stollens erreichten, war dort nichts als Gestein.

»Das ergibt keinen Sinn!«, jammerte Jamie. »Wir sind doch von hier gekommen, da kann doch kein Felsen sein.«

»Vielleicht ist es kein richtiger Felsen«, sagte Tima. »Denk mal an die Falltürspinne. Vielleicht sieht es nur nach massivem Gestein aus.«

Elena hätte am liebsten losgeheult, aber sie hatte keine Kraft mehr dazu. »Und jetzt?«, murmelte sie. »Was machen wir jetzt?«

»So viel zum Ruf der Wildnis«, raunte Matt, den Rücken an der Felswand und das Kinn auf der Brust. Sogar die Steinadler hatten sie verlassen.

»Also … Tima muss hier irgendwo sein, das wissen wir«, sagte Elena, sichtlich darum bemüht, nicht durchzudrehen. Nie zuvor in ihrem Leben hatte sie über einen so langen Zeitraum hinweg Angst haben müssen, nie zuvor war sie so lange ohne richtigen Schlaf ausgekommen. »Wir müssen nur –«

In diesem Augenblick bestieg der Hirsch den Bergkamm und kam zu ihnen hinuntergelaufen.

»Er ist zurück!«, rief Elena strahlend. Doch der Hirsch beachtete sie nicht. Er ging auf Matt zu und starrte ihn an.

»Bin ich … dir im Weg?«, fragte Matt.

Das Tier schnaubte und schlug mit dem Huf auf den Boden. Matt stand auf und trat zur Seite.

Im nächsten Moment rammte der Hirsch sein Geweih in den Felsen.

Mit offenen Mündern sahen Matt und Elena das Granitgestein bersten.

Einige Sekunden später schob sich ein dunkler Haarschopf durch das Loch. »Na, *ihr* habt euch ja Zeit gelassen.«

33

»Wie sieht's aus – ist einer von euch gut im Weitsprung?« Matt starrte in die tiefe Erdebenspalte, die sich auf halbem Weg den Berg hinunter vor ihnen auftat. Sie war mindestens drei Meter breit und vier bis fünf Meter tief.

»Ich frage mich, was mit Hamish passiert ist«, sagte Tima und schluckte. »Er muss doch schon vor Stunden aufgebrochen sein, um Hilfe zu holen … Vielleicht ist *das* hier der Grund, weshalb er nicht wiedergekommen ist.«

»Keine Sorge, er liegt nicht dort unten«, versicherte Elena ihr mit einem Blick über den Rand. Tima entspannte sich sofort. Sie wusste, dass Elena diese Information von unzähligen pelzigen Lebewesen aus dem Umkreis erhalten hatte.

»Wir müssen einen anderen Weg nach unten finden«, sagte Matt. »Aber zuallererst müssen wir etwas essen. Tima – dein Freund sieht aus, als ob er jeden Augenblick umkippt.«

»Er ist tougher, als ihr denkt«, erwiderte sie.

Sie setzten sich in den Schutz eines überhängenden Felsens, wo Elena und Matt ihre Rucksäcke abzogen und Essen und Wasserflaschen verteilten.

»Es gibt also über 90 außerirdische Stollenwürmer, die sich langsam durch die Berge unter uns bohren«, fasste Elena die Lage zusammen und schüttelte ungläubig den Kopf. »Was sollen wir dagegen unternehmen?«

»Müssen wir denn überhaupt etwas dagegen unternehmen?«, warf Matt unerwartet ein. Er hatte sich die Wollmütze tief ins Gesicht gezogen und hielt den Kopf gesenkt, für den Fall, dass ein weiterer TV-Hubschrauber über sie hinwegflog. Tatsächlich hatten sie in der Ferne einen schwarzen Fleck am Himmel entdeckt. »Ich meine, das Ganze ist doch kein Geheimnis, oder? Die Rettungsteams sind ja schon hier!«

»Aber sie wissen nicht, was die Erdbeben verursacht«, entgegnete Tima. »Sie haben noch nicht von den Stollenwürmern erfahren.«

»Erzähl uns noch mal von ihnen«, bat Elena. »Beschreib sie uns.«

»Sie sind etwa so groß wie ein Kleinbus«, erklärte Tima, »und halb Tier, halb Maschine. Ihre Haut ist gräulichpink, und ihr Körper ist in Segmente unterteilt, wie bei einer Raupe. Sie sind in eine Art Käfig gesetzt worden, vielleicht wurden sie sogar darin gezüchtet. Ihr ganzer Körper ist von Metallringen umgeben. Sie haben furchterregende Gesichter – nichts als kreisende Zähne unter einer großen weißen Lampe. Ich vermute, die Lampe ist ihr Auge.«

»Klingt nach einem echten Albtraum«, sagte Elena.

»Erzähl ihnen von dem Führerstand«, verlangte Jamie, der gerade ein Tankstellen-Sandwich gegessen hatte und genüsslich die Augen verdrehte. In den letzten Stunden hatten sie kaum etwas zu sich genommen.

»Sag *du*'s ihnen«, schlug Tima vor.

»Sie werden mich nicht verstehen«, sagte Jamie seufzend. »Du bist eine Ausnahme. Für jeden anderen klingt es, als hätte ich beim Sprechen eine Kartoffel im Mund.«

Elena lachte. »Ich würde sagen, es klingt eher so, als hättest du den Mund voll Käsesandwich.«

Jamie blinzelte überrascht. »Heißt das … sie ist auch eine von den Nachtwisperern?«, fragte er, an Tima gewandt.

»Nacht*flüsterern*«, berichtigte Elena ihn. »Ja, wir alle drei sind Nachtflüsterer – auch Matt.« Matt nickte und strich Glück, die auf seiner Faust saß, über die Federn. »Wir verstehen jede Sprache auf der Erde«, fuhr Elena fort. »Und auch ein paar von außerhalb … Aber am besten sprechen wir die Sprache der Tierwelt.« Lächelnd schaute sie zu dem Hirsch hinüber, der in der Nähe graste. »Tima steht auf Insekten und Spinnentiere, Matt kommuniziert am liebsten mit Vögeln und ich – ich bin für die Säugetiere zuständig. Aber im Grunde können wir *alle* mit *allen* Tieren reden.«

Jamie rieb sich über das Gesicht. »Mein Gehirn schnappt gleich über.«

»Tja«, sagte Matt, »willkommen im Klub.«

»Du hast eben von einem Führerstand gesprochen. Was hast du damit gemeint?«, wollte Elena von Jamie wissen.

»Na ja, am Schwanzende der Stollenwürmer ist eine Metallplatte befestigt, so eine Art Trittbrett – mit Haltestange«, erklärte Jamie. »Wer auch immer diese Wesen gemacht hat, scheint sie so konstruiert zu haben, dass man mit ihnen mitfahren kann.«

»Was für ein Ritt!«, sagte Matt. »Die Höhlenforscher werden einen Riesenspaß haben, wenn sie da runtersteigen und es entdecken.«

»Ich weiß wirklich nicht, warum du unbedingt aufgeben und alles in die Hände der Behörden und der Öffentlichkeit legen willst«, fauchte Tima. Sie war müde und ausgelaugt. »Die werden komplett durchdrehen und versuchen, die Stollenwürmer zu töten. Und da unten bohren sich gerade ungefähr 90 davon durchs Gestein. Wie lange wird es dauern, bis das ganze Gebirge in sich zusammenfällt? Und wie viele Menschen, die zwischenzeitlich da runtergestiegen sind, werden wohl dabei ums Leben kommen? Wenn sich die Alien-Würmer schon durch Kühe und Hirsche gefräst haben, werden sie auch vor Menschen nicht haltmachen. Und selbst wenn es den Behörden gelingen sollte, sie zu fangen und aufzuhalten – wie sollen sie all die instabilen Stollen sichern?«

»Glaubt ihr, dass eure Weltraumpiraten zurückkommen, nachdem sie ihr Raumschiff aus dem Meteorsturm gerettet haben?«, fragte Elena. »Vielleicht kommen sie durch den Korridor zurück. Vielleicht holen sie die Stollenwürmer ab.«

»Vielleicht«, sagte Tima. »Aber vielleicht auch nicht. Sie wirkten nicht gerade gut organisiert. Und selbst wenn, kann dieser Gebirgszug bis dahin längst in sich zusammengestürzt sein – möglicherweise das gesamte Schottische Hochland, wenn diese Würmer sich erst einmal vermehren. Die ganze Region könnte zu einer riesigen Erdbebenzone werden.«

In diesem Moment grollte es erneut in der Erde, ganz so, als sollte Timas Untergangsszenario für die Highlands mit Geräuschen untermalt werden.

»Was also sollen wir tun?«, fragte Matt. »*Ich* nämlich hab keinen blassen Schimmer, wie wir in diesem Fall helfen könnten. Wir sind keine Superhelden. Wir können nicht mit diesen Dingern kämpfen. Und …« Er duckte sich tiefer, weil wieder ein Hubschrauber ganz in der Nähe über das Tal flog. »Eigentlich dürften wir gar nicht hier sein.«

»Er hat sich für die Fahrt hierher einen Wagen von KOWSKIS GLANZAUTOS genommen«, erklärte Elena.

Tima zuckte erschrocken zusammen. O nein. Matt würde sich auf etwas gefasst machen können, wenn er nach Hause kam.

Matt zerknüllte seine leere Sandwichtüte. »Was auch immer du vorhast, Tima, wir können ohnehin nicht viel machen. Nicht, solange wir hier oben am Berg festsitzen. Vielleicht *gibt* es keinen anderen Weg nach unten.«

»Wir können jederzeit die Hubschrauber auf uns aufmerksam machen«, schlug Jamie vor. »Uns retten lassen.«

»Nein!«, riefen Matt und Elena wie aus einem Mund.

»Wir dürften gar nicht hier sein«, wiederholte Elena.

»Andererseits ...«, warf Tima ein, »wird Matt so oder so Probleme bekommen, *egal*, wo man ihn entdeckt.«

»Ich weiß«, erwiderte Elena. »Aber wir müssten uns sooo viel aus dem Ärmel leiern. Wir können der Polizei ja schlecht erzählen, dass Steinadler und Eichhörnchen uns gedrängt haben, schnellstmöglich herzukommen.«

»Ja, stimmt auch wieder«, gab Tima zu.

»Dann kommt ihr wohl besser alle mit zu mir«, sagte Jamie lächelnd. Er war aufgestanden und begann zu winken.

Auch Tima, die neben Jamie stand, hatte jetzt den alten, lädierten Jeep entdeckt, der auf der anderen Seite der neu entstandenen Felsspalte die Straße herauffuhr. Das Auto blieb stehen und ein Mann stieg aus, gefolgt von einem Hund. Der Mann lief nach hinten, öffnete die Heckklappe und holte etwas heraus ... Eine ausziehbare Leiter!

»Hamish hat sich Zeit gelassen«, sagte Jamie. »Aber er hat uns nicht vergessen. Kommt.«

Und so liefen sie das letzte Stückchen Hang hinab und bahnten sich vorsichtig ihren Weg über loses Gestein, Kiesel und vereiste Schneeflächen. Jamies Onkel, in warmem Wintermantel und Wollmütze, legte die Leiter auf den Boden, zog sie aus und schob sie über den Spalt. Ein paar Sprossen reichten auf beiden Seiten über den Rand hinaus. Er schob die Leiter vor und zurück und probierte solange herum, bis sie eine stabile Ruheposition gefunden hatte. Hamish, der dicht an seiner Seite war, winselte ängstlich und kauerte sich auf die Erde. Er hatte die Ohren gespitzt und blickte panisch umher. Tima sandte ihm beim Näherkommen eine Botschaft: »Es geht uns gut. Uns allen wird es gut gehen.« Als Antwort blickte der Border Collie nur stumm in ihre Richtung und ließ den Schwanz einmal auf den Boden klopfen. Er war nicht überzeugt. Und Tima, das musste sie sich eingestehen, war es genauso wenig.

»Ihr müsst die Leiter an eurem Ende stabilisieren«, rief Onkel Fraser ihnen zu. »Sie sollte euch tragen können. Kriecht trotzdem langsam darüber, auf dem Bauch – und achtet darauf, dass ihr euer Körpergewicht gleichmäßig verteilt.«

Matt drückte das Leiterende zu Boden und gab Tima ein Zeichen, dass sie beginnen sollte. Die schüttelte den Kopf. »Nein«, sagte sie. »Du musst zuerst rüber, anschließend Elena und danach Jamie. Ich bin so klein und leicht, dass sich die Leiter beim Drüberklettern nicht groß verschieben wird. Du bist schwerer, Matt – wir drei anderen müssen das Ende auf dieser Seite fixieren, damit es nicht zur Seite ruckelt.«

Matt wollte gerade den Mund öffnen, um zu protestieren, als der Mann auf der anderen Seite rief: »Sie hat recht. Bei ihr wird es ausreichen, wenn die Leiter nur an einem Ende festgehalten wird – bei dir sollten wir beide Enden fixieren. Du musst zuerst rüberkriechen, Junge!«

Matt zuckte mit den Schultern, dann ging er in die Knie und streckte die Arme aus. Sobald er auf die Leiter geklettert war, drückten Elena, Tima und Jamie die überstehenden Metallsprossen Richtung Boden. Tima bemühte sich, nicht in die Erdbebenspalte zu schauen. Sie war finster, und Tima hatte keine Ahnung, wie tief es dort hinabging – endete der Riss in einem Wurmtunnel?

Während Matt über die Spalte kroch, wackelte die Leiter und hob immer wieder bedrohlich vom Boden ab. Als sie tatsächlich zu kippen und Matt in der darunter klaffenden Dunkelheit zu verschwinden drohte, pressten die anderen die Enden ächzend und mit aller Kraft nach unten. Matt bewegte sich geschickt weiter, indem er sein Gewicht fortwährend verlagerte. Als er auf der gegenüberliegenden Seite wieder von der Leiter kletterte, brummte er Jamies Onkel ein schroffes »Danke« zu. Dann drehte er sich um und half ihm, die Leiter für Elena festzuhalten.

»Mir passt das gar nicht, euch hier zurückzulassen«, murmelte Elena. »Ich sollte als Letzte gehen.«

»Klappe halten und auf die Leiter klettern!«, befahl Tima. »Sofort!«

Elena grinste ihre Freundin an. »Ist ja gut, Nesthäkchen. Reg dich wieder ab!« Dann holte sie tief Luft und folgte Matt. Sie gelangte schneller und mit weit weniger Gewackel auf die andere Seite – und das, obwohl am hinteren Ende jetzt nur noch Tima und Jamie die Leiter zu Boden drückten.

Auch Jamie wand sich erst einmal, als er an der Reihe war. »Ich denke, *ich* sollte als Letzter gehen.«

»Jetzt halt mal die Luft an, Schleifpapier-Junge!«, sagte Tima. »Stell dir vor, du kriegst auf halbem Weg einen deiner Krampfanfälle, und die Leiter wird nur an einem Ende festgehalten ... Also los, geh schon!«

Jamie schüttelte den Kopf. »Das ist Diskriminierung«, murmelte er, tat aber, was sie gesagt hatte. Er brauchte länger als die anderen beiden, und selbst Tima, auf der anderen Seite der Felsspalte, konnte deutlich die Anspannung im Gesicht seines Onkels ausmachen. Als Jamie durch die Leitersprossen nach unten blickte, erstarrte er und blieb einige Sekunden lang mit zusammengekniffenen Augen wie festgefroren an derselben Stelle.

»Du schaffst das«, sagte sein Onkel. Jamie öffnete die Augen. Er sah stur geradeaus und kroch weiter. 30 Sekunden später war er auf der anderen Seite angekommen.

Tima stand auf. An ein und demselben Ende der Leiter standen nun vier Leute zur Stabilisierung bereit. Glück flog zwischen ihr und Matt hin und her, als wollte das Starenweibchen ihr zeigen, wie *einfach* es war. Tima wusste, dass alle ihr Bestes geben würden, aber jetzt, da die Leiter nur noch auf einer Seite am Boden gehalten wurde, konnte sie sich beim Draufklettern verschieben. Sie ging auf alle viere und griff nach der ersten Sprosse, die über der Felsspalte lag. Dann atmete sie tief durch und kletterte auf die Leiter. Die schmalen Metallkanten gruben sich in ihre Hände und Knie. Als sie kurz darauf spürte, dass die Leiter kippelte, stockte ihr der Atem.

»Warte! Warte kurz!«, rief Jamies Onkel.

Im nächsten Moment war er auch schon selbst auf die Leiter geklettert und schob sich die ersten drei, vier Sprossen nach vorne, um sie zu beschweren. Es schien zu helfen, Tima kroch weiter. Sie versuchte, nicht nach unten zu sehen, was ihr aber nicht gelang. Obwohl das Nachmittagslicht bereits schwächer wurde, erkannte sie doch, dass sie über einem mindestens zwei Stockwerke tiefen Abgrund in der Luft hing. Vielleicht war er sogar noch tiefer. Die Erdspalte war v-förmig und voller Steine, einige Felsbrocken fielen hinunter, andere standen spitz hervor wie kaputte Zähne. Beim Vorankriechen hörte sie immer mehr Steine in die Tiefe fallen, und unten knirschte, rutschte und klackte es unablässig.

Schau nicht nach unten, befahl sie sich. *Weiter! Noch ein paar Sekunden – dann kannst du dich ins warme Auto setzen.* Als sie weiterkroch, meldete sich plötzlich eine andere innere Stimme: *Und was, wenn die Erde GERADE JETZT zittert? Was dann?* Fast schien es so, als hätte sie damit den Erdbebengott herausgefordert, denn in diesem Augenblick sah sie aus den Augenwinkeln eine kleine Dampfwolke vom Grund der Spalte aufsteigen, und alles begann zu beben. Tima schrie und hielt sich an der nächsten Sprosse fest. Im selben Augenblick schoss das rosametallische Glänzen eines Stollenwurms tief unter ihr vorbei. Sie konnte sogar das vertraute, furchterregende Rumpeln hören. Die Aluminiumleiter vibrierte durch die Bewegung dort unten im Berg, und einige Steine von den oberen Felsvorsprüngen stürzten in den tiefen Spalt.

Als die Leiter hinter ihr zur Seite schwenkte und kippte, hörte sie, wie die anderen ihr warnend zuriefen. Sie schlang Arme und Beine um die Sprossen und klammerte sich wie ein Affe daran fest, während ihre Freunde und Jamies Onkel verzweifelt damit kämpften, das andere Ende der Leiter am Boden zu halten. Aber es half alles nichts. Die Leiter rutschte nach unten. Und Tima rutschte mit ihr.

34

Jamie erzählte den Leuten immer, er könne sich nicht an den Unfall erinnern, bei dem seine Eltern ums Leben gekommen waren und von dem er selbst bleibende Schäden davongetragen hatte. Schließlich war er damals erst drei Jahre alt gewesen.

Doch so ganz entsprach das nicht der Wahrheit. Er glaubte sehr wohl, sich an etwas erinnern zu können, nur war es ihm beinahe unmöglich, es zu beschreiben. Da war eine Farbe ... ein dunkles Rot. Und weiße Spiralen. Das Gefühl, zu fallen ... Das Gefühl, dass die Welt wie ein wilder Fluss vorbeischoss und einen für immer zurückließ. Ein furchtbares Gefühl von Verlassensein.

Genauer konnte er es nie beschreiben, und selbst dieses vage Bild war noch weit von seiner eigentlichen Erinnerung entfernt. Jamie wusste, dass es ihm niemals möglich sein würde, es wahrhaftig in Worte zu fassen ... deshalb hatte er es auch nie versucht.

Er hätte nie gedacht, dass ihm dieses unaussprechliche Gefühl noch einmal begegnen würde. Und doch spürte er es jetzt. Als ihnen die Leiter unter Armen, Oberkörpern und Knien wegglitt, Onkel Fraser hilflos in der Luft herumruderte, kopfüber mit den Metallsprossen nach unten rutschte und sich gerade noch festhalten konnte, während Tima zur Seite kippte, bis sie an der Unterseite der Leiter hing, ihr die Mütze vom Kopf fiel und in der schroffen, steinernen Finsternis verschwand – da war das schreckliche Gefühl des Verlassenseins zurück.

Er durfte Tima nicht verlieren. Das *durfte* er nicht. Er würde es nicht ertragen. Das nach unten gerichtete Ende der Leiter blieb an einem Felsplateau hängen, wodurch Tima heftig durchgerüttelt wurde. Ihre Knie, die sie um eine der Sprossen geschlungen hatte, gaben nach, sodass sie sich jetzt nur noch an den Ellbogen und mit geballten Fäusten festhielt. Als Jamie sah, dass die Finsternis unter ihr sich plötzlich *bewegte*, drang eine Art Schreckensjodler aus seiner Kehle. Die Finsternis sah aus wie eine *Wolke* – eine schwarze Wolke … die aufstieg. Sie erinnerte an dichten Rauch, aber sie bewegte sich nicht wie Rauch … sondern *zielgerichtet*. Die Finsternis umschlang die Leiter und schien sich direkt unter dem zappelnden Mädchen zu sammeln und dort zu schweben. Vollkommen verblüfft sah Jamie dem Treiben zu. Fledermäuse. Es waren Fledermäuse. Tausende schwarzer, schimmernder Fledermäuse.

Tima hörte auf zu zappeln. Ihre Beine, die inmitten der Finsternis steckten, schienen sich zu heben und wieder mit den Leitersprossen zu verbinden. Im nächsten Augenblick war sie schon wieder *auf* der Leiter, nicht darunter. Und dann kletterte sie hinauf. Rasend schnell. Wie ein Affe erklomm sie die Sprossen, und während sich die schwarze Wolke um sie her aufzulösen begann und sich gen Himmel erhob, rief Elena lauthals »Danke, ich *danke* euch, vielen Dank!«

Onkel Fraser packte Tima, sobald sie in Reichweite war. Sofort lehnten sich alle zurück, um die Leiter zu beschweren, und streckten zugleich die Hände aus, weil sie Tima helfen wollten, über seine Schulter zu steigen und von dort aus die Füße auf festen Boden zu stellen. Als das geschehen war, wand Onkel Fraser sich ächzend aus seiner Kopfüber-Haltung, und mit Unterstützung gelang es schließlich auch ihm, nach oben zu klettern.

Als sie die Leiter losließen, stürzten die überbeanspruchten Aluminiumverstrebungen quietschend hinunter in die Felsspalte. Einige Sekunden lang blieben alle keuchend auf dem kalten Untergrund sitzen. Das Rumpeln hatte aufgehört, und eine unheimliche Stille legte sich über den Ort.

»Waren das … Waren das … etwa *Fledermäuse?*«, stammelte Onkel Fraser.

»Sie müssen irgendwo da unten in einer Höhle gehaust haben«, keuchte Elena.

Onkel Fraser sah sie ungläubig an. »Das hat so ausgesehen, als ob sie –«

»Können wir jetzt einsteigen?«, fiel Matt ihm ins Wort. »Uns ist wirklich kalt.«

»Einsteigen«, wiederholte Glück und flog Matt auf den Kopf. »Wirklich.«

Onkel Fraser starrte den Vogel an. Dann schaute er in den Himmel und sagte:

»Ich hab das Gefühl, die ganze Welt steht gerade Kopf.«

35

»Das erste Beben ereignete sich am späten Vormittag, gegen 11:30 Uhr. Im Laufe des Tages kam es wiederholt zu örtlich begrenzten Erschütterungen, von denen einige eine Stärke von 5,6 auf der Richterskala erreichten.« Obwohl die Nachrichtensprecherin die Meldungen professionell und mit ausdrucksloser Miene vortrug, merkte man ihrer Stimme doch einen Hauch von Fassungslosigkeit an. »Einige der stärkeren Beben könnten auch dafür verantwortlich sein, dass vor Ort drei Sendemasten umgestürzt sind. Ein Sendemast blockiert seit mehreren Stunden die A 84 nördlich von Stirling. Zum jetzigen Zeitpunkt ist noch nicht bekannt, ob es bei dieser für Schottland beispiellosen Naturkatastrophe auch Tote gegeben hat.«

»Das Fernsehen funktioniert. Die müssen einiges repariert haben«, sagte Onkel Fraser. »Aber mit dem Handy kann man immer noch nicht telefonieren.«

Jetzt folgten Bilder von Hubschraubern, die sich im Schwebeflug über Bergen hielten. Die Nachrichtensprecherin fuhr fort: »Einige abgelegene Dörfer sind durch aufgerissene Landstraßen von der Außenwelt abgeschnitten. Die Rettungsdienste vermelden verletzte Personen – darunter auch einige Schwerverletzte – sowie eine Reihe von Vermissten. Die Menschen in der betroffenen Region werden dazu angehalten, nicht nach draußen zu gehen und sich im Falle eines weiteren Bebens in Türrahmen zu stellen oder unter Tische zu begeben.«

Elena blickte sich im Raum um. Alle hatten sich in warme Decken mit Schottenkaromuster eingemummelt, tranken heiße Suppe aus Bechern und tunkten dick mit Butter bestrichene Brotstücke hinein, die Jamies Grandpa Gregory verteilt hatte. Und alle sahen merkwürdig erschüttert aus ... Ganz so, als seien sie gar nicht *selbst* dort draußen gewesen und hätten die Erdbeben am eigenen Leib erfahren. Das Geschehen im Fernsehen zu verfolgen, war eben einfach noch schockierender, da ihnen erst jetzt das Ausmaß und die Reichweite der Katastrophe bewusst wurde. Elena legte Tima, die neben ihr auf dem Sofa saß, den Arm um die Schulter. »Geht's dir gut?«, hakte sie nach. Eine Frage, die sie dem jüngeren Mädchen in den letzten zwei Stunden ungefähr alle zehn Minuten gestellt hatte.

Tima schubste sie sanft. »Mir geht's noch genauso gut wie beim letzten Mal, als du gefragt hast.«

»Ich kann immer noch nicht glauben, was passiert ist«, murmelte Elena.

»Wir sollten dich Fledermaus-Girl nennen«, sagte Tima grinsend und biss von dem Brot ab, das sie in die Suppe getunkt hatte. »Was für eine dramatische Rettung! Eine ganze Fledermauskolonie ist angetanzt!«

»Sie waren unglaublich. Ich war mir nicht sicher, ob sie uns überhaupt helfen können, aber sie haben dich einfach ... hochgehoben«, fuhr Elena mit gedämpfter Stimme fort. Jamies Onkel hatte vielleicht dasselbe beobachtet wie sie – dennoch hielt sie es für das Beste, ihn glauben zu lassen, dass Tima sich irgendwie selbst hatte retten können.

»Ja, stimmt«, sagte Tima. »Meine schweren Menschenbeine – getragen von Fledermäusen! Ich schätze, das waren ein paar Tausend, die zusammengearbeitet haben. Wow.« Sie seufzte. »Ein Glück, dass gerade keiner von den Fernsehleuten über uns weggeflogen ist. Stell dir mal vor, Mum und Dad hätten das in den Abendnachrichten gesehen. Die Armen!« Tima hatte ihre Eltern angerufen, sobald sie in das warme, gemütlich eingerichtete Bauernhaus gekommen waren, in dem Jamie mit seinem Onkel und seinem Großvater lebte. Erleichtert hatte sie festgestellt, dass der Festnetzanschluss trotz allem noch funktionierte. Mum und Dad waren überglücklich gewesen, als sie die Stimme ihrer Tochter gehört und erfahren hatten, dass sie wohlauf und in Jamies Cottage war. Sie schienen Timas Erklärung zu schlucken, dass sie einen frühmorgendlichen Spaziergang mit Jamie und Hamish gemacht hatte und von einem der Erdbeben überrascht worden war.

Auch Elena hatte ihre Mutter angerufen – und war im Prinzip ehrlich gewesen.

»Mum? Ich bin's.«

»Elena! Geht's dir gut?« Beruhigt stellte sie fest, dass ihre Mutter zwar besorgt, aber nicht völlig aufgelöst klang.

»Ja … Mir geht's gut. Ich kann nicht lange reden, weil es nicht mein Telefon ist. Wir sind in Schottland.«

»In Schottland? Ausgerechnet Schottland! Hast du Nachrichten gehört?«

»Ja … Ja, *habe* ich. Ist ganz schön verrückt! Aber wir sind in Sicherheit. Wir essen gerade Suppe, um genau zu sein.«

Natürlich hatte Mum sofort weitere Fragen gestellt, doch Elena hatte den Anruf abrupt beendet. »Hör mal, Mum – sobald wir zu Hause sind, werde ich dir alles erklären, versprochen.«

»Und wann bist du zu Hause? Was soll ich denen in der Schule sagen?«

»Ich denke, wir sind morgen wieder da«, erwiderte Elena. »Und offiziell bin ich immer noch erkältet. Bis ganz bald, Mum. Hab dich lieb.«

Jetzt, nachdem sie ihre Suppe gegessen hatten, sah Elena zu Matt. »Willst du deine Mum auch anrufen?«, fragte sie leise. Matt schüttelte den Kopf.

»Sie ist bestimmt schon ganz krank vor Sorge.«

»Ja, aber wenn mein Dad drangeht …«

»Dann legst du einfach wieder auf. Du kannst ja die Rufnummer unterdrücken, bevor du wählst.«

Am Ende stand Matt auf und bat Fraser und Gregory höflich darum, das Festnetztelefon benutzen zu dürfen. Dann ging er zum Apparat an der gegenüberliegenden Wand und wählte. Elena sah, wie sich auf seinem versteinerten Gesicht Erleichterung breitmachte – er musste den Anrufbeantworter erwischt haben. Weil Elena die Ohren spitzte, hörte sie Matt sagen: »Ich bin's. Mir geht's gut. Keine Sorge – bin bald zurück.« Als er den Hörer aufgelegt hatte, starrte er ein paar Sekunden lang auf das Telefon und schloss dann die Augen. Elena stand auf und ging zu ihm. »Matt, was soll mit dem Auto geschehen? Die Straße ist doch kaputt – wie sollen wir es bloß zurück nach Thornleigh bringen?«

»Vergesst es. Niemand wird irgendwas irgendwohin bringen.«

Elena sah auf. Jamies Onkel hatte sich an den alten Eichentisch gesetzt, der am Übergang von der offenen Küche zum Wohnbereich stand. »Nicht, solange es noch zu Nachbeben kommen kann. Wenn alles vorbei ist, können wir vielleicht mal raus und nach eurem Wagen sehen. Und herausfinden, ob er in irgendeiner Richtung von dort oben wegbewegt werden kann. Es ist doch ein Geländewagen, oder?«

»Ein Land Rover«, bestätigte Matt.

»Gut. Ich kenne in dieser Gegend sämtliche Routen, die mit Geländewagen befahrbar sind. Mit etwas Glück kann ich ihn zu einer noch intakten Straße manövrieren. Aber fürs Erste sollten wir es alle etwas ruhiger angehen. Ihr könnt hier schlafen. Für dich, Matt, stellen wir ein Feldbett auf. Jamie legt sich aufs Sofa, und ihr Mädchen könnt euch Jamies Koje teilen.«

»Danke«, sagte Matt. Als er zu ihr und Tima hinübersah, war Elena sich sicher, dass sie alle drei dasselbe dachten.

Das hier ist noch nicht vorbei. Für uns gibt es noch mehr zu tun. Wir brauchen einen Plan.

36

Jamie wurde von einem Flüstern geweckt. Schnell richtete er sich auf und sah, dass Elena, Tima und Matt schuldbewusst zu ihm herüberschauten. Sie hatten ihre Mäntel und Mützen angezogen und schienen nach draußen zu wollen. Und ihrem Gesichtsausdruck nach zu urteilen, hatten sie nicht vorgehabt, ihn mitzunehmen. Jamie sah auf die Uhr. Er war fast 23 Uhr. Gegen 21:30 Uhr waren alle erschöpft schlafen gegangen – doch ganz offensichtlich hatten diese drei sich vorgenommen, wieder aufzustehen und das Haus zu verlassen, während er, Grandpa und Onkel Fraser friedlich schlummerten.

»Wo geht ihr hin?«, zischte er. »Ohne mich?!« Er fühlte sich hintergangen.

Tima kam zu ihm und setzte sich ans Ende des Sofas. »Jamie … Tut mir leid. Wir wollten dich nicht außen vor lassen, aber … Wir müssen etwas wegen der Stollenwürmer unternehmen. Und –«

»– den Torkler könnt ihr dabei nicht gebrauchen, was?«, fauchte Jamie, so gut er eben fauchen konnte, ohne Onkel Fraser und Grandpa aufzuwecken. »Der hält euch ja nur auf. Steht euch im Weg.«

Alle schauten betreten drein. »Wir sind einfach zu sehr daran gewöhnt, zu dritt zusammenzuarbeiten«, erklärte Elena ruhig. »Wir haben gemeinsam schon so viel durchgestanden, weißt du … Und Tima wollte dich nicht noch einmal in Gefahr bringen.«

»Oh, verstehe«, raunte Jamie und stand auf. »Ja, natürlich. Geht nur. Ohne mich wird es viel einfacher für euch sein. Ich schätze, ihr kennt euch aus hier im Gebirge, oder? Ihr wisst, wo die Pfade verlaufen und wo es urplötzlich steil nach unten geht, ja? Ihr kennt das Hochland bestimmt in- und auswendig.«

»Er hat recht«, brummte Matt. »Er könnte uns helfen.«

»*Natürlich* kann er uns helfen«, erwiderte Tima. Sie nahm Jamies Mantel vom Haken neben der Haustür und gab ihn Jamie. »Außerdem hat er mir da unten das Leben gerettet.«

Jamie zog seinen Mantel an und entgegnete schulterzuckend: »Na, du hast meins ja auch gerettet.«

Wie ihr Plan lautete, erfuhr er erst, als sie draußen losmarschierten. Am Himmel hing ein heller Dreiviertelmond, der das Tal in ein silbriges Weiß tauchte. Im Schein der Taschenlampen brachen sie gezielt nach Westen auf.

Es dauerte ein, zwei Minuten, bis Jamie begriffen hatte, dass sie von einem kleinen Säugetier mit Fell geleitet wurden, das wie Wellen über die mit Schnee bestäubte Heide hüpfte und sich gelegentlich mit dunklen, funkelnden Augen nach ihnen umblickte. Ihr Anführer hatte einen buschigen, stumpf endenden Schwanz mit dunklen Ringen, angelegte Ohren und einen gestreiften Körper. Jamie blinzelte ungläubig und fasste Tima am Arm. »Ist das eine … eine Wildkatze?«

»Ja«, erwiderte Tima. »Sie hilft uns.«

Jamie holte tief Luft. »Okay … Und wo gehen wir jetzt hin?« Ihm war bewusst, dass sie sich nach Nordwesten bewegten, genau in entgegengesetzter Richtung zu dem Berghang, wo er und Tima den Tunnel betreten hatten. Natürlich. Jetzt, da ihnen die Felsspalte im Weg war, konnten sie ja nicht mehr ohne Weiteres dorthin zurückkehren. Er schauderte bei der Erinnerung daran, wie Tima über dem Abgrund gebaumelt hatte.

»Wir müssen zu dem Ort, von dem aus Vardof und sein älterer Bruder zur Erde und wieder zurückreisen«, erklärte Tima. »Dem Ort, durch den der Strahl fällt.« Jetzt war es an ihr, einmal tief Luft zu holen. »Es ist im Prinzip derselbe Strahl, durch den wir unsere Talente als Nachtflüsterer erhalten haben.«

»Aha«, sagte Jamie ein wenig außer Atem, während sie der vor ihnen springenden Wildkatze einen steilen Hang hinauf folgten.

»Eine Frau, die alles darüber weiß, hat es uns mal genau erklärt«, fuhr Tima fort. »Jemand hat diese Art Wurmloch zwischen den Planeten hier im Schottischen Hochland geöffnet, und zwar mithilfe dieses Energiestrahls, der zwischen verschiedenen Dimensionen hin- und herfließt. Auf der Erde reicht er von hier bis nach Thornleigh – und wer weiß, wie weit noch.«

»Okay …«, sagte Jamie. »Und … dieser magische Strahl … wisst ihr denn, wo der zu finden ist?«

»Nein, das wissen wir nicht«, sagte Tima. »Aber *sie* wissen es.«

Jetzt sah Jamie, dass die Wildkatze Gesellschaft von mehreren Eulen bekommen hatte, die über ihren Köpfen lautlos Schleifen flogen.

»Und wenn wir diese Höhle mit dem Strahl gefunden haben, was dann?«, fragte Jamie weiter. »Vardof und sein Bruder sind schon vor Stunden abgereist und haben die Stollenwürmer zurückgelassen – das hast du zumindest gesagt. Wir sind zu spät.«

»Vielleicht auch nicht«, erwiderte Tima. »Ich habe gehört, wie Vardofs Bruder gesagt hat, dass der Meteorsturm in den nächsten 24 Stunden durchziehen wird, und das war gegen Mittag. Das könnte bedeuten, dass sie noch immer damit beschäftigt sind, die Minerale auf diesem Mond abzuladen. Vielleicht können wir ihnen durch den kleftonischen Korridor folgen und sie dort treffen.«

»Und was dann? Sollen wir sie höflich darum bitten, noch einmal zurückzukommen und ihre Haustiere abzuholen?«

Elena und Matt blieben stehen und wandten sich zu ihnen um. »Wir wissen noch nicht, was wir dann machen«, erklärte Elena. »Wir wissen nur, dass wir irgendetwas *versuchen* müssen. Wir können uns ja jetzt auf dem Weg dorthin überlegen, wie es weitergehen soll.«

Jamie war nicht begeistert von dem vagen Plan der drei, sagte aber nichts. Zum einen, weil er selbst keinen besseren hatte, zum anderen, weil sich in diesem Augenblick der Boden unter ihnen auftat und sie alle verschluckte.

37

Später, als er wieder alle Sinne beisammenhatte, wurde Matt klar, dass Glück und die Eulen sie zu warnen versucht hatten. Im selben Moment, als er und Elena sich zu Jamie und Tima umgedreht hatten, waren die Vögel höher aufgestiegen und hatten einander – und ihren menschlichen Begleitern – einen Notruf gesandt.

Doch der Berghang war so abrupt eingebrochen, dass ohnehin niemand etwas hätte tun können. Das Donnern in seinen Ohren, gekoppelt mit dem plötzlichen Sturz und den Schmerzen durch umherfliegende Steinchen, raubte ihm den Atem – die harte Landung tat ihr Übriges. Er lag mit dem Kopf nach unten und spürte etwas Warmes über seine Wange bis zum Ohr laufen sowie einen stechenden Schmerz im Oberarm. Das Rumpeln war schwächer geworden, Matt konnte jetzt seine eigene abgehackte Atmung hören sowie ein schrilles Weinen direkt neben ihm. Etwas kratzte ihn im Gesicht.

Glück. Das Starenweibchen war auf seinem Kinn gelandet und schaute ihn an. In seinen dunklen, glänzenden Perlenaugen lag eindeutig Sorge. Matt fiel auf, wie deutlich er Glück erkennen konnte – um sie her war alles lichtdurchflutet. Er probierte vorsichtig aus, ob er Arme, Beine und den Rücken bewegen konnte. Ja. Alles tat weh, aber nichts war gebrochen. Er lag auf einer Matratze aus Heidekraut. Die komplette Hangseite hatte sich nach innen eingerollt, doch ihre dicht bewachsene, weiche Oberfläche hatte ihm vermutlich das Leben gerettet.

Vorsichtig setzte er sich auf. Elena und Tima neben ihm waren benommen, konnten sich aber offensichtlich ebenfalls bewegen.

Hinter den beiden saß Jamie auf seinen Knien und starrte über Matts Schulter. Matt drehte sich um. Dort war die Lichtquelle. Ein einzelnes weißes Auge – wie die Frontlampe an einer alten Lokomotive – über einem riesigen kreisrunden Gebilde aus Metallzähnen. Matt schluckte. Da war er. Ein Stollenwurm. Er musste sich gerade unter ihnen durch den Berg gebohrt und so den Kollaps verursacht haben. Über sich konnte Matt den Nachthimmel sehen – es schien ganz so, als seien sie nicht tiefer als drei, vier Meter gefallen. Die Wildkatze hockte oben am Rand des Abgrunds und schaute verwirrt zu ihnen hinunter.

»Wird er uns töten?«, hauchte Elena, die sich ebenfalls aufgesetzt hatte und zu dem Wurm hinübersah.

Tima kam zitternd auf die Beine. »Ich weiß es nicht«, sagte sie. »Ich denke nicht. Sie sind nicht aggressiv. Sie führen nur aus, was man ihnen aufgetragen hat.«

»Aber hier ist niemand, der ihnen etwas auftragen könnte«, warf Matt ein. »Was also werden sie *tun*?«

»Sie machen einfach immer weiter«, sagte Tima und lief auf den Stollenwurm zu. Im fahlen Licht seiner Augenlampe sah Matt, dass Tima mit Schrammen und Blutergüssen übersät war. Trotzdem zeigte ihr Gesicht tapfere Entschlossenheit. Sie würde mit dem Wesen kommunizieren. Und Matt beschloss, dass sie das nicht allein tun musste. Er stand ebenfalls auf, zuckte jedoch erst einmal ordentlich zusammen, als ihm ein stechender Schmerz durchs linke Bein fuhr. Dann humpelte er hinter Tima her.

Elena sah hinauf zu der Wildkatze. »Ist gut«, sagte sie. »Wir sind okay.« Als das Tier verschwand, gesellte Elena sich zu Matt und Tima. Auch Jamie richtete sich mühsam auf und ging hinüber zum Stollenwurm.

Der Tunnel, in dem sie sich befanden, war breiter als das Wesen, das ihn geschaffen hatte. Der Wurm hatte sich nicht gerührt, als sie näher gekommen waren, obwohl er um das heruntergestürzte Geröll herum genug Platz dafür gehabt hätte. Seine Furcht einflößenden Zahnräder standen still, doch unter seinem metallenen Hautpanzer hob und senkte sich der Körper. Einem Instinkt folgend, liefen die Nachtflüsterer an seine Seite und legten zögerlich ihre Hände auf die Haut zwischen den Metallringen. Die Haut war warm. Matt konnte den Puls des Stollenwurms tasten. Er ging ruhig und gleichmäßig und wurde erst schneller, als sich zuerst Tima und dann auch er und Elena nach vorne beugten und die Stirn gegen den Wurmkörper drückten. Die Unterhaltung lief nur schleppend an. Es war unmöglich zu sagen, wer von den Nachtflüsterern sprach. Über die Haut und das Nervensystem des Stollenwurms waren sie miteinander verbunden und schienen mit einer Stimme zu sprechen.

Wir wollen dir nicht wehtun.

Wehtun.

Nein. Das wollen wir nicht.

Nein.

Wir müssen Vardof finden.

Müssen.

Wir müssen euch alle aus diesen Bergen fortbringen. Ihr zerstört sie. Ihr tötet Tiere. Vielleicht auch Menschen.

Fort.

Ja. Fort. Zurück durch den Korridor. Zurück durch den Strahl.

Der Strahl. (Das Wesen schien zufrieden zu seufzen.)

Weißt du, wo der Strahl hineinfällt?

Wo.

Kannst du uns hinbringen?

Hinbringen.

Plötzlich begann das Wesen, innerlich zu dröhnen. Dann rumpelte es merklich und stieß einen seltsam keuchenden Pfiff aus. Alle drei zogen die Köpfe zwischen den Metallringen hervor.

»Der Führerstand!«, schrie Tima. »Schnell!«

Sie lief zum Wurmschwanz. Verblüfft entdeckte Matt, dass eine Plattform aus Metall am hinteren Ende des Wesens angebracht war – mit einem geschwungenen Sicherheitsgeländer auf Hüfthöhe, genau wie Jamie es beschrieben hatte. »Kommt schon!«, schrie Tima. »Wir nehmen uns ein Tunneltaxi!«

Jamie fiel in einen linkischen Laufschritt, als die anderen schon auf die Plattform stiegen, sich unter dem Haltegriff durchduckten und in den Führerstand stellten. Einen schrecklichen Augenblick lang sah es so aus, als würde er zurückbleiben. Der Stollenwurm begann sich bereits zu bewegen – und das ziemlich schnell. Jamie beschleunigte seinen Wackellauf und warf sich mit ausgestreckten Armen nach vorne, woraufhin Matt ihn an den Händen packte und auf die Haltestange zog. Keine Sekunde zu früh, denn der Wurm legte jetzt noch einen Zahn zu und *donnerte* nur so durch den Stollen. Jamie zappelte mit den Beinen in der Luft, bis Matt, Elena und Tima ihn über die Halterung in den Führerstand gezogen hatten. Auch Glück flatterte im letzten Augenblick heran, krallte sich auf Matts Schulter fest und schmiegte sich an seinen Hals. Ihr winziger Federkörper zitterte vor Angst.

Auf der Plattform war kaum genug Platz für sie alle, weshalb sie sich eng aneinander und an der Haltestange festhalten mussten. Mit offenen Mündern verfolgten sie, wie der Wurm sie von ihrem glatten breiten Tunnel in einen glatten engen brachte und von dort aus in eine weiträumige Höhle, nach der wiederum ein enger Stollen folgte. Der Wurm beschrieb Kurven und wendete, schoss aufwärts und abwärts.

Matt erinnerte das Ganze an eine U-Bahn-Fahrt in London – der Führerstand war auch ähnlich überfüllt. Und trotz seiner Angst spürte er auch Begeisterung. Die Geschwindigkeit war atemberaubend. Er fragte sich kurz, was passieren würde, wenn ein weiterer

Stollenwurm ihnen im selben Tempo entgegenrauschte. Ein Frontalzusammenstoß würde in einem Massaker enden. »Ich hoffe, er weiß, wo er hinwill!«, schrie er über das Rumpeln der zahllosen Wurmfüße hinweg.

Tima, die eingequetscht unter Matts rechter Achselhöhle stand, sah zu ihm hoch. »Ja, er weiß, wo er hinwill. Er bringt uns zum Strahl, Matt! Er bringt uns zum Strahl!«

Matt konnte es kaum glauben. Zu viele Nächte hatte er vergeblich damit zugebracht, auf den Hügeln von Thornleigh einen Eingang zu der Höhle zu suchen, durch die der Strahl einfiel. Dass er 600 Kilometer weiter nördlich nun einen Weg finden sollte, hätte er sich nicht träumen lassen! Würde er wirklich *auf diese Weise* dort hingelangen – am Hinterteil eines Steine fressenden, außerirdischen Cyborg-Wurms?

Unterwegs begegneten ihnen weitere Stollenwürmer. Einige warteten grüppchenweise, fast wie eine Herde, in größeren Höhlen. Andere benutzten mit ihnen zusammen die größeren Stollen. Wie ein ICE rasten diese Würmer mit einem Knall verdrängter Luft an ihnen vorbei. »Streckt weder Hände noch Füße über die Plattform!«, schrie Matt. »Und beugt euch nicht vor, um in Fahrtrichtung zu schauen.« Es war ein völlig überflüssiger Rat. Sie alle hatten längst begriffen, dass sie einen Arm, ein Bein, vielleicht auch den Kopf verlieren konnten, wenn sie sich über das Geländer des Führerstands hinauslehnten.

»Sie verfügen über eine Art Radar«, sagte Tima, die eine Hand auf das riesige Hinterteil des Wurms drückte und sich krampfhaft darum bemühte, seine simplen Gedanken zu erreichen. »Sie wissen, wo sich die anderen Stollenwürmer aufhalten, deshalb krachen sie nie ineinander – WOAH!«

Als es nach rechts ging, legte der Wurm sich scharf in die Kurve, sodass sie sich nur mit allergrößter Mühe festhalten konnten. Matt überlegte, ob sie das Wesen bitten sollten, etwas langsamer zu werden, verwarf die Idee aber wieder, als es sich in einem langen, geraden Stollen wieder strecken konnte. Wie viele Kilometer hatten sie bislang zurückgelegt? Zwei? Fünf? Zehn? Vielleicht doppelt so viele. Innerhalb der Stollen war es unmöglich, etwas über die Geschwindigkeit zu sagen. Jetzt ging es bergab. Steil bergab. Während sie im 45-Grad-Winkel – viel weniger konnten es nicht sein, dachte Matt – gegen das Hinterteil des Wurms gedrückt wurden, konnten sie sich nur mit Mühe auf der Plattform halten. Dann spürte er, dass der Stollenwurm langsamer wurde, die Bremse betätigte. Der Abwärtssog wurde schwächer und der Weg des Wurms ebener, sodass sich alle wieder aufrecht hinstellen konnten.

Jetzt erst bemerkte Matt, dass er immer noch den Atem anhielt, und stieß die Luft aus. Er durfte nicht zulassen, dass ihn die Panik handlungsunfähig machte … Das hier konnte ein langer Ritt werden.

Und es *wurde* ein langer Ritt. Mindestens eine halbe Stunde verging, in der sie alle dicht gedrängt standen und die unterirdische Welt an sich vorbeisausen sahen. Endlich schaltete ihr Transportmittel einen Gang herunter und bewegte sich in gemäßigterem Tempo fort. Während der Wurm langsamer wurde, sah Matt, dass die glatten, gewölbten Stollenwände sich noch einmal verengten. Im sanften Leuchten des Wurmkörpers sah es hier und dort so aus, als ob Gesteinsschichten aus Gold und grellweißem Quarz aufblitzten.

»Wir sind fast da«, wisperte Elena. »Spürt ihr ihn?«

»Wie spät ist es?«, fragte Tima.

Matt sah auf die Uhr und schluckte. »Es ist 0:34 Uhr.« In Thornleigh würde in diesem Augenblick der Strahl durch ihre Zimmer fallen. Etwas von dem freudigen Kribbeln, das er dabei immer spürte, war auch in diesem Moment greifbar … Das Gefühl war nicht so intensiv, sorgte aber dennoch für Gänsehaut im Nacken und an den Schultern – Matt vermutete, dass es ausgereicht hatte, sich den Strahl nur vorzustellen.

In Schrittgeschwindigkeit nahm der Wurm noch eine weitere Kurve. Von irgendwoher drang blaues Licht zu ihnen durch und mischte sich unter das rosametallische Glühen des Stollenwurms. Die Tunnelhöhe variierte jetzt stark, und die Felswände waren wellenförmig und schienen natürlich geformt zu sein – kein Hinweis darauf, dass die Tunnel gebohrt worden waren. Der Wurm kam zum Stehen. Er stieß ein langes, pfeifendes Seufzen aus und fuhr seine Energie herunter.

»Müssen wir von hier aus allein weiter?«, fragte Tima, die Hand noch immer fest auf der Haut des Wesens.

Matt konnte den Wurm in seinem Kopf spüren und hören: *Allein weiter.*

Auf wackligen Beinen trat er auf den felsigen Untergrund der kleinen Höhle. Dann half er Jamie, hinunterzusteigen, während Elena und Tima leichtfüßig vom Führerstand sprangen. Jamie schwankte leicht, und Matt musste sich wieder einmal bewusst machen, dass der schottische Junge nicht dieselben Erfahrungen mit lebensgefährlichen Abenteuern hatte wie die Nachtflüsterer. Bestimmt war er mittlerweile ganz panisch vor Angst.

Matt legte Jamie die Hand auf die Schulter. »Alles okay bei dir?«

»Das …«, sagte Jamie etwas aus der Puste, »… war der beste Ritt meines Lebens!«

Matt grinste und klopfte ihm auf den Rücken. »Gute Antwort!«

Als er sich umdrehte, machten Elena und Tima ihn mit Blicken auf eine vor ihnen liegende enge Kurve aufmerksam. Sie führte an einigen festen, geriffelten Kalksteinschleiern vorbei – er vermutete zumindest, dass es Kalkstein war. Das Licht, das sich hinter dieser Formation ausbreitete, zischte und sprudelte regelrecht.

Es war eindeutig.

Matt spürte, wie sich seine Halsmuskeln anspannten und sein Herz schneller schlug.

Dieses Licht war das Licht des Strahls.

38

Die Höhle war nicht sehr groß, vielleicht hätte ein kleines Haus hineingepasst. Das Deckengewölbe krümmte sich nach oben hin und lief in der Mitte zu einem schmalen Schlot zusammen. Die Höhlenwände funkelten leicht. Dennoch schenkte Tima den Details kaum eine Sekunde Aufmerksamkeit – ihr Blick lag auf einem kleinen sechseckigen Sockel mit einer schmalen, ebenfalls sechseckigen Säule darauf, die nicht viel dicker als eine Kreidestange war. Aus dieser Säule drang der Strahl in einer geraden goldenen Linie.

Der Strahl trat in einem beinahe rechten Winkel hervor und bog sich nur ganz leicht nach unten, bevor er in die gegenüberliegende Höhlenwand floss … Und er war einfach wunderschön. Das goldene Licht in seinem Inneren bewegte sich und strömte, blubberte und sprudelte auch in anderen Farben. Sein Lied löste in Tima denselben Freudenschauer aus, der sie immer überkam, wenn der Impuls sie erreichte – 600 Kilometer südöstlich von hier, auf dem Weg zu seinem Zielort irgendwo in den Hügeln rund um Thornleigh.

So standen sie da und starrten ihn an. Staunten. Versuchten, den Kopf frei zu bekommen und eine Entscheidung zu treffen … und blieben dann einfach stehen und staunten weiter. Tima spürte, dass Matt und Elena im selben Gemütszustand waren wie sie.

»Das ist so wundervoll«, sagte sie. Dann wandte sie sich abrupt um, weil ihr eingefallen war, dass Jamie bei ihnen war.

»Ist er das?«, wollte der wissen. »Ist das euer Strahl? Erkennt er euch?«

Als hätte er Jamie auf irgendeine Weise verstanden, sandte der

Strahl plötzlich goldrosa Punkte durch die Höhle, wie eine Pusteblume aus Licht. Einige der Punkte trafen auf die Nachtflüsterer und nahmen Kontakt mit ihnen auf: Sie kribbelten auf ihren Gesichtern – ein Gefühl, das beinahe unerträglich schön war. Tima hörte sich sogar aufschluchzen vor Glück.

Schließlich ergriff Jamie das Wort. »Weißt du«, sagte er, während er auf die Säule inmitten der goldenen Funken starrte, »wir brauchen deine Hilfe. Hältst du immer noch Verbindung zu dem anderen Ort ... diesem Mond ... diesem Ort, von dem die Stollenwürmer kamen?«

Der Strahl antwortete nicht direkt, doch in seinem Ton veränderte sich etwas – ein tiefes Vibrieren kam hinzu, und eine andere Art von Licht wurde stärker. Dieser zweite Strahl war hellgrün, stieg in einer senkrechten Säule auf und verschwand in dem spitz zulaufenden Schlot an der Höhlendecke. Getragen von der kribbelnden Verbindung, die der Pusteblumen-Strahl mit ihnen eingegangen war, atmeten die Nachtflüsterer tief ein und ließen die Luft zitternd entweichen.

»Und was jetzt?«, wollte Jamie wissen.

Die Nachtflüsterer sahen sich an. *Berechtigte Frage*, dachte Tima. *Was jetzt?* Sie fühlte sich ein wenig betäubt und wollte sich nicht wirklich bewegen. Vom Strahl berührt zu werden, fühlte sich einfach zu herrlich an. Sie konnte sich gut vorstellen, einfach so hier stehen zu bleiben. Für immer.

»Das ist wahrscheinlich so eine Art teleportierender Strahl, wie in *Star Trek*«, sagte Jamie. »Er besteht doch aus reiner Energie, oder? Du trittst hinein und – wumm – weg bist du!« Jamie trat auf den sechseckigen Sockel zu, das Licht tanzte in seinen Augen. »Du bestehst dann nur noch aus Teilchen«, fuhr er fort. »Ich hab mal so eine Wissenschaftssendung im Fernsehen gesehen – die Physiker nennen das *Quantenverschränkung*. Guter Name für eine Band, hab ich damals gedacht. Ich hätte nie geglaubt, dass so was wirklich funktionieren kann. Aber diese Stollenwürmer … Die müssen quantenphysikalisch verschränkt worden sein, um zur Erde zu gelangen. Also dann …«

Zu spät erwachte Tima aus ihrem Rausch. Zu spät, um Jamie davon abzuhalten, auf den Sockel zu steigen und seine Hand in das grüne Licht zu halten. Sie schrie »JAMIE! NICHT!« und sprang quer über den Höhlenboden, um ihn festzuhalten.

Doch Jamie bestand nur noch aus Teilchen.

39

Jamie hatte das Gefühl, als würden ihm Ameisen aus Eis über den Körper krabbeln. Er konnte nicht schreien. Er konnte sich nicht rühren. Zu spät hatte er begriffen, wie waghalsig und dumm er gehandelt hatte. Er hatte dieses Strahlensockelding gebeten, ihm den Korridor in eine andere Dimension zu zeigen – und genau das hatte es getan. Er war einfach eingetreten, ohne auch nur eine Sekunde darüber nachzudenken, ob er in dieser anderen Dimension überhaupt existieren konnte.

Kurz bevor er das Bewusstsein verlor, hörte er jemanden schreien und spürte einen dumpfen Schlag vor die Brust.

Als er zu sich kam, lag er flach auf dem Rücken. Er befand sich noch immer in der Höhle mit dem Strahl. Tima stand über ihm und blickte ihn entgeistert an. Eine vertraute Stimme sagte barsch: »Ich dachte, ihr zwei wärt tot! Wie seid ihr den Stollenwürmern entkommen?«

Wieder wurde er ohnmächtig, dann spürte er, wie ihn jemand sanft auf die Wange klapste. »Jamie – komm schon – wach auf!« Es war Tima, die neben ihm kniete. Hinter ihr sah er Matt und Elena stehen. Sie drückten sich rücklings an die Höhlenwand, mit erhobenen Händen.

Die vertraute Stimme meldete sich zurück. Es war Vardof. »Ich muss *gar* nichts«, sagte er und fuchtelte mit einer rot blinkenden Waffe herum, während Matt ihn finster anblickte. »Ihr könnt von Glück sagen, dass ich *den* hier zurückgebracht habe. Wenn ich ihn nicht zufällig beim Hindurchkommen gesehen hätte, wäre er jetzt nur noch eine Wolke aus Atomen.« Er drehte sich zu Jamie um und schrie: »Was *sollte* das?!«

»Bitte«, brummte Jamie und setzte sich langsam auf. »Sie müssen uns helfen, bevor Sie verschwinden. Sie müssen die Stollenwürmer mitnehmen. In der ganzen Gegend kommt es zu Erdbeben. Die Berge stürzen in sich zusammen.«

Tima wiederholte, was Jamie gesagt hatte, damit auch Vardof es verstand. »Ich hab keine Zeit für so was«, fauchte Vardof. »Ich sollte schon längst wieder auf meinem karneolischen Mond sein. Mein Bruder wird nicht länger auf mich warten. Wir wollten gerade aufbrechen.«

»Wir haben gehört, wie Sie sich in den Stollen über etwas unterhalten haben«, sagte Tima. »Es ging um … Stützpilze, wenn ich mich nicht irre.«

Vardof sah jetzt etwas verlegen aus und kratzte sich die Nase mit einer Ecke der blinkenden Waffe. »Oh … das. Ja. Ich hätte Stützpilze benutzen sollen, aber das wusste ich nicht. Die Pilze sorgen dafür, dass die Stollen nicht einstürzen. Tja, zu spät.«

»Es ist *nicht* zu spät!«, sagte Tima. Sie stand auf. »Geben Sie uns die Stützpilze, wir erledigen das. *Wir* können die Stollen abstützen.«

Vardof dachte einen Augenblick darüber nach, dann schüttelte er den Kopf. »Das wird nicht klappen. Ich meine, ja, ihr könntet die Würmer dazu kriegen, dass sie das Pulver für euch ausstreuen, aber irgendwann ist es aufgebraucht … Die Würmer aber werden immer weiterfressen und neue Tunnel bohren. Sie wissen nicht, wie sie damit aufhören sollen.«

Tima ignorierte die Laserpistole – oder was auch immer der Außerirdische in der Hand hielt –, ging zu ihm hinüber und legte ihm die Hand auf den freien Arm. »Vardof – Sie sind nicht wie Ihr Bruder«, sagte sie und blickte ihm ins haarige Gesicht. »Ich weiß, dass es Ihnen nicht egal ist. Sie müssen doch irgendetwas *tun* können.«

Vardof verdrehte die Augen und wiegte mehrere Sekunden lang den Kopf hin und her, als ob er ein grimmiges Zwiegespräch mit sich selbst führte. Dann drehte er sich um, trat in den grünen Lichtstrahl und verschwand. Im nächsten Moment war auch das grüne Licht verschwunden.

Alle schwiegen betreten.

»So viel also dazu«, sagte Tima schließlich. Sie drehte sich zu Jamie um. »Es tut mir so leid. Ich dachte wirklich, wir könnten – AAAH!« Ein Energiestoß erschütterte die Höhle, und alle verloren den Halt unter den Füßen, als erneut grünes Licht durch die Felsenkammer flutete. Auf dem Höhlenboden stand jetzt eine große Metallkiste. Und auf der Kiste erschien, durchsichtig und flimmernd, ein Hologramm von Vardof.

»Mund halten und zuhören«, sagte er. »Mir bleiben nur 60 Sekunden, bevor mein Bruder ohne mich abhebt.«

Alle starrten das Hologramm an. »Schießen Sie los!«, drängte Jamie, obgleich er wusste, dass Vardoff ihn nicht verstehen würde.

»In dieser Kiste befindet sich das Stützpilz-Pulver. Ihr bringt es an den Würmern an und lasst sie loslegen. Sie wissen, was zu tun ist. Sie werden alle Stollen präparieren.«

»Okay – und was dann?«, fragte Matt.

»KLAPPE! Nur noch 40 Sekunden!«, brüllte Vardof. »Ich hab am anderen Ende – auf diesem Mond hier – ebenfalls eine Strahl-Säule aufgestellt. Wenn die Würmer hier ankommen, werden sie sich gleich ins Gestein graben und von dem Meteorsturm nichts mitbekommen. Aber ihr müsst sie schnell durch den Korridor bringen. Es ist eine provisorische Strahl-Säule, die, wenn ich erst mal verschwunden bin, nicht länger als drei Erdenstunden besteht. Bringt sie alle hindurch, bevor die Zeit abläuft. Lasst ihr welche zurück, ist das euer Problem, nicht meins.«

Der Hologramm-Mann sah ängstlich über seine Schulter nach

hinten, dann drehte er sich noch einmal um und sagte zu Tima: »Ich wollte euch nie töten«, sagte er. »Entschuldige. Viel Glück.«

Sie sahen noch, wie er herumfuhr und davonrannte – dann war das Hologramm verschwunden.

40

»Alles klar«, sagte Jamie. »Lasst uns an die Arbeit gehen.« Er beugte sich über die Kiste. Sie war groß. Zusammengerollt wie eine Katze, hätte Tima bequem darin Platz gefunden. Er berührte einige Knöpfe an der Seite, bis der Deckel plötzlich summend aufsprang. In der Kiste lagen Hunderte kleiner Metallkanister, dicht zusammengepackt.

»Stützpilze«, sagte Tima. »Wir müssen alle Stollenwürmer zusammentrommeln und sie mit den Kanistern ausstatten.«

Jamie nickte in Richtung des Wurms, der sie hierhergebracht hatte. Hinter einem Vorhang aus Stalaktiten am anderen Ende der Höhle war gerade noch der Rand seines furchterregenden, zahnbesetzten Gesichts zu erkennen. »Mal schauen, wie die Dinger befestigt werden.«

Tima legte einen der Behälter auf ihre Handfläche. Er glänzte wie Silber und hatte am oberen Ende ein mattrotes Siegel, das aussah, als sei es aus Wachs. Alle liefen zum Schwanzende des Stollenwurms, wo Jamie in die Hocke ging und nach einer Vorrichtung für die Kanister suchte.

»Da ist bestimmt irgendwo ein Loch oder eine Vertiefung …«, sagte Matt. »Irgendwo muss man die doch anbringen können.«

Auch Tima ging in die Hocke.

»Wartet«, sagte Elena. »Habt ihr das gesehen?«

»Was?«, riefen alle im Chor.

»Ein kleines, blau flimmerndes Lämpchen … da unten, in der Mitte.« Elena zeigte auf die Unterseite des Führerstands und sagte zu Tima: »Halt den Kanister mal davor.« Als Tima ihrer Bitte folgte, verwandelte sich das Flimmern sofort in ein blaues Leuchten, und ein metallener Halbkreis – ähnlich einem Getränkehalter im Auto – glitt aus der Vorrichtung. Tima drückte den Kanister in den Halbkreis, bis es *klick* machte und der Behälter ebenfalls blau aufleuchtete.

Sie richteten sich auf, blieben erwartungsvoll stehen und beobachteten das Ganze.

Zwei Minuten später war immer noch nichts passiert.

»Wie kriegen wir ihn an die Arbeit?«, fragte Elena schließlich. »Und wie könnten wir all die anderen Würmer zu uns holen, um sie mit Kanistern auszustatten?«

Tima kletterte auf die Plattform und drückte Stirn und Handflächen auf die Haut des Stollenwurms. *Was sollen wir tun?*, fragte sie das Wesen. *Wir brauchen dich. Du musst dich durch die Stollen bewegen und die Stützpilze überall auf den Wänden verteilen … sie absichern. Kannst du das?*

Die Antwort, die sie erhielt, war positiv. Ja. Der Wurm *konnte* es tun. Aber er tat es nicht. Er tat überhaupt nichts. Tima stieg vom Führerstand und stellte sich zu den anderen, die sie gespannt anblickten und auf die Lösung hofften. »Ich weiß auch nicht«, sagte sie und spürte eine Welle von Müdigkeit über sich hereinschwappen. »Er hat nichts dagegen – er führt gerne aus, was wir von ihm wollen. Aber … Er scheint auf irgendetwas zu warten. Auf einen bestimmten Befehl – oder ein Signal? Ich weiß es einfach nicht.«

Plötzlich stieß Jamie einen kurzen Schrei aus und zog etwas aus dem Innenteil des Kistendeckels. Es war ein dunkelblaues, sechseckiges Ding und hatte etwa die Größe eines Tellers. Rundherum waren einige Knöpfe angebracht. Tima spähte über Jamies Schulter und musste beim Anblick des Gerätes unweigerlich an eine tragbare Retro-Konsole für Computerspiele denken.

Jamie berührte einen der Knöpfe, woraufhin das Sechseck sich mit etwas füllte, das aussah wie Nadelstiche aus weißem Licht. Einige Lichtpunkte bewegten sich, andere nicht, und ein einzelner Punkt, genau in der Mitte, strahlte hellgrün. Direkt neben dem grünen Punkt leuchtete etwas Orangefarbenes auf.

»Was ist das?«, fragte Matt. »Was soll das bedeuten?«

»Ich glaube, es ist eine Karte«, sagte Jamie. »Eine Art Navigationssystem. Diese weißen Lichtpunkte sind wahrscheinlich die Stollenwürmer. Man kann ja sehen, wie sie sich umherbewegen.«

Elena kniete sich hin und betrachtete das Gerät. »Du hast recht, Jamie. Man sieht es an den Bewegungen. Und schaut mal – dieses hellgrüne Licht in der Mitte – ich glaube, das ist der grüne Strahl, in den Jamie gerade getreten ist. Er ist immer noch hier, in Wartestellung. Das orangefarbene Leuchten zeigt anscheinend den Ort an, an dem wir uns gerade befinden. Und hier ist unser Stollenwurm.« Sie deutete auf einen reglosen weißen Lichtpunkt, der sich direkt neben dem orangefarbenen befand.

»Aber das sind doch nicht mehr als 20 Lichtpunkte«, warf Matt ein und tippte auf den Bildschirm. »Hast du nicht gesagt, es gibt über 90 Stollenwürmer hier in den Bergen?«

»Ja«, bestätigte Tima.

»Wartet«, rief Jamie. »Hier kann man bestimmt ranzoomen.« Seine Finger glitten auf einen zweiten Knopf, der sich wie ein Schieberegler an der Konsole entlangbewegen ließ. Die Bildschirmansicht veränderte sich; die Lichtpunkte wurden kleiner und zahlreicher. Es sah genauso aus, als würde man auf einem Navigationsgerät heranzoomen.

Am Bildschirmrand war jetzt eine Spalte mit Zeichen zu sehen, die sich ständig veränderten. »Ich glaube, das sind Zahlen«, sagte Elena. »Es könnten auch Buchstaben sein … aber ich kenne sie nicht. Habt ihr diese Zeichen schon mal gesehen?« Die anderen schüttelten die Köpfe.

Jamie wurde stutzig. »Ich dachte, *ihr* versteht jede Sprache …?«

»Wir müssen sie *hören*«, sagte Matt. »Wenn wir etwas lesen, ist es nicht dasselbe. Es hat mit den Ohren zu tun. Aber egal. Wir werden schon herausfinden, was das heißt. Wir haben eine Karte, die zeigt, wo sich die Stollenwürmer aufhalten. Jetzt müssen wir nur noch rausbekommen, wie wir sie zu uns rufen. Dann können wir sie mit diesem Stützpilz-Zeug wie unterirdische Schädlingsbekämpfer durch die Stollen schicken.

»Hier drin ist gar kein Platz, um sie alle herzuholen«, warf Elena ein. »Ich denke, wir sollten in eine der großen Höhlen zurückkehren und sie da um uns versammeln. Kommt – steigt wieder auf den Führerstand. Wir bitten den Wurm, uns zurückzubringen, und auf dem Weg dorthin probieren wir aus, wie diese Konsole funktioniert.«

Sie hievten die Metallkiste auf die Plattform, dann kletterten sie selbst nach oben und setzten sich auf die Kiste. Tima blieb stehen und trat wieder in Kontakt mit dem Stollenwurm. Glücklicherweise schien er nichts dagegen zu haben, sie einfach zur nächsten größeren Höhle zu bringen. Zunächst bewegte er sich rückwärts, dann fand er eine Nische, die zusätzlich Platz bot, und drehte sich darin auf sehr beengtem Raum um. Anschließend warf er dröhnend den Motor – oder sein Herz oder vielleicht auch beides – an und bewegte sich vorsichtig durch die Höhle, bis er den kreisrunden Stollen erreichte. Tima fragte sich, weshalb der Stollenwurm unterwegs nicht schneller geworden war. Die Antwort darauf war ein leises *PLOPP*.

»Der Kanister!« schrie Matt. »Er hat sich geöffnet.«

Tima fuhr herum und sah, dass von der Unterseite der Plattform ein feiner Sprühnebel aufstieg. *Ach ja!*, schoss es ihr durch den Kopf. Zuvor hatten sie sich in Höhlen und Gängen befunden, die auf natürliche Weise entstanden waren. Dort musste kein Stützpilz-Pulver verteilt werden. Der Sprühnebel schimmerte wie ein blasser

Regenbogen und begann, sich nach und nach über Stollenwände und -decken zu verteilen.

»Nicht einatmen!«, warnte Elena und hielt sich Mund und Nase zu. »Das ist ein Pilz. Wir wissen nicht, ob er uns gefährlich werden kann.«

Doch jetzt wurde der Wurm schneller, und der Führerstand befand sich im Windschatten der winzigen Pilzsporen. Tima spürte keinerlei Partikel auf ihrer Haut oder in den Nasenlöchern.

»Ich glaub, ich hab's«, sagte Jamie, der sich zwar am Haltegriff festklammerte, als ihr Tunneltaxi das Tempo erhöhte, den Kopf aber über die Konsole gebeugt hielt. Auf dem Bildschirm bewegte sich das grüne Licht nun zur Seite, der orangefarbene Punkt jedoch verblieb in der Mitte und verschwamm teilweise mit dem weißen Licht. »Dieses orangefarbene Leuchten, das sind tatsächlich wir … beziehungsweise das Navigationsgerät selbst, das sich auf dem Stollenwurm befindet. Und jetzt schaut mal.« Er drückte auf einen der Konsolenknöpfe, woraufhin ein Kreis aus blauen Pfeilen auf dem Bildschirm erschien. Sie zeigten nach innen zu dem zentralen orangefarbenen Licht und blinkten.

»Was soll das sein?«, fragte Tima.

»Ich denke, das werden wir gleich herausfinden«, sagte Jamie, denn vor ihnen ging der Stollen nun in eine der großen Höhlen über.

Als sie in der Mitte des gewaltigen Gewölbes zum Stehen kamen, hatten sie keinen Zweifel mehr. Von hier aus konnten sie mindestens zehn Stollenwürmer sehen – und alle kamen direkt auf sie zu. Der Anblick war beängstigend. Ihre riesigen Gesichter mit den kreisenden Zahnreihen bewegten sich langsam vorwärts, als würden sie sich für das vor ihnen liegende menschliche Gestein warmlaufen.

»Es ist okay«, sagte Tima beschwichtigend und versuchte, sich das Zittern in ihrer Stimme nicht anmerken zu lassen. »Sie kommen nur, um unseren Stollenwurm zu sehen. Er kommuniziert mit ihnen.«

»Oder sie reagieren auf dieses Ding.« Jamie zeigte auf die Konsole mit den sich nach innen bewegenden Pfeilen.

Gebannt beobachteten sie, wie die anderen Stollenwürmer näher kamen. Tima hielt den Atem an und ließ die Luft, als die Wesen endlich anhielten, in einem tiefen, erleichterten Seufzer entweichen. »Richtig, ihr Würmchen«, sagte Matt und sprang von der Plattform. »Es wird Zeit, euch mit Pilzsporen auszustatten!«

Jetzt stiegen alle aus dem Führerstand und beäugten misstrauisch die Herde außerirdischer Wesen, die sich um sie versammelt hatte. Die Stollenwürmer bewegten sich nicht mehr, auch ihre kreisenden Zähne waren zur Ruhe gekommen. Doch sie schienen Matt und die anderen durch ihre Lampenaugen zu betrachten, zischten hier und da leise vor sich hin und stießen, irgendwo zwischen ihren Tausendfüßerbeinen, dünnen, grauen Dampf aus.

»Hoffentlich lassen sie es sich gefallen«, sagte Matt, der die Metallkiste geöffnet hatte und für jeden Stollenwurm einen Kanister herausholte. »Nicht, dass sie urplötzlich durchdrehen, wenn wir ihnen die ans Hinterteil kleben, und uns zu Brei schreddern. Vielleicht fragst du lieber noch mal nach, Tima …«

Tima legte die Stirn zwischen die Metallringe und verband sich mit der Haut des Stollenwurms. *Sind die anderen damit einverstanden, dass wir die Behälter anbringen?*, fragte sie das Wesen. Kurz darauf richtete sie sich wieder auf. »Alles gut. Sie sind das von ihren Besitzern schon gewohnt. Und sie reagieren auf uns genauso wie auf ihre ehemaligen Besitzer. Ernsthaft – die sind nicht gefährlicher als Kühe.«

»Jepp. Kühe, die ein riesiges Loch durch dich durchbohren können, wenn ihnen danach ist«, fügte Jamie hinzu. »Trotzdem – uns bleibt keine Wahl. Wir müssen diese Tunnel sicher machen.«

Unter ihren Füßen begann es mit einem Mal zu rumpeln und zu beben, ganz so, als müsste die Notwendigkeit des Ganzen noch einmal veranschaulicht werden. Regungslos blieben sie stehen und tauschten verängstigte Blicke. Die Erschütterungen hörten jedoch wenige Sekunden später schon wieder auf. Tima sah nach oben und suchte die Höhlendecke nach Rissen ab, fand aber keine. Sie waren in Sicherheit – fürs Erste.

Es dauerte ein paar Minuten, bis sie alle Stollenwürmer, die zu ihnen in die Höhle gekommen waren, mit Kanistern ausgestattet hatten. Währenddessen kamen immer weitere Würmer an und quetschten sich dazu, und auch sie wurden beladen. Dann bat Tima *ihren* Stollenwurm darum, den anderen mitzuteilen, dass sie die Tunnel abklappern, das Pulver überall verteilen und danach wieder zu ihnen in die Haupthöhle zurückkehren sollten.

»Sie haben verstanden«, sagte sie kurz darauf zu Matt. »Sie werden mitmachen.«

»Okay – das waren jetzt 15«, erklärte Matt, als die Höhle sich unter allgemeinem Gerumpel, Pfeifen und dampfendem Zischen zu leeren begann. »Aber was ist mit den anderen?«

»Die sind unterwegs.« Jamie hielt die Konsole hoch. Am Bildschirmrand pulsierten noch immer die Pfeile, und immer noch strömten weiße Lichtpunkte auf das orangefarbene Licht zu, ja, einige bildeten sogar lange Linien – sie standen in den von ihnen geschaffenen Stollen Schlange.

»Toll«, sagte Matt und nickte. »Das heißt, wir müssen jetzt alle nur noch beladen, losschicken, damit sie das Pulver verteilen, danach wieder zurückholen, in die Höhle des Strahls bringen und auf einen außerirdischen Planeten teleportieren.«

Elena lächelte. »Das wird ein Kinderspiel!«

41

Es schien wie am Schnürchen zu laufen. Während die Stollenwürmer das Stützpilz-Pulver verteilten, konnten Jamie und die Nachtflüsterer auf dem sechseckigen Alien-Gerät verfolgen, wie die Wesen sich als Lichtpünktchen umherbewegten. Matt bat darum, die Konsole einmal selbst in die Hand nehmen zu können, woraufhin Jamie sie ihm achselzuckend reichte. Matt betrachtete das Gerät genauer und drehte an einem der Knöpfe. »Woah, das ist besser«, rief er überrascht aus. »Seht mal!« Glück, die auf seiner Wollmütze saß, schaute ebenfalls auf den Bildschirm hinunter. Elena und Tima kamen dazu.

Auf der Konsole war jetzt ein Netzwerk aus Tunneln auszumachen, die in einem blassrosa Farbton markiert waren. Sie sahen, dass die Stollen hinter einigen der umherwuselnden Lichtpunkte plötzlich die Farbe wechselten und hellblau aufleuchteten. »Ich glaube, man sieht, welche Tunnel bereits mit dem Pulver behandelt wurden!«, sagte Matt und lächelte aufgeregt, als ob er ein brandneues Spiel auf der Xbox ausprobieren würde. Dann verringerte er den Zoom, sodass die Konsole nun das gesamte Tunnelsystem zeigte. Es musste mehrere Kilometer lang sein und zog sich leicht sichelförmig über die Karte.

Den Ärger darüber, dass Matt die Pilzverbreitungsansicht vor ihm entdeckt hatte, schluckte Jamie hinunter. »Sie bewegen sich schnell«, sagte er und sah auf die Uhr. »Wir haben noch gut zwei Stunden. Ich denke, das können wir schaffen.«

»Sie werden alle hierher zurückkehren, wenn sie ihre Stollen präpariert haben«, sagte Tima. »Und sobald sie wieder da sind, können wir damit beginnen, sie zur Höhle des Strahls zu bringen und auf

Vardofs Mond zu schicken, wo es bestimmt auch leckeres Gestein gibt. Ja, wir schaffen das.« Sie hielt Jamie die Hand zum High five hin und wartete geduldig, bis es ihm gelang, seine Handfläche gegen ihre zu schlagen.

Der Stollenwurm, mit dem sie zuerst Kontakt aufgenommen hatten, blieb bei ihnen in der Höhle, die jetzt einem Großbahnhof im Feierabendverkehr glich. Da er sich mit seinen Artgenossen zu verständigen schien wie eine Bienenkönigin mit ihrem Volk, taufte Tima ihn – oder sie? – Queenie.

Als zwei Stollenwürmer mit offenen Pulverkanistern zurückkamen, rief Jamie zu Tima hinüber: »Ich glaube, die sind schon fertig.« Er nahm einen der Behälter ab und schüttelte ihn. »Der ist tatsächlich leer.«

Tima strich dem außerirdischen Wesen über die Haut. »Sag mal, Queenie: Haben sie das ganze Pulver schon verteilt?«

Angespannt und voller Hoffnung sahen Jamie, Elena und Matt den beiden zu.

»Ja – sie haben es in den Stollen versprüht!«, rief Tima schließlich. Sie lächelte, drehte sich wieder zu dem Wurm um und fuhr fort: »Jetzt müssen wir diese beiden zurück in die Höhle des Strahls bringen, damit sie durch das grüne Licht in ihr neues Zuhause gelangen.« Jamie sah, wie Queenie bei der Erwähnung des Strahls ein Schauer überlief.

»Weißt du, wie wir sie dort hinbringen?«, wollte Elena von Jamie wissen, während Matt zu der Konsole ging, um zu kontrollieren, wie weit die anderen Stollenwürmer waren. »Du bist ja immerhin schon mal im grünen Strahl gewesen, stimmt's?«

Jamie sah die Nachtflüsterer der Reihe nach an. »Ich glaube, sie müssen einfach hineingehen, genau wie ich. Und hoffentlich werden *sie* nicht wieder rückwärts rausgestoßen …«

Matt stand auf. »Okay. Ich hab eine Idee: Elena und ich bleiben hier, beladen die restlichen Würmer und schicken sie mit dem Stützpilz-Pulver durch die Stollen … Jamie und Tima kümmern sich darum, dass diejenigen, die mit leeren Kanistern zurückkehren, zum grünen Licht gebracht werden.« Er warf einen Blick auf die Konsole. »Wir haben noch ziemlich viel zu tun. Queenie eingerechnet, sind es insgesamt 97 Stollenwürmer.«

»Woher weißt du das?«, fragte Tima.

»Ich hab nachgezählt … und sie am Bildschirm verfolgt«, erwiderte Matt. »War kein großes Ding. Viel leichter als die meisten Xbox-Spiele.«

Jamie und Tima kletterten auf Queenies Führerstand und verließen mit den beiden anderen Würmern im Schlepptau die Höhle. Als die grauenvollen Zahnkreise ihnen mit nur einer Autolänge Abstand folgten, lief es Jamie eiskalt den Rücken runter. Er glaubte Tima zwar, dass die Stollenwürmer im Prinzip einer Herde Kühen glichen, aber sogar Kühe bekamen hin und wieder einen Ausraster …

»Schau doch nur«, rief Tima und breitete die Arme aus. Die Stollenwände und -decken glänzten in einem Wellenmuster aus Regenbogenfarben, das stark an Fischschuppen erinnerte. »Das müssen die Stützpilze sein! Wie hübsch!«

»Solange sie stark genug sind«, sagte Jamie, »ist es mir völlig schnuppe, wie sie aussehen.«

Der Wurmkonvoi wurde immer schneller, doch da sie jetzt wussten, wonach sie Ausschau halten mussten, entdeckten sie immer mehr Glitzerschuppen. In Jamie wuchs die Hoffnung, dass all ihre Mühen doch nicht umsonst gewesen waren.

Innerhalb von Minuten hatten sie die Höhle des Strahls erreicht. Queenie stellte sich nahe an die Stollenwand, damit Jamie und Tima absteigen und die beiden anderen Würmer in die Höhle bringen konnten.

Noch immer tanzten die goldrosa Punkte durch die Höhle, noch immer summte die hellgrüne Lichtsäule leise vor sich hin. Jamie und Tima traten zurück und winkten den ersten Stollenwurm an den senkrecht aufsteigenden Strahl heran.

Das außerirdische Wesen verharrte einen Moment, als sei es sich unsicher. Tima klopfte ihm sanft auf die Haut. »Ist schon gut. Ihr bekommt jetzt ein neues Zuhause!« Der Wurm stieß eine Art Seufzer aus. Dann zuckelte er vorwärts in die hellgrüne Säule und verschwand darin wie ein Zug in einem Eisenbahntunnel. Es war der größte, verblüffendste Zaubertrick, den Jamie jemals gesehen hatte.

Der zweite Wurm brauchte keine Aufforderung mehr. Er pfiff kurz und folgte seinem Freund.

Jetzt hielt *Jamie* seine Hand für ein High five hoch, das Tima sofort erwiderte.

»Lass uns mehr Würmer holen!«, sagte Tima lächelnd. Auf dem Rückweg kam Queenie noch schneller voran, und im Stollenwürmer-Hauptbahnhof warteten schon einige weitere Kandidaten auf sie.

»Es hat funktioniert!«, schrie Tima, sprang vom Führerstand und boxte triumphierend in die Luft.

»Na, prima. Dann sind ja nur noch 95 auf der Erde«, sagte Elena nüchtern, während sie einen weiteren Kanister anbrachte und den wartenden Stollenwurm mit einem sanften Klaps aufs Hinterteil losschickte.

Jamie und Tima hatten sich ausgerechnet, dass sie bei der nächsten Runde fünf Stollenwürmer mitnehmen könnten. Wären es mehr, würden sich die Wesen in der Höhle nur gegenseitig in die Quere kommen, bevor sie an der Reihe wären. In den nächsten Stunden absolvierten sie den Transfer ganze 14 Mal und sandten weitere 70 Stollenwürmer auf den karneolischen Mond.

»Noch 25«, sagte Jamie, als sie vom letzten Transfer zurückkamen. »Mittlerweile müssten alle mit dem Stützpilz-Pulver fertig sein.«

»Äh«, machte Elena, und Jamie merkte ihr sofort an, dass irgendetwas nicht stimmte. »Kommt und seht euch das an«, sagte sie leise und starrte mit Matt auf die Konsole.

Matt hielt Tima und Jamie den Bildschirm hin und zoomte weg, um ihnen das gesamte fadenförmige Stollennetz zu zeigen. Etwa 20 weiße Lichtpunkte bewegten sich durch hellblau leuchtende Tunnel in ihre Richtung. Das Problem wirkte minimal: Es gab nur noch ein paar blassrosa Linien – unpräparierte Stollen. Und innerhalb dieser Stollen befanden sich zwei Lichtpunkte ... und rührten sich nicht.

»Was ist denn mit *denen* los?« Jamie spürte, wie sich Kälte über seinen Brustkorb legte.

»Die haben sich nicht bewegt, seit ich auf den Bildschirm schaue«, sagte Matt. »Ich glaube, sie sind eingeschlossen – vielleicht hat es durch die Beben einen Steinschlag gegeben, und das Geröll versperrt ihnen jetzt den Weg.«

»Aber sie *fressen* doch Steine!«, sagte Jamie. »Warum bohren sie sich nicht einfach mit ihren kreisenden Kiefern da durch?«

»Das wissen wir nicht«, antwortete Matt. »Aber da ist noch was anderes.«

Matt drückte auf einen der Knöpfe, woraufhin in bestimmten Bereichen der Karte rote Kreise zu blinken begannen. »Ich glaube, dass diese Kreise die seismische Aktivität zeigen«, sagte er. »Beben und Erschütterungen. Vorhin tauchten diese Dinger überall auf. Aber seit die Stollen hellblau sind, blinken dort keine roten Kreise mehr. Dieser kleine Abschnitt hier, in dem sich die letzten beiden Würmer befinden, ist der letzte instabile Bereich.«

»Wir müssen dorthin«, sagte Jamie. »Wir müssen die Kanister mitnehmen, uns irgendwie zu den Würmern durchquetschen und sie dazu bringen, die Stollen abzusichern – sofort! Der Berg kann an dieser Stelle jederzeit in sich zusammenfallen.«

»Wartet«, sagte Tima. »Ich glaube, ich weiß, weswegen sich die beiden nicht von der Stelle rühren.« Sie ging hinüber zu Queenie, die sich im Stand-by-Modus befand, und legte die Stirn gegen das schwach leuchtende weiße Wurmauge. Nach ein paar Sekunden sah sie wieder auf. »Sie bewegen sich nicht, weil Queenie das nicht will.«

»Und weshalb will sie das nicht?«, fragte Jamie.

»Vermutlich wird alles um sie herum einstürzen, sobald sie versuchen, sich durch die Geröllhaufen zu bohren«, erwiderte Tima. »Queenie weiß, was wir hier tun. Sie versucht, zu helfen.«

Elena dachte kurz nach. »Wie Jamie schon gesagt hat: Wenn die Würmer nicht zu uns kommen können, müssen *wir* eben zu *ihnen*.«

42

»Weiß Queenie denn, wo sie hinmuss?«, schrie Elena, die sich am Geländer des Führerstands festhielt, während ihr die Haare ins Gesicht wehten.

»Ja, das weiß sie«, schrie Tima zurück, die direkt neben ihr stand und sich ebenfalls mit aller Kraft an den Haltegriff klammerte. »Sie sind alle miteinander verbunden, weißt du – wie Bienen oder Ameisen. Ich hab Queenie gebeten, uns zu dem einsturzgefährdeten Bereich mit ihren beiden Artgenossen zu bringen. Sie weiß, wo sie hinmuss.«

»Gut – aaah!«, quiekte Elena, als der Stollenwurm mit unglaublich hoher Geschwindigkeit um eine enge Kurve bog. Sie war erleichtert, dass Jamie sich bereit erklärt hatte, mit Matt zurückzubleiben und die letzten Würmer, die noch mit leeren Kanistern eintrudeln würden, durch den Korridor zu schicken. Ihm wäre es bei diesem Ritt mit Sicherheit schwergefallen, sich oben zu halten.

Sie schossen durch den Tunnel und in eine weitere Felsenkammer. Dort mussten sie sich plötzlich erneut gut festhalten, als Queenie sich bedenklich zur Seite neigte, um einer mit Wasser gefüllten Vertiefung im Boden auszuweichen, die die Größe eines Basketballfeldes hatte. Im Schein der Augenlampe konnten Tima und Elena den Körper eines weiteren Stollenwurms ausmachen, der offensichtlich ertrunken war und jetzt auf der Seite im Wasser trieb und sich langsam drehte. Elena nahm ein Zittern in Queenies Kopf wahr, eine Reaktion der Trauer. Sie legte eine Hand auf die Wurmhaut. *Tut mir leid wegen deines Freundes*, sandte sie ihr zu. Und es kam auch etwas von Queenie zurück, eine Art Dankbarkeit.

»Bekommst du das auch mit?«, fragte sie Tima, die ebenfalls über die Haut in Kontakt mit Queenie stand.

Tima nickte. »Sie fühlen genauso wie wir. Die Leute denken immer, wirbellose Tiere empfinden nichts. Aber das stimmt so nicht. Queenie ist das größte und schaurigste wirbellose Lebewesen, dem ich je begegnet bin – aber sie sorgt sich um ihre Familie. Sie sorgt sich sogar um uns.«

Als sich ein Felsbrocken von der Decke löste, nach unten fiel und von der Haltestange des Führerstands abprallte, schrie Elena auf und warf sich zur Seite. Es folgten noch weitere große Steine, während der Stollenwurm die Höhle verließ und in den nächsten Tunnel donnerte.

»Alles in Ordnung?«, rief Tima erschrocken.

»Wir müssten dicht dran sein – jetzt sind wir im Erdbebenbereich!«, rief Elena zurück.

Es zischte, und hinter ihnen begann sich der feine Sprühnebel des Pilzpulvers zu verteilen. Queenie tat ihr Bestes, um die Umgebung sicherer zu machen.

Schließlich gelangten sie in eine weitere Höhle, in die von oben das erste Morgenlicht hineinfiel – ein gigantischer Riss zog sich die Felsdecke entlang, und blasse Wintersonnenstrahlen erhellten die herabgestürzten Gesteinsbrocken am Boden. Der Stollenwurm wurde langsamer und blieb unterhalb des Felsspaltes, genau vor einem der Geröllhaufen, stehen.

Tima stieg von der Plattform und stellte sich vor Queenies Gesicht, um mit ihr zu sprechen. »Was nun?«, fragte sie. Als die Zahnringe des Wesens unerwartet zu kreisen begannen, trat sie einen Schritt zurück.

»Vorsichtig«, warnte Elena.

»Sie macht das schon«, entgegnete Tima. »Sie wird sich ganz langsam zu ihnen durchbohren.«

Und so blieben sie einfach stehen und warteten, während Queenie sich langsam durch die Felsen fräste. Lose Steinchen flogen in alle Richtungen, und mehrmals prasselte ihnen Kies ins Gesicht. »Lass uns mal ein bisschen aus der Schusslinie gehen«, schlug Elena vor. »Vielleicht könnten wir da hochklettern – das sieht ganz stabil aus.«

Das Gefälle aus Felsbrocken war tatsächlich erstaunlich stabil und sicher. Als sie die Hälfte des Geröllhaufens hochgestiegen und außerhalb der Reichweite herumfliegender Steinchen waren, verspürte Elena den Drang, weiterzuklettern – sie wollte sich in Erinnerung rufen, wie die Welt da draußen aussah. Oben angekommen, zog sie sich über den Rand der Felsspalte bis auf ein schroffes Granitgestein mit schneeverkrustetem Gras. »Komm mal hoch und genieß die Aussicht«, rief sie Tima nach unten zu. »Queenie wird sicher noch eine Ewigkeit brauchen.«

Elena stand an einem steilen Berghang mit Blick auf ein Tal. Etwa einen halben Kilometer entfernt, oberhalb eines grauen Sees, stand eine Ansammlung von Gebäuden. Elena hätte den See fast für den Loch gehalten, an dem sie und Matt Agnes gerettet hatten, aber der schottische See dort unten hatte eine andere Form. Plötzlich nahm sie eine Bewegung wahr. Ein Maulwurf war auf ihren Stiefel geklettert. Er blieb, wo er war, und sah zu ihr hoch, seine winzigen Schnurrbarthaare zuckten.

Hinter ihr erschien jetzt Timas Kopf in der Felsspalte. Sie zog sich ebenfalls nach oben und stellte sich neben Elena. »Das ist Seeblick!«, sagte sie. »Die Ferienanlage, wo Mum und Dad sind.«

Elena antwortete nicht, sondern starrte den Maulwurf an. Als sie sich nach unten beugte und das Tier mit ihrer Handfläche aufklaubte, hörten sie ein weiteres Erdbeben durch das Tal dröhnen. Tima kreischte lauthals und packte sie am Arm. »Runter!« Dann warf Tima sich auf den Boden und zog sie mit sich hinab.

Elena landete direkt neben ihr – den Maulwurf immer noch in der erhobenen Hand. »Das Beben ist nicht hier«, sagte sie. »Hier sind wir sicher.«

»Aber wo ist es? *Wo?*«, sagte Tima. Elena vermutete, dass auch sie bereits die Neuigkeiten empfing – vielleicht durch den Maulwurf, vielleicht auch von den Insekten.

Elena deutete auf die Gebäude oberhalb des Seeufers. »Es ist da drüben.«

Tima sprang auf die Füße und begann in Windeseile den Hang hinunterzurennen, sie stolperte, fiel hin, rappelte sich wieder auf und rannte weiter.

»Tima! Waaarte!«, rief Elena ihr hinterher. »Da unten ist es gefährlich.«

»Meine Eltern sind da unten!«, schrie Tima zurück. »Ich muss sie warnen! Ich muss sie da wegholen!«

Elena warf einen Blick nach unten zu Queenie, die sich immer noch behutsam durchs Geröll bohrte. Schließlich stöhnte sie auf und folgte Tima.

»Wir müssen sie da rüberbringen!«, rief Tima keuchend nach hinten, während sie weiter den Hang hinunterjagte. »Auf die andere Seite des Sees! Dort gibt es … keine Stollen. Wir müssen … die Leute da hinbringen. JETZT!« Obwohl sie völlig außer Atem war, fuhr sie fort: »Elena … ruf sie. Ruf all deine Säugetiere herbei. Meine … Insekten können jetzt … nicht helfen. Es sind nicht genug … sie können ihnen nicht … den Weg zeigen.«

Elena, die hinter ihr her stolperte, schrie zurück: »Okay. Alles klar.« Sie hatte die Worte kaum ausgesprochen, als ihnen auch schon Rotwild den Hang hinauf entgegenkam. Das Wild machte sofort kehrt, als sie nach unten in Richtung See wies, nur ein Tier – Elena war sich sicher, dass es der Hirsch vom Tag zuvor war – rannte direkt auf Tima zu.

»TIMA!«, brüllte Elena. »Steig auf! Steig AUF! Er nimmt dich mit!« Tima drehte sich um, stieg auf einen aus dem Boden ragenden Felsen und schwang sich von dort aus auf den Rücken des Hirsches. Was für ein Glück, dass Timas Eltern reich waren und sie zum Reiten schickten, dachte Elena – Tima wusste, wie sie es anstellen musste. Elena wünschte, sie hätte auch auf einem Hirsch reiten und Tima folgen können, aber sie wusste, dass sie zu schwer dafür war. Der Rücken eines Hirsches war nicht für Menschen gemacht, auch wenn er ein Leichtgewicht wie Tima eine Weile würde tragen können.

Alles, was sie tun konnte, war, hinter Tima und der Herde herzurennen – und *jedes* einzelne Säugetier in diesem Tal dazu zu bringen, mit ihnen zu laufen, um den Menschen hier klarzumachen, wo es sicher war.

Doch als die Erde unter ihren Füßen erzitterte, sie nach vorne geworfen wurde und mit dem Gesicht im Heidekraut landete, fragte Elena sich, ob sie zu spät kamen.

43

Die Massenbewegung hatte schon eingesetzt, bevor sie die Ferienanlage erreichten. Auf ihrem Ritt den Hang hinunter konnte Tima das Gewusel um sich herum spüren – und sehen. Rund um die Gipfel und in den sanften Falten der Berghänge war alles auf den Beinen. Rotwild, Füchse, Kaninchen, Mäuse, Maulwürfe, Wildkatzen, ja, sogar Otter. Ein lebender Fluss aus Säugetieren trieb auf Seeblick zu.

Die Tiere waren sowohl ihrem eigenen Instinkt als auch Elenas Bitte gefolgt. Sie rannten *nicht* über das Gelände der Ferienanlage, weil sie spürten, dass die Anlage jederzeit in einer gewaltigen Spalte im Erdboden verschwinden könnte. Stattdessen liefen sie außen an den Zäunen entlang, dann hinunter zum See und um sein westliches Ufer herum. Ihr Ziel war die gegenüberliegende Seite des Sees, wo es sicher war.

Tima hatte die Arme um den Hals des Hirsches geschlungen und hielt die Beine fest an seine Flanken gedrückt. Als sie am oberen Begrenzungszaun mit den vielen Lichterketten vorbeigaloppierten, fühlte ihr Hals sich an wie zugeschnürt. Was, wenn sie zu spät waren? Die Erde bebte immer noch. Beim Näherkommen sah sie, dass sich inmitten des winzigen Feriendorfes eine Menschentraube zusammengefunden hatte. Und als sie noch dichter herankamen, ertönte ein ohrenbetäubendes Grollen unter der Erde. Eine der Lodges neigte sich schräg zur Seite, woraufhin der Whirlpool auf der Terrasse umkippte und das Badewasser sich in einem schäumenden Sturzbach ergoss.

Tima konnte jemanden schreien hören. Eine andere Person rief irgendetwas. Sie sah, wie die Menschen sich umdrehten und verblüfft auf die panisch flüchtenden Tiere starrten. Und sie war mittendrin in dieser wilden Meute. Würde man sie unter den vorbeijagenden Tieren entdecken?

Dann erhob sich eine Stimme aus der Menge. Eine Stimme, die ihr nur allzu vertraut war: »LOS! Folgt ihnen. Tiere wissen immer, wo es am sichersten ist!«

Es war ihre Mutter – die das Kommando übernommen hatte. Sie packte die Menschen um sie herum bei den Armen, schob sie vorwärts und schrie: LAUFT! LAUFT! LAUFT!« Und die Leute liefen. Während der Hirsch den Hang hinabgaloppierte, sah Tima nach unten. Um seine Hufe herum tummelten sich Tausende kleiner, pelziger Lebewesen. Sie spürte unendliche Dankbarkeit. Diese Tiere brauchten das nicht zu tun. Die meisten von ihnen hätten in ihrem eigenen Territorium bleiben oder sich anderweitig retten können. Und dennoch beteiligten sich alle an dieser unglaublichen Show – nur um die Menschen auf die andere Seite des Tals und in Sicherheit zu bringen.

Jetzt rannten bereits um die 20 Menschen aus der Ferienanlage hinter ihnen her. Tima warf einen Blick zurück und hatte für einen Sekundenbruchteil das Gefühl, den perplexen Gesichtsausdruck ihres Vaters entdeckt zu haben. Hatte er sie gesehen? Eine Minute später war sie bereits zu weit von den flüchtenden Urlaubern entfernt, um erkannt zu werden. Sie musste sich voll und ganz darauf konzentrieren, nicht vom Rücken des Hirsches zu fallen. Jetzt war ihr klar, weshalb die Menschheit nie versucht hatte, auf Rotwild zu reiten – im Vergleich zu Pferden war es verflixt unbequem!

Sie dachte an Elena ... Wo war sie? Als sie die gegenüberliegende Uferseite erreichten, blieb der Hirsch stehen. Wieder drehte Tima sich um. Die Menschen folgten ihnen, so schnell sie ihre Füße trugen – in etwa einer Minute mussten sie hier sein. Unter ihnen entdeckte Tima auch den auf und ab wippenden blonden Pferdeschwanz ihrer Freundin. Elena hatte die Leute eingeholt und sich ihnen angeschlossen.

Tima stieß einen tiefen Seufzer der Erleichterung aus. Dann war wieder ein Grollen zu hören, und zwei der Ferien-Lodges rutschten den Hang hinab bis in den See. Am Horizont war bereits ein Rettungshubschrauber aufgetaucht, einer von vielen, die in den letzten zwei Tagen über die Berge flogen. Tima schloss die Augen, um die Stollenwürmer dazu zu bringen, bei der Tunnelabsicherung noch einen Zahn zuzulegen.

Als die Menschen näher kamen, zerstreuten sich die Tiere, und Tima floh mit ihnen. Sie ritt auf dem Hirsch, bis sie einen frei stehenden Felsen fand, der ihr das Absteigen erleichterte und hinter dem sie sich verstecken konnte. Nicht weit von ihr entfernt, stahl sich Elena leise davon und machte sich auf die Suche nach ihr. Sie ließen die traumatisierten Urlauber zurück, die sich nun am Hang auf der anderen Seite des Sees drängten, gegenüber ihrer zerstörten Ferienanlage – und in Sicherheit. Von einigen Kaninchen ließ Elena sich bis zu Timas Felsen führen, lief drum herum und ließ sich, immer noch außer Atem, mit einem zitternden Seufzer neben ihre Freundin ins Gras plumpsen.

»Gut gemacht«, sagte Tima und umarmte sie. »Aber jetzt müssen wir zurück in den Berg, Queenie finden und die letzten Stollenwürmer ins Licht schicken.«

Elena schlug die Hände vors Gesicht und stöhnte. »Wie sollen wir das bloß rechtzeitig schaffen?«

»Wir werden den Geweih-Express nehmen müssen.« Tima deutete auf die beiden Hirsche, die jetzt neben ihnen standen, bereit zum Aufbruch.

»Aber ich bin zu schwer!«, jammerte Elena. »Und ich werde runterfallen.«

»Nein – er ist stark. Das hält er für einen kurzen Ritt durch. Mach es einfach so wie ich.«

Elena verdrehte die Augen. »Also gut. Ich bin gerade auf einem Steine fressenden Alien-Wurm herumgerast – da sollte das vermutlich auch kein Problem sein.«

44

»Jawoll! Sie haben's geschafft!« Matt boxte vor Freude in die Luft und zeigte Jamie die Konsole. Die rot blinkenden Warnkreise waren nun auch im letzten Bereich des Tunnelnetzes verschwunden. Und während sie auf den Bildschirm sahen, ging auch der letzte blassrosa Abschnitt allmählich ins Blaue über – alle Stollen waren nun durch Stützpilze abgesichert. Zu guter Letzt bewegten sich auch die letzten drei weißen Lichtpunkte in Richtung »Würmer-Hauptbahnhof«.

Jamie hatte die übrigen Stollenwürmer teleportiert und zusammen mit Matt die letzten 20 Minuten mit Warten verbracht. Jetzt sah er auf die Uhr und schluckte. »Werden sie rechtzeitig zurück sein?«

Matt sah ihn an. Er wirkte nicht sehr zuversichtlich. »Weißt du … Wir sind doch die meisten losgeworden. Vielleicht richten die drei, die noch hier sind, nicht allzu viel Schaden an.«

»Sie vermehren sich.« Jamie warf Matt einen finsteren Blick zu.

»Oh«, sagte Matt.

»Und sie haben keine natürlichen Feinde«, fuhr Jamie fort.

»Stimmt«, sagte Matt.

»Und von Menschen könnten sie nur dann aufgehalten werden, wenn man … keine Ahnung … das Gebirge sprengt, vielleicht. Was vermutlich auch gemacht wird, wenn erst einmal jemand dahinterkommt, dass Außerirdische hier eingefallen sind.«

Matt holte tief Luft und warf noch einen Blick auf den Bildschirm. »Sie werden schon kommen. Halt dich bereit.«

Jamie wusste nicht genau, wie viel Zeit sie noch hatten, aber als Elena und Tima endlich mit dem letzten kleinen Trupp Stollenwürmer eintrafen, ging er von ungefähr zehn Minuten Restzeit aus.

»Los, kommt!«, schrie Elena ihnen zu, sobald sie in Sichtweite waren. Während Matt Jamie auf die Plattform half und danach selbst hinaufsprang, drosselte Queenie kaum ihre Geschwindigkeit. Den letzten Stollenabschnitt zur Höhle legten sie in einem erstaunlichen Tempo zurück. Die drei Würmer flitzten nun so dicht hintereinander her, dass sie beinahe ineinanderkrachten.

»Sie wissen, dass sie sich beeilen müssen!«, schrie Tima. »Sie wollen zu den anderen und haben schreckliche Angst, allein zurückzubleiben.«

Jamie sah auf die Konsole, die Matt sich unter den Arm geklemmt hatte. Auf dem Bildschirm war immer noch der hellgrüne Punkt der Lichtsäule zu sehen. Das Tor in eine andere Dimension war also noch da, doch es konnte jeden Moment erlöschen.

In Rekordgeschwindigkeit erreichten sie die Höhle des Strahls. Queenie machte Platz, damit die anderen zwei Würmer an ihr vorbeiziehen konnten. Jamie sprang von der Plattform und lief hinter den beiden her, um sie durchs All zu schicken. Keins der Wesen hielt nervös inne. Unmittelbar hintereinander, Zahnkreise an Führerstand, stürmten sie in das hellgrüne Licht … und waren verschwunden.

Danach war es einen Moment lang ganz still in der Höhle, und der Hauptstrahl ließ weiter seine Pusteblumen-Punkte umhertanzen. Schließlich erklang leises Pfeifen – Queenie schob sich um die Ecke in die Höhle hinein, um ihr Ticket zum karneolischen Mond zu lösen. Tima sprang vom Führerstand und rannte nach vorne, um die Stirn noch einmal an ihr Lichtauge zu legen. »Ich danke dir«, brachte sie unter Tränen hervor. »Vielen, vielen Dank.«

»Äh … Da wäre noch was, bevor Queenie geht«, sagte Matt. »Wir müssen diese Höhle schützen. Wir müssen Queenie bitten, für uns dieses Ding zu fabrizieren. Das, was die Würmer machen ... Du weißt schon, diese Felswand.«

»Willst du die Höhle versiegeln?«, fragte Tima.

»Ja«, erwiderte Matt. »Wenn die Menschen erst einmal einen der Tunnel entdeckt haben, kommen bestimmt viele Leute hier herunter, um sich die Höhlen und Stollen anzusehen. Seismologen und Höhlenforscher und so ... Dass sie die Stützpilze und wer weiß was noch sehen werden, ist mir egal, aber ...«

»... aber stellt euch vor, sie finden *das* hier«, beendete Elena seinen Satz und warf dabei einen beinahe liebevollen Blick auf »ihren« Strahl.

»Du meinst, wir sollen uns also alle vor den Eingang der Höhle stellen, damit Queenie ihn von innen verschließen kann? Dann können wir nur hoffen, dass sie es auch allein in den kleftonischen Korridor schafft.« Tima sah nicht glücklich aus.

»Nein – *wir* werden auch mit eingeschlossen«, antwortete Matt. »Dann können wir sie noch rechtzeitig ins grüne Licht führen.«

»Äh ... Wir werden *auch* eingeschlossen?«, wiederholte Elena. »Ist das dein Ernst?«

Matt grinste. »Nicht so ganz«, sagte er. »Es gibt noch einen anderen Weg nach draußen. Den hat es schon immer gegeben.« Er bewegte den Arm in Richtung des Stollens, der hinter der natürlichen Höhlenformation begann. »Diesen Ausgang haben die Würmer gebohrt. Ihn gibt es noch nicht lange. Aber der da ...« Jetzt deutete Matt auf einen glatten Felsspalt zu seiner Linken. »Das ist der Weg, durch den man eigentlich rein- und rauskommen sollte. Es wird eine ziemliche Kletterpartie, aber wir können es schaffen. Glück hat den Aufstieg schon für uns ausgekundschaftet.«

Tima legte ihre Stirn ein letztes Mal gegen das Gesicht des Wurms. Gleich darauf machte der eine Kehrtwende und lief zum Stollendurchgang. Als er seine kreisrunden Kiefer zurückschob, erschien unterhalb seines Lampenauges ein merkwürdiger metallischer Rüssel. Dann machte er sich mit einem leisen, mahlenden Geräusch an die Arbeit. Tima und die anderen konnten nicht genau erkennen, wie Queenie den Durchgang verschloss, aber es ging unfassbar schnell. Keine zwei Minuten waren vergangen, als Queenie mit der Arbeit aufhörte und sich vorsichtig zu ihnen umwandte. Die neu entstandene Felswand sah aus, als sei sie immer schon da gewesen – und sie fühlte sich auch so an.

Als Queenie auf den grünen Strahl zurumpelte, waren Jamie und die Nachtflüsterer an ihrer Seite. Alle hatten ihr eine Hand auf die Haut gelegt und schickten ihr ein Dankeschön. Selbst Jamie spürte etwas von dem, was der Stollenwurm ihnen anschließend zurücksandte – Dankbarkeit, auf seine ganz eigene Weise. Immerhin würde er seine Familie wiedersehen, sich frei bewegen können und den außerirdischen Mond wie eine Honigwabe mit kreisrunden Tunneln durchlöchern.

Im nächsten Augenblick war der letzte Stollenwurm verschwunden – und einige Sekunden später auch der hellgrüne Strahl.

»Das war wirklich knapp«, sagte Elena.

Jamie sah zu dem glatten, gewundenen Spalt, der von ihrer Höhle aus nach oben führte.

»Ich hoffe, Glück liegt richtig mit diesem Ausgang«, sagte er. »Sonst haben wir uns gerade selbst beerdigt.«

45

Als sie an die Oberfläche kamen, war es gerade einmal später Vormittag. Die Kletterei war extrem anstrengend gewesen – steil und verwinkelt war es bergan gegangen. Der Ausgang hatte aus einer Art glitschigem, wachsartigem Gestein bestanden, wie eine von der Natur geformte Riesenrutsche. Jeder von ihnen war ab und an wieder ein Stück zurückgerutscht und entweder mit dem- oder derjenigen hinter sich zusammengestoßen, was manches Mal in einer Minilawine aus erschöpften Kletterern geendet hatte.

Irgendwann hatte Matt sein Starenweibchen gebeten, voranzufliegen und ihn zu den Steinen zu leiten, über die man am leichtesten steigen konnte. An einigen Stellen waren die Felsen schroffer und boten deshalb besseren Halt. Und so hatte Matt mit seiner Stirnlampe die Führung übernommen und war Glücks Hinweisen gefolgt. Der Rest von ihnen war ihm einfach hinterhergeklettert und hatte sich im Gestein von einem sicheren Haltegriff zum nächsten getastet. Tima war beeindruckt gewesen, dass Jamie mit ihnen mithielt. Sie selbst war völlig kaputt von dem langen Aufstieg gewesen, obwohl sie tanzte und auch ansonsten körperlich fit war. Für Jamie mit seiner schwachen linken Körperhälfte musste es sehr viel anstrengender gewesen sein – aber irgendwie war es ihm trotzdem gelungen. Diese Menschen aus dem Schottischen Hochland waren hart im Nehmen. Und eigentlich hatte Tima das Ganze auch nicht sonderlich überrascht, da sie ja schon früher gemerkt hatte, dass ihr neuer Freund unglaublich mutig und belastbar war.

Der Aufstieg hatte fast 20 Minuten gedauert, und schließlich lag eine tiefe, schmale Öffnung nach draußen vor ihnen. Glück flog immer wieder hinaus und hinein, man merkte dem Vogel an, wie aufgeregt und zugleich erleichtert er war. Sie mussten sich auf dem Bauch vorwärtsschieben, um durch den Spalt, der wie ein lächelnder Mund geformt war, an die Erdoberfläche zu gelangen. Dort fanden sie sich im Schneesturm auf einem eiskalten Berghang wieder.

Tima war so ausgelaugt, dass sie sich am liebsten ein Loch zum Hineinkriechen gegraben hätte. Doch gleich darauf schob sich hinter ihr Jamie durch die Öffnung, richtete sich auf, streckte die müden Glieder und lief dann zielstrebig den Berg hinunter. Als sie begriff, dass er ganz genau wusste, wo sie sich befanden, war sie extrem erleichtert. »Bitte mal zuhören!«, rief er ihnen noch zu. »Nehmt euch alle an der Hand und gebt euch gegenseitig Halt. Ihr seid hundemüde und dürft beim Abstieg kein Risiko eingehen.«

Tima nahm Jamies Hand und wartete dann auf Elena, die direkt hinter ihr kam. Später fragte sie sich, ob sie beim Vorwärtslaufen tatsächlich geschlafen hatte, weil ihr jede Erinnerung an diesen Rückweg fehlte.

Allein um zur Straße hinunterzukommen, brauchten sie eine gute halbe Stunde. Vorsichtig bahnten sie sich ihren Pfad durch den Schnee.

»Wartet mal!«, schrie Matt, als sie die kurvenreiche Straße erreicht hatten. Es hatte aufgehört zu schneien, und weiter vorne war nun ein Auto zu sehen.

»Das ist Onkel Fraser!«, rief Jamie. »Er hat nach uns gesucht!«

Onkel Fraser war wütend – und zugleich fiel ihm ein großer Stein vom Herzen. »Ich kann nicht glauben, dass ihr NOCH mal raus seid bei all dem, was gerade passiert!«, brüllte er, während sie zum Jeep stolperten. »In der ganzen Gegend bebt die Erde. Was habt ihr euch bloß dabei gedacht?!«

Sie stiegen ins Auto und brachten vor lauter Erleichterung und Erschöpfung erst einmal kein Wort heraus.

Irgendwann sagte Jamie: »Alles okay. Keine Erdbeben mehr. Es ist vorbei.«

Onkel Fraser ließ den Motor an und fuhr zurück nach Hause. »Hast du gerade gesagt, dass es keine weiteren Erdbeben mehr geben wird, Jamie?«

»Ja, genau das hat er gesagt«, murmelte Tima, während ihr Kopf schon auf Elenas Schulter sank. »Keine Sorge. Wir haben uns darum gekümmert.«

»Aha, klasse«, entgegnete Onkel Fraser. »Immer wieder schön, den Taxifahrer für Superhelden zu spielen.«

46

Elena – ich weiß, dass
du was Gutes vorhast.

hatte Mum ihr geschrieben.

Aber ich vermisse dich. Alles gut –
bin nicht krank und nehme auch all
meine Tabletten. Ich will nur, dass
meine Tochter zurückkommt.
Wann bist du wieder zu Hause?

Und Elena schrieb zurück:

Ich denke, heute Abend. Die meisten
Straßen sind wieder freigegeben.
Ich ruf dich sehr bald an, versprochen.

Die Sendemasten waren offensichtlich instand gesetzt worden, denn zumindest funktionierten die Handys wieder.

»Wir bringen zuerst Tima zurück, okay?«, sagte Onkel Fraser. Er fuhr eine schmale Straße hinauf, die zu einer Gruppe von Berghütten oben auf den Gipfeln führte. Dort hatte man einige der Touristen hingebracht, nachdem ihre Ferienhäuser von den Erdbeben zerstört worden waren. Tima hatte von Jamies Zuhause aus ihre Eltern angerufen und davon erfahren.

Zu Mittag hatten sie Hühnereintopf bekommen, den sie still

und erschöpft gelöffelt hatten. Kurz danach war in den Nachrichten berichtet worden, dass die meisten Straßen wieder passierbar seien. Onkel Fraser hatte zugestimmt, ihnen zu helfen, sobald sie einige Stunden geschlafen hatten – Tima sollte zu ihren Eltern gebracht werden, und Matt und Elena wollten klären, ob eine Heimfahrt mit dem Land Rover noch möglich war.

Jamie war mit ihnen gekommen. Er hatte seinem Onkel und seinem Großvater immer noch nicht viel über das Erlebte erzählt, und Elena fragte sich, wie viel davon sie überhaupt verstehen … oder glauben würden. Aber es war in Ordnung. Was immer Jamie ihnen darüber erzählen wollte – es war in Ordnung.

»Irgendwelche Neuigkeiten?«, fragte sie Matt, der gerade auf sein Handy geschaut hatte.

Er verzog das Gesicht und reichte ihr das Handy. Der kleine Bildschirm war voller Nachrichten von seiner Mum, die zunehmend verzweifelter klangen.

Matt – die Polizei war da.
Der Besitzer des Land Rover
hat sie eingeschaltet.
Er wollte nicht länger warten.

Matt hatte zurückgeschrieben:

Bin bald wieder da.

Elena fiel auf, dass er nicht hinzugefügt hatte: »Keine Sorge – alles gut.«

Denn das war es nicht und würde es nie mehr sein.

47

»Oh, dem Himmel sei Dank!«

Als ihre Eltern auf sie zuliefen, wappnete Tima sich gegen die Wucht einer stürmischen Umarmung. Jamie und sein Onkel blieben an der Tür der neuen – sicheren – Ferien-Lodge stehen, während Mum und Dad ihre Tochter in die Arme schlossen.

»Wir brechen sofort auf. Und ich werde NIE WIEDER mit dir nach Schottland fahren, versprochen!«, flüsterte ihr Mum aufgewühlt ins Ohr.

»Nein!«, protestierte Tima. »Ich hab ja noch meine Auftritte in Edinburgh – die kann ich doch nicht sausen lassen! Schlimm genug, dass ich zwei Tage lang die Proben verpasst habe.«

»Ich denke, dafür werden alle Verständnis haben«, sagte Dad. Er hielt Tima mit den Händen auf Abstand und betrachtete sie von Kopf bis Fuß, um sicherzugehen, dass sie nicht verletzt war. »Die Erdbeben im Schottischen Hochland sind nicht nur in den Regionalnachrichten Thema Nummer eins.«

»Diese Beben sind jetzt vorbei«, sagte Tima. »Uns wird nichts passieren.«

Mum blieb stur. »Wir bleiben auf keinen Fall hier. Notfalls nehmen wir uns ein Hotel in Edinburgh, wenn es sein muss, aber das Hochland werden wir verlassen. Und wir kommen nie wieder zurück.« In diesem Augenblick bemerkte sie, dass Jamie und sein Onkel nur wenige Schritte entfernt standen. Sie wirkten gekränkt. »Es tut mir so leid«, sagte Timas Mutter zu den beiden. »Ich weiß, die Berge hier sind Ihr Zuhause. Ich … ich hatte einfach wahnsinnig Angst. Wie egoistisch von mir, dabei gar nicht an Sie und Jamie zu denken ... Dabei sind wir Ihnen so dankbar, dass Sie Tima bei sich aufgenommen haben und sie in Sicherheit war.«

»Keine Ursache«, sagte Onkel Fraser lächelnd. Er hatte Jamie die Hand auf die Schulter gelegt. »Wir hatten sie gern bei uns. Das Ganze war ... sehr unterhaltsam«, fügte er hinzu. Tima lächelte ihn dankbar an. Er hatte ihren Eltern nicht verraten, dass sie sich nachts unerlaubt aus dem Haus geschlichen hatte.

Mum verdrehte die Augen. »O nein – sagen Sie mir jetzt nicht, dass Sie mit Spinnen geredet hat! Das tut sie nämlich ganz gerne.«

Tima wand sich aus den Armen ihrer Eltern und ging zu Jamie. »Ich werde wiederkommen, versprochen«, sagte sie leise. »Ich will dich wiedersehen. Außerdem musst du mit deinem Onkel und deinem Großvater zu meiner Musicalaufführung kommen. Ich besorge euch Eintrittskarten. Hast du Lust?«

Jamie nickte. »Um nichts in der Welt will ich das verpassen«, sagte er grinsend.

»Dann machen wir uns jetzt wohl besser mal auf den Weg«, sagte Onkel Fraser. »Bei uns steht noch einiges an.« Er kniff die Augen zusammen und warf seinem Neffen einen Blick zu. »Ein paar Gespräche zum Beispiel ...«

Mum und Dad bedankten sich noch einmal überschwänglich, während Tima Jamie einfach lange in die Arme schloss und an ihr Herz drückte. Jamie brauchte ein paar Sekunden, um den kleinen Schock zu verdauen, bevor er Timas Umarmung erwiderte. »Du hast mein Leben verändert«, flüsterte er ihr ins Ohr. »Du hast mich verändert. Ich bin beinahe ...«

»... cool?«, beendete Tima seinen Satz. »Nein. Du bist nicht nur beinahe cool – du bist *absolut* cool. Bis bald, Schleifpapier-Junge.«

Sobald die beiden gegangen waren, machten Mum und Dad ihr einen süßen Chai-Tee und erzählten von ihrem eigenen Erdbeben-Abenteuer. »Das Erstaunlichste«, sagte ihre Mutter, »war der Moment, als all diese Tiere in Panik den Berg hinunterrannten und wir begriffen, dass sie an einen sicheren Ort flohen. Wir sind ihnen bis zum gegenüberliegenden Seeufer gefolgt. Und nur ein paar Sekunden später wurde die halbe Ferienanlage vom Berg geschluckt. Die Tiere haben uns das Leben gerettet!«

»Es war unglaublich«, sagte ihr Dad. »Schade, dass du das nicht miterlebt hast.«

»Andererseits sind wir natürlich überglücklich, dass du *nicht* hier warst!«, ergänzte ihre Mum. »Es beruhigt mich wirklich zu wissen, dass du die letzten beiden Tage in einem gemütlichen kleinen Bauern-Cottage verbracht hast und in Sicherheit warst. Ich wette, du hast dich ganz schön gelangweilt, so ganz ohne Internet und Handy. Wie bist du denn damit klargekommen?«

»Och«, sagte Tima. »Irgendwie haben wir die Zeit schon totgeschlagen.«

Wie durch ein Wunder hatte der Land Rover sowohl die Erdbeben als auch Kolonnen von Rettungsfahrzeugen unbeschadet überstanden. Er war an den Straßenrand geschoben worden, um Platz für die Lastwagen zu machen, die Betonplatten und Eisenträger brachten. Mit dem Material sollten behelfsmäßige Brücken über die klaffenden Felsspalten gebaut werden. Kurz bevor Onkel Fraser zugestimmt hatte, Tima zu ihren Eltern zu fahren, war die Straße in den lokalen Rundfunknachrichten als »sicher« freigegeben worden, was bedeutete, dass er Matt und Elena im Anschluss zu ihrem Wagen bringen konnte.

Als der Motor des Jeeps verstummte, drehte Onkel Fraser sich auf dem Fahrersitz um. »Ich weiß irgendwie überhaupt nicht, was ich euch beiden sagen soll. Was auch immer ihr die ganze Nacht über gemacht habt – ich kann nur hoffen, dass es die Sache wert war.«

»Das war es«, erwiderte Matt. »Es hat seitdem keine weiteren Erdbeben mehr gegeben.«

Onkel Fraser nickte, woraufhin Jamie zu Elena und Matt sagte: »Ich werde es ihm erzählen – alles. Ist das für euch in Ordnung? Ich meine ... die ganzen Stollen und die Stützpilze ... Früher oder später kommt ja doch alles ans Licht, oder nicht?«

»Ist schon in Ordnung«, erwiderte Elena. »Erzähl ihm alles. Aber bitte warte damit, bis wir weg sind, okay? Und ... es wäre toll, wenn du uns aus der Sache raushalten könntest, falls irgendjemand anderes etwas darüber wissen will.«

Onkel Fraser, der nur *Elenas* Antwort klar und deutlich verstanden hatte, zuckte mit den Schultern und verdrehte die Augen. »Ihr seid niemals hier gewesen ...« Er streckte den Arm aus und strich Glück, die auf Matts Schulter saß, übers Gefieder. »Das hier war einfach ... verrückt.«

Jamie grinste. »Ich werd ihm alles gaaanz langsam erzählen, damit er es versteht. Vielleicht glaubt er mir sogar.«

Elena sah Onkel Fraser ernst an: »Was auch immer er Ihnen erzählt – es ist die Wahrheit. Die reine Wahrheit.«

Sie beugte sich nach vorne, umarmte Jamie und gab ihm einen Kuss auf die Wange. Matt schüttelte ihm die Hand, dann sprangen die beiden aus dem Wagen und liefen zum Land Rover hinüber. Glück folgte dicht über ihren Köpfen.

Onkel Fraser wartete, bis Matt den Motor gestartet hatte. Anschließend wendete er den Jeep und machte sich auf den Heimweg.

»Wirst du mir jetzt die *ganze* Geschichte erzählen?«, fragte er und blickte zu seinem Neffen.

»Wenn wir zu Hause sind, werde ich's dir aufmalen.«

Onkel Fraser nickte. Er wirkte begierig darauf, mehr zu erfahren, versuchte seine Neugier aber in Zaum zu halten. »Geht es dir gut?«, fragte er stattdessen.

Jamie lehnte sich im Autositz zurück, während sie warteten, bis ein paar Hirsche die Straße vor ihnen überquert hatten. Einige der Tiere hielten inne und sahen in seine Richtung. Er winkte ihnen kurz zu, und sie warfen als Antwort die Köpfe zur Seite. Dann liefen sie weiter den Hang hinab und verschwanden im Schneegestöber.

»Hab mich nie besser gefühlt«, erwiderte Jamie.

48

Als sie Doncaster erreichten, war es bereits stockdunkel. Elena hatte eine Zeit lang geschlafen, am Fenster zusammengekauert und mit ihrer Tasche als Kissen. Beim Aufwachen fühlte sie sich schuldig, da sie wusste, dass Matt genauso erschöpft war wie sie. Sie hätte nicht einschlafen dürfen, sondern Matt beistehen und sich mit ihm unterhalten sollen.

Doch Matt schien sich gar nicht unterhalten zu wollen.

Sie blinzelte verschlafen und strich sich die Haare aus den Augen. »Matt – was wirst du jetzt tun?«

»Was glaubst du wohl?«, raunte er. »Ich bring das Auto zurück. Und wasch es vorher vielleicht noch.«

Er war schnippisch. Natürlich wollte er nicht nach Hause. Elena seufzte. »Du kannst mit zu mir kommen, das weißt du ja. Mum hat schon gesagt, dass es in Ordnung wäre. Nur, falls du willst.«

Matt zuckte mit den Schultern. »Früher oder später muss ich ja doch nach Hause. Und sei es nur, um meine Sachen zu holen.«

Elena hatte keine Vorstellung davon, was Matt erwarten würde. Nein, das stimmte nicht. In Wahrheit hatte sie eine ziemlich genaue Vorstellung davon. Sie *wollte* es sich nur nicht vorstellen. Trotz all dem Guten, was sie alle gerade bewirkt hatten – Matt würde keine Atempause bekommen. Sie hatte schreckliche Angst um ihn.

»Lust auf Kaffee und Donuts?«, fragte er unerwartet und bog abrupt auf eine Autobahnraststätte ab. »Du gehst rein und holst die Sachen, und ich tank in der Zwischenzeit noch mal nach.«

Elena nickte. Sobald Matt an die Zapfsäule gefahren war, schlüpfte sie aus dem Wagen und lief in den kleinen Laden, der zur Tankstelle gehörte. Jetzt fiel ihr wieder ein, wovon sie das Benzin bezahlen würden, und sie bekam ein schlechtes Gewissen. In Gedanken machte sie sich eine Notiz, die Brieftasche des Rolex-Mannes samt Inhalt so schnell wie möglich zurückzuschicken. Allerdings wusste sie nicht, wie viel Bargeld sie dafür zusammenbekommen würde. Vielleicht musste das Ganze auch noch eine Weile warten. Sie würde sie einfach anonym als Päckchen aufgeben, sobald es ihr möglich wäre.

Auf dem Weg zum Kaffeeautomaten beschloss sie, vorher noch schnell die Toilette aufzusuchen. Die entpuppte sich als schmutzige Kabine mit einem hohen, offen stehenden Fenster. Als Elena sich die Hände wusch, fuhr die Dezemberluft mit einem kalten Windstoß zu ihr hinein.

»Komm nicht zurück.«

Verblüfft sah sie auf. Über ihr auf dem Fenstersims saß Glück. Und die Stimme, die der Vogel nachahmte, gehörte eindeutig zu Matt.

»Komm nicht zurück«, wiederholte das Starenweibchen und flog davon.

Elena riss die Toilettentür auf und rannte zurück in den Laden. Sie hatte das große Fenster noch nicht erreicht, als sie schon die blau-roten Lichter auf dem Vorhof blinken sah.

»Boah! Da draußen ist ja was los!«, sagte der junge Mann hinter der Kasse, der gebannt durch die Scheibe sah.

Elena spähte durch eine Lücke zwischen dem Straßenkartenständer und der Kühltheke und hätte beinahe erschrocken aufgeschrien. Gerade noch rechtzeitig schlug sie sich die Hände vor den Mund. Draußen standen zwei Streifenwagen und vier Polizisten. Einer von ihnen drückte Matt, der die Hände gehoben hatte, mit dem Gesicht gegen das hintere Fenster des Land Rover.

»Oh, oh, da steckt aber jemand ganz schön in Schwierigkeiten«, fuhr der Angestellte fort. Ganz offensichtlich hatte er nicht mitbekommen, aus welchem Auto *Elena* gestiegen war.

Sie unterdrückte ein Schluchzen. Sie wollte zu Matt laufen. Sie wollte auf die Polizisten einschlagen. Sie wollte schreien: »LASST ihn IN RUHE! Er hat gerade UNGLAUBLICHES geleistet und einem Haufen Menschen das Leben gerettet! So, wie er das jedes Mal tut! So, wie er das JEDES MAL tut!«

Während der letzten Monate war Matt immer so mutig gewesen. So zuverlässig. So *heldenhaft* … Niemand würde je erfahren, *wie* heldenhaft er sich verhalten hatte. Oder warum er es getan hatte. Sie würden ihn wegen Autodiebstahls verhaften. Und das war noch nicht einmal das Schlimmste. Das Schlimmste war, was sein brutaler Vater mit ihm anstellen würde.

Jetzt gab es nur noch eine Sache, die sie für ihn tun konnte.

Nicht zurückkehren.

Elena schluckte. Holte tief Luft. Ging Donuts holen. An der Kasse fragte sie: »Können Sie mir sagen, wo der nächste Bahnhof ist?«

»Ähm«, überlegte der junge Mann und gab ihr das Wechselgeld. »Hatfield and Stainforth dürfte der nächste Bahnhof sein. Bis dahin fährt man ungefähr 15 Minuten mit dem Auto.«

»Kann man die Strecke auch laufen?«

Er zuckte mit den Schultern. »Vielleicht. Bin mir nicht sicher. Per Luftlinie ist es nicht so weit. Durch den Wald und über die Felder …« Er machte eine vage Handbewegung zum Fenster hin, und Elena versuchte, nicht hinzusehen, als Matt auf die Rückbank des Streifenwagens geschoben wurde. »Aber jetzt in der Dunkelheit würd ich das nicht probieren, Mädchen.«

»Danke«, sagte sie. »Hab mich nur gefragt, ob es möglich ist.«

Sie trat aus dem Laden und bog um die Ecke des Backsteinbaus. Hinter dem großen Parkplatz, der Einkaufszeile und dem Hotel einer preisgünstigen Kette zeichneten sich Bäume in der Finsternis ab. Kein normales Mädchen würde mitten in der Nacht durch den Wald laufen. Aber sie war eine Nachtflüsterin, und das war ihre Zeit.

Sie machte sich auf zum Wald, wusste, dass sie dort Hilfe bekommen würde. Sie blickte nicht zurück.

49

Matt erwachte um 0:34 Uhr, genau in dem Augenblick, als der Strahl auftauchte. Er fragte sich, wie schnell der Strahl wohl für den Weg zwischen Thornleigh und der Höhle in Schottland brauchte, in der sie sich von Queenie verabschiedet hatten. Nie im Leben hätte er damit gerechnet, dass in Thornleigh ausgerechnet die Arrestzelle der Polizei auf diesem Weg lag. Das Polizeirevier – sein Reiseziel, nachdem ihn eine Staffel Streifenwagen von Doncaster aus eskortiert hatte – war in einer kleinen Ecke des Rathauses untergebracht. Das Rathaus wiederum lag, wie er schon länger wusste, auf einer Linie mit seinem, mit Elenas und mit Timas Zuhause – einer Linie, die bis hinaus ins Industriegebiet Tausendbruch und zum Leigh Hill führte.

Hier in der Arrestzelle fiel der Strahl ziemlich weit oben über die Decke. Er ließ sein wundervolles Lied erklingen und erfüllte ihn mit einer altbekannten Sehnsucht. Matt vermutete, dass niemand sonst in der Polizeistation auf den Strahl aufmerksam geworden war.

Hätte auch nur ein Erwachsener in Thornleigh den Strahl sehen können, hätte Matt vielleicht die Gelegenheit bekommen, sein Verhalten – all die belanglosen kleinen Gesetzesbrüche, die er in diesem Jahr begangen hatte – zu erklären. Vielleicht hätte er alle davon überzeugen können, dass ihm gar nichts anderes übrig geblieben war – und dass sie an seiner Stelle dasselbe getan hätten.

Die Lieblichkeit, die der Strahl hinterlassen hatte, verblasste und wurde grau. Matt lag auf dem harten Metallbett, sah hinauf zu dem hohen, nur eine Handbreit offen stehenden Fenster und betrachtete die Sterne. Eine kleine dunkle Gestalt erschien auf dem Fensterbrett. »Na gut, dann komm schon«, sagte Matt.

Glück landete auf seinem Kopf. Das Starenweibchen konnte ihm bis zum Morgengrauen Gesellschaft leisten – bis sein Pflichtverteidiger käme. Matt würde dafür sorgen, dass sie wieder aus dem Fenster geflogen war, bevor irgendjemand seine Zelle betrat.

»Schön, dass du da bist – du Knastvogel«, flüsterte er liebevoll und strich ihr übers Gefieder.

»Knastvogel«, kam das Echo von ihr zurück.

Vielen Dank an meinen Geowissenschaftler Dr. Simon Boxall, der mich über Erdbeben aufgeklärt hat. Die Fragen gehen einem nicht aus dabei …

Wie immer danke ich auch der brillanten Liz Cross und Debbie Sims, die mir zu einem besseren Buch verholfen haben.

Ali Sparkes, geboren 1966, arbeitet als Journalistin und BBC-Moderatorin und nutzt ihre Söhne regelmäßig als häusliche Versuchskaninchen für ihre Kinderbuchmanuskripte – ihrer Ansicht nach ein fairer Tausch dafür, dass man sie als wandelnden Speise- und Getränkeautomat behandelt. Bevor Ali Sparkes als Produzentin und Moderatorin zu BBC Radio Solent kam, war sie als Lokalreporterin und Kolumnistin tätig. Schließlich entschloss sie sich, ihre sichere Stelle aufzugeben, um sich nur noch dem Schreiben von Drehbüchern und Manuskripten zu widmen. Sie wohnt mit ihrem Mann und ihren beiden Söhnen in Southampton. Die Bücher der *Nachtflüsterer*-Reihe sind ihre ersten bei Hanser.
www.alisparkes.com
Auf Facebook
Bei Twitter: @SparkesAli

Manuela Knetsch, 1974 geboren, studierte Englische und Deutsche Literatur und arbeitete einige Jahre im Verlagswesen, bevor sie sich 2006 als Übersetzerin selbstständig machte. Für Hanser übersetzte sie bereits die *School Survival*-Reihe von James Patterson. Manuela Knetsch lebt mit ihrer Familie in Göttingen.

Die Nachtflüsterer

Plötzlich ist im Leben von Elena, Matt und Tima nichts mehr so, wie es einmal war. Erst wachen sie jede Nacht um genau 1:34 Uhr auf und wissen nicht, warum. Dann offenbart sich ihnen nach und nach eine besondere Gabe: Sie sind Nachtflüsterer und können die Sprache der Tiere verstehen – und damit fangen die spannenden Abenteuer erst an, über Freundschaft, Mut und den Kampf gegen das Böse.

»Spannend, überraschend und ganz schön gruselig. Eine Fantasy-Reihe für Kinder mit starken *Nerven.*« *Norddeutscher Rundfunk*

Ali Sparkes
Die Nachtflüsterer – Das Erwachen
272 Seiten. Gebunden

Die Nachtflüsterer – Die Bedrohung
272 Seiten. Gebunden

Die Nachtflüsterer – Die Verschwörung
272 Seiten. Gebunden

Aus dem Englischen von Manuela Knetsch

Jeweils auch als E-Book lieferbar
Als Hörbücher erschienen bei *der Hörverlag*, gelesen von Oliver Rohrbeck

»Bist du stark genug für das Geheimnis des Malamanders?«

Wenn du zum ersten Mal nach Eerie-on-Sea kommst, siehst du nichts als einen verschlafenen Badeort. Doch der Schein trügt. Vor der Küste treibt der Malamander sein Unwesen. Jeder hier ist dem legendären Seeungeheuer auf der Spur, aber jeder aus einem anderen Grund. Es gibt Mrs Hanniver von der Bücher-Apotheke, die für jedes Unglück die richtige Lektüre zur Hand hat. Es gibt Hakenhand, vor dem du dich besser in Acht nimmst. Vor allem aber gibt es Herbie Lemon, den zwölfjährigen Sachenfinder aus dem Grand Nautilus Hotel, der jedes Fundstück zurück in die richtigen Hände bringt. Eines Tages findet er ein Mädchen: Violet ist wild entschlossen, den Malamander aufzuspüren – er ist die letzte Verbindung zu ihren verschollenen Eltern.

Herbie, Violet und Hakenhand – Thomas Taylor erzählt ein rasantes Abenteuer voll eigenwilliger Gestalten. In Eerie-on-Sea ist das Unmögliche möglich!

»Ein spannendes Buch, das auch ein bisschen gruselig ist.« *Dein SPIEGEL*

Thomas Taylor
Malamander – Die Geheimnisse von Eerie-on-Sea
Aus dem Englischen von Claudia Max
288 Seiten. Gebunden
Auch als E-Book lieferbar
Als Hörbuch erschienen bei Igel Records, gelesen von Peter Kaempfe

TodHunter Moon

TodHunter Moon zieht dich unweigerlich ins Reich der Zauberer und Geister, der Rattenboten und Wendronhexen, der weißen und der schwarzen Mächte – die leider nicht immer leicht zu unterscheiden sind. Vor allem, wenn man gegen einen so furchterregenden und unberechenbaren Gegner kämpft wie dem bösen Hexer Oraton-Marr …

»Angie Sage schafft es wieder einmal, ihre Leser mit magischen Geschichten zu begeistern. Wie die früheren Bücher über Septimus Heap ist auch dieses schön aufgemacht und prall gefüllt mit fantastischen Einfällen, skurrilen Figuren und spannenden Abenteuern.« *Augsburger Allgemeine*

Angie Sage
TodHunter Moon – FährtenFinder
384 Seiten. Gebunden

TodHunter Moon – SandReiter
368 Seiten. Gebunden

TodHunter Moon – SternenJäger
384 Seiten. Gebunden

Illustriert von Mark Zug
Aus dem Englischen von Reiner Pfleiderer
Jeweils auch als Ⓔ-Book lieferbar